旅夜書懷
나그네가 밤에 쓰는 감회

언덕의 가녀린 풀 미풍에 나부낄 새
높이 솟은 돛단배에서 홀로 밤을 지샌다
별 드리운 평야 광활하고
달 솟아오른 큰 강물 출렁이누나

細草微風岸
危檣獨夜舟
星垂平野闊
月湧大江流

太風殞

권오단 新무협 판타지 소설
목풍아

목풍아 2

권오단 新무협 판타지 소설

초판 1쇄 찍은 날 § 2005년 4월 19일
초판 1쇄 펴낸 날 § 2005년 4월 29일

지은이 § 권오단
펴낸이 § 서경석

편집장 § 문혜영
편집책임 § 김민정
편집 § 장상수 · 최하나

펴낸곳 § 도서출판 청어람
등록번호 § 제1081-1-89호
등록일자 § 1999. 5. 31
어람번호 § 제2-0581호

주소 § 경기도 부천시 원미구 심곡1동 350-1 남성B/D 3F (우) 420-011
전화 § 032-656-4452 팩스 § 032-656-4453
http://www.chungeoram.com
E-mail § eoram99@chollian.net

ⓒ 권오단, 2005

ISBN 89-5831-508-3 04810
ISBN 89-5831-506-7 (SET)

太風暾

Fantastic Oriental Heroes

권오단 新무협 판타지 소설

목룡아

2

못 말리는 목춘풍

도서출판
청람

목차

바람, 바람, 바람

바람, 바람, 바람

목풍아는 호조(戶曹)와 병조(兵曹), 공조(工曹)에서 올라온 군량의 출입과 지출을 결산하고, 침울한 마음으로 돌아가던 중이었다. 전쟁에 참여하지 못하면 논공행상(論功行賞)에서 제외되므로 앞으로 큰 벼슬을 기대할 수 없다. 아니, 후방의 지원으로 상은 받을 수 있겠으나, 목풍아는 승상도 간섭할 수 없는 비밀스러운 높은 자리를 원했다. 그 자리를 차지하기 위해서는 반드시 전쟁에 참여해야만 하는 것이나, 뜻밖에도 연왕이 군량의 수송과 보급에 관한 전권을 맡긴 것이다. 이것은 목풍아가 바라는 바가 아니지만 지엄한 어명을 거부할 수 없는 일이라 연경에 머물러 있으려니 좀이 쑤시는 것은 어쩔 수 없었다.

초반이라 파죽지세의 기세로 밀어붙이는 연왕이지만 천자는 쉽게 깨뜨릴 수 있는 상대가 아님을 목풍아는 잘 알고 있다. 목풍아 자신이 연왕의 군사로 참여한다면 반년이면 족할 승부로 보였지만, 이제 장기전의 양상이 될 것이 틀림없었다. 시간을 오래 끌수록 백성들이 고통을 당할 것임은 보지 않아도 뻔한 일이었지만, 그 역시 할 수 없는 일이었다. 목풍아는 언젠가 연왕이 반드시 자신을 부를 것이라 짐작하였지만, 능력을 십분 발휘할 수 없는 것이 못내 아쉬워 마음이 침울해지는 것은 어쩔 수 없었다.

목풍아가 아쉬운 마음을 달래며 어슬렁어슬렁 궁전 뜰을 거닐고 있을 때 회랑 기둥에서 예쁜 얼굴이 눈에 띄었다. 강민이었다.

강민이 회랑 기둥 뒤에서 얼굴을 빼꼼히 내밀고는 빙그레 웃고 있었다.

"어라, 저것이 웬일이지?"

보나마나 뻔한 일이었다. 주소천의 명을 받고 기다리고 있는 것이리라. 한동안 찾아가지 않았더니 강민을 시켜 데리러 온 모양이다. 따분하고 기분이 울적한 참에 아리따운 강민을 보게 되자 목풍아는 기분이 좋아져 주위에 사람이 있나 둘러보다 천천히 다가가 갑자기 강민을 껴안고 볼에 입을 맞추었다.

"대, 대인, 이러시면 안 됩니다."

놀란 강민이 황급하게 몸을 움츠렸지만 소용없었다.

"헤헤헤. 이 풍 대인의 바람은 아무도 말릴 수가 없다. 더구나 민이 같은 미인을 만나면 걷잡을 수 없이 바람기가 솟구친단 말이야, 이히히히."

강민의 얼굴이 단풍처럼 붉어졌다.

목풍아는 강민의 귓가에 대고 소곤거렸다.

"민아, 무슨 정보가 있느냐?"

귓불을 스치는 입김에 강민은 하늘에라도 뜬 기분이 들었다.

"아, 아닙니다. 안성 공주님께서……."

"제길. 밥맛 떨어지는 소리를 할 테냐?"

목풍아는 일부러 화가 난 척 바닥에 침을 뱉었다. 얼마 전부터 안성 공주가 불러도 심기가 좋지 않다고 거절하여 돌려보내었던 것이다.

"대인, 제발 함께 가주세요. 대인께서 가시지 않으면 제가 혼이 납니다. 저번에도 크게 혼이 났습니다."

목풍아는 강민의 얼굴을 뚫어지게 바라보다가 한숨을 내쉬었다.

"할 수 없구나. 너를 위해 갈보 계집년에게 가는 수밖에……."

고귀한 안성 공주를 갈보 계집이라 부르는 사람은 목 대인밖에 없으리라. 더구나 그는 이번에 연왕을 구하는 큰 공을 세운 사람. 그리고 그런 사람이 자신을 좋아하고, 자신을 위해 주소천에게 간다니 강민은 마음이 녹아나는 것만 같았다.

"하지만 이대로는 갈 수 없다. 내게 입맞춤을 해주지 않는다면 나는 한 발짝도 움직이지 않겠다."

목풍아는 입술을 오리처럼 내밀었다.

요즘에는 자나깨나 생각나는 목풍아였다. 은밀한 비밀을 공유한 후에 강민의 마음에는 목풍아가 들어찼다. 주소천이 목풍아를 좋아한다는 것을 알고 있지만, 목풍아가 자신에게 마음이 있다는 것이 너무나도 기분 좋은 강민이었다.

강민은 좌우에 사람이 있나 살피다가 목풍아에게 입맞춤을 하였다.

"자, 이제 되었죠? 함께 가실 거죠?"

"좋아, 좋아. 민이가 이렇게 나를 기쁘게 해주는데 나 역시 민이를 기쁘게 해줘야지. 갈보 계집을 만나러 가게 앞장서거라."

강민은 가벼운 발걸음으로 목풍아를 안내하였다.

잠시 후 목풍아가 위풍당당하게 주소천의 방으로 들어서니 주소천이 다소곳이 다가와 인사를 하였다.

"호호호. 목 대인, 어서 오세요."

"음. 그동안 잘 있었느냐?"

다짜고짜 반말이다. 그러나 매일 갈보 계집이란 소릴 듣던 주소천은
자신에게 하는 반말이 더 이상 반말같이 느껴지지 않았다.

"아버님을 구해주신 것 감사드려요."

"당연하지. 차나 한잔 따라봐라."

목풍아는 탁자 옆에 털썩 앉았다.

강민이 탁자 위에 있는 찻주전자를 드니 주소천은 얼른 강민에게서 빼
앗아 공손하게 목풍아에게 따라주었다.

목풍아가 위세당당하게 잔을 받아드는데, 강민의 표정이 어둡다. 목풍
아는 괜히 심술이 났다. 강민은 주소천의 시녀이다. 나이는 주소천보다
어리나 얼굴이 반듯하고 마음이 여린 것이 목풍아의 마음에 훨씬 들었
다.

주소천은 후에 인효문황후(仁孝文皇后)라 불리우는 서씨(徐氏)의 첫째
딸로, 인효문왕후는 명나라의 개국공신인 상산왕 위국공 서달(常山王 魏
國公 徐達)의 맏딸이다. 서씨는 백합처럼 아름다운 미모에 지혜까지 뛰
어나 연왕의 마음을 사로잡은 반면, 주소천은 눈매가 아버지를 닮았고,
거센 성격이 있었다. 전후 사정을 생각하지 않고 자신을 납치한 것을 보
면 아버지와 어머니를 닮은 것 같지도 않았다. 목풍아는 그러한 기질의
주소천이 마음에 들지 않았던 것이다.

"민아, 너는 나가 있거라."

목풍아가 손을 내저으며 말하자 강민이 침울하게 인사를 하고 바깥으
로 나갔다.

"나를 왜 불렀느냐?"

"대인이 보고 싶어서……."

"이런 정신없는 계집이 있나! 지금이 어떤 때인지 아느냐? 앞으로 네
아버지는 네 사촌 되는 천자와 천하를 놓고 일전을 벌여야 한단 말이다.

이런 중요한 시기에 멋대로 이 목 대인을 불러? 남자를 밝히는 계집. 내가 오늘 단단히 혼을 내주마."

목풍아는 소매를 접고는 주소천을 잡아 침대로 밀었다.

"어맛."

주소천이 푹신한 침대 위로 엎어지자 목풍아는 그 위로 폴짝 뛰어올랐다.

"어마! 대인, 무섭습니다."

주소천이 부끄러워 미소를 흘리며 말했다.

"호호호. 무섭기는……. 귀여운 여우 같은 것. 이 정도쯤은 아무것도 아니겠지."

목풍아의 손이 주소천의 가슴으로 파고들었다. 그러나 주소천은 바라고 있던 것이었기에 부끄러움을 참으며 가만히 눈을 감았다.

목풍아는 손끝으로 부드러운 유두를 꼬집으며 말했다.

"남자의 손길을 좋아하는 것을 보니 너는 갈보 계집이 분명하구나. 그렇지?"

주소천은 찌릿찌릿한 쾌감을 느끼며 말했다.

"예, 저는 갈보 계집이에요."

"호호호. 맞아, 맞아. 너는 갈보 계집이 분명하다."

목풍아는 가슴 가리개를 걷어 주소천의 복숭아 같은 가슴을 만지작거리며 노래를 불렀다.

목 대인께서 쌍화점(雙花店)에 갔더니·
아리따운 만두가 두 개 있더라.
목 대인께서 만두는 아니 먹고
만두[雙花]를 요리조리 바라보다가

콕콕 찔러보고 먹지는 않는다.

"오늘은 만두를 한번 먹어볼까?"
한동안 유두를 콕콕 찌르던 목풍아는 벌떡 몸을 일으켜 주소천의 가슴을 와락 깨물었다.
"어맛."
주소천은 아픔보다는 쾌감이 온몸을 엄습하여 저도 모르게 목풍아의 얼굴을 꼭 껴안았다. 온몸이 화끈하게 달아올랐다.
목풍아는 후일 황제의 딸이 될지도 모르는 공주를 마음껏 할 수 있다는 것이 무엇보다 통쾌하였다.
화풀이라고 해야 할까? 자신의 능력을 인정받지 못하는 억울한 감정이 주소천을 괴롭히는 것인지도 몰랐다. 그러나 목풍아는 주소천을 괴롭힌다기보다 수중에 넣고 마음대로 하려는 속셈도 있었다. 목풍아는 최소한 두 가지 경우의 수를 염두에 두고 행동으로 옮기는 사람이니까.
모든 죄를 용서하겠다는 철권(鐵券)을 받은 것이 목풍아의 대담함을 부채질해 주었다. 까짓것 나중에 연왕이 알게 되더라도 철권을 내밀면 그만이다. 그리고 주소천을 정실로 데려오면 그만이다. 최악의 상황이지만 그땐 두고두고 괴롭혀 줘야지. 설마 부마에게 나쁜 짓이야 하겠는가? 용서한다는 철권도 있는데 말이다. 그러니 이것만큼 통쾌한 복수가 어디에 있겠는가.
목풍아는 맹호처럼 주소천의 가슴에 파고들어 젖가슴을 깨물며 안성공주를 유린하였다. 어려서부터 공맹(孔孟)의 윤리(倫理)를 따가울 정도로 듣고 자랐지만, 이상하게도 예의(禮儀) 같은 것은 발가락의 때만큼도 생각하지 않는 목풍아였다. 그것은 어쩌면 그 마음속에 자리하는 속박되지 않으려는 자유 의식과 여자를 좋아하는 타고난 바람기 때문인지도 몰랐다.

"주소천, 어떠냐? 이래도 네가 갈보 계집이 아니더냐?"

붉게 상기된 얼굴로 황홀함을 느끼던 공주는 헐떡거리며 소리쳤다.

"아! 맞아요, 맞아요. 전 갈보가 맞아요. 대인! 아, 저를 살려주세요. 저를 살려주세요."

"와하하하! 나는 너를 살려주지 않겠다. 너를 완전히 보내 버리겠다."

목풍아가 소리를 지르며 주소천의 가슴으로 파고들었다. 바로 그때였다.

"어머! 함녕 공주님. 지금 안성 공주님께서는 주무시고 계십니다."

강민의 목소리였다.

"그래서 어쨌단 말이야? 나는 들어갈 테니 말릴 것 없다."

앳된 목소리를 듣고 목풍아는 정신이 번쩍 들어 침대에서 일어나기 무섭게 주위를 살폈다. 딱히 숨을 만한 데가 없었다. 침상 아래가 눈에 들어왔다. 목풍아는 옷을 주워 들고 두더지처럼 침상 바닥으로 기어들었다.

'제기랄, 천하의 목풍아가 이게 무슨 꼴이냐.'

목풍아가 알몸뚱이로 침대 바닥으로 기어들어 가기 무섭게 문이 열리며 세 사람의 치마가 시야에 들어왔다.

"언니, 낮부터 침대에서 뭐 하는 거야?"

맑고 앳된 목소리였다. 안성 공주에게 언니란 호칭을 쓰는 것을 보면 연왕의 둘째 딸인 함녕 공주 주소희(朱小姬)가 틀림없다.

"소희로구나. 머리가 아파서 자고 있었어."

소천의 그럴듯한 거짓말을 듣고 목풍아는 웃음을 참았다.

"언니, 나도 다 알아. 그 못된 목풍아 때문에 병이 난 것 말이야."

이건 또 무슨 소리인가? 목풍아의 귀가 솔깃하였다.

“얘, 그게 아니야.”

“아버지도 너무하시지. 그런 미천한 개뼈다귀 같은 놈을 용서하시고, 궁궐을 마음대로 드나들도록 허락해 주시다니 말이야. 내가 언제고 그놈을 만나면 요절을 내고 말 테야.”

목풍아는 순간 열이 치솟았다. 신분의 미천함으로 따지자면 주씨 가문이 더 나을 것이 없다. 할아버지 주원장은 어디서 굴러먹던 개뼈다귀만도 못한 탁발승(托鉢僧) 출신이었고, 그의 외할아버지 서달(徐達)은 이름없는 농민 출신이었다. 다만 걸출한 인물이 시대를 잘 타고난 까닭에 명(明)을 세운 것이지, 신분으로는 내세울 것도 없는 집안이었다. 그런 집안의 딸이 목풍아를 욕하니 속에서 불이 이글이글 타올랐다.

‘주소천보다 더한 계집이 궁전 안에 있었구나. 저걸 어떻게 하지?’

이글거리는 화를 참고 있을 때 주소천은 목풍아의 편을 들어 이것저것 좋은 말을 하고 있었다. 목풍아는 주소희 때문에 주소천의 말이 귀에 들어오지 않았다. 마음 같아서는 바깥으로 확 나가 버리고 싶었으나, 그것은 마음일 뿐 머리는 차분하게 냉정을 찾아가고 있었다.

‘천천히 주소희를 괴롭힐 방법을 찾아보자. 저 계집년도 소천처럼 내 편으로 만들고 말 테다.’

한동안 궁중에 떠도는 이야기를 하던 주소희가 다시 말했다.

“큰오라버니가 오신다던데, 그 말은 들었어?”

목풍아의 귀가 번쩍 뜨였다. 세 형제가 도연이라는 승려와 연왕의 군진에 합류해 있다는 말은 들었으나, 큰아들이 연경으로 돌아온다는 말은 금시초문이었다. 목풍아의 궁금증을 대신 물어보기라도 하듯 주소천이 물었다.

“그걸 어떻게 알았니?”

“방금 어머니 방에 아버지가 보낸 사자가 다녀갔었대. 내가 다녀오는 길인데, 내일 오후쯤에 연경에 도착한다 하더라.”

“잘되었구나. 몇 달 동안 남경에서 고생을 많이 했을 텐데, 어머니가 기뻐하시겠다.”

목풍아는 마음속으로 쾌재를 불렀다. 생각 밖의 대박이었다. 큰아들이라면 온화하다고 소문이 난 주고치(朱高熾)를 말한다. 힘이 센 까닭에 제멋대로인 둘째 아들 주고후(朱高煦)에 비해 대궐 안의 인심도 좋은 편이라 은근히 연왕의 다음 황제감으로 생각하던 참이었는데, 뜻밖에도 그에게 친근한 인상을 심어줄 수 있는 기회가 쉽게 찾아왔기 때문이다.

‘좋아, 좋아.’

목풍아가 한동안 주고치를 만날 생각을 하고 있는 사이, 이야기를 나누던 주소희가 방에서 나갔다.

“대인, 이제 나오셔도 됩니다.”

주소천의 목소리가 들리자 목풍아는 일부러 인상을 쓰며 바깥으로 기어나왔다.

“이런, 제길. 도대체 너는 나에 대해 무슨 소리를 한 게냐?”

“그게 아니라…….”

“퉤, 퉤. 나는 딴마음을 가진 계집은 싫다. 그리 보지 않았더니 너는 정말로 추잡한 계집이구나. 나는 나갈 테다.”

주소천이 목풍아의 다리를 부여잡았다.

“용서해 주세요, 목 대인. 그땐 너무 치욕스럽고 화가 나 소희에게 나쁜 말을 한 것이었어요. 지금 이렇게 다정한 사이가 될 줄은 모르고 제가 그만……. 목 대인, 제발 용서해 주세요.”

목풍아는 주소천을 물끄러미 바라보다가 고개를 끄덕거리며 옷을 입었다.

“어찌 됐든 오늘은 기분이 잡쳐서 못 있겠다. 다음에 올 테니 그동안 조신하게 잘 있거라.”

주소천은 자리에서 일어나 시중을 드는 하녀처럼 목풍아에게 옷을 입혀주었다. 왕녀에게 시중을 받는 기분도 나쁘지는 않았다.

옷을 다 입은 목풍아는 주머니에 있는 작은 목함에서 일산안경을 꺼내 코에 걸었다.

“어맛. 그게 뭐예요?”

주소천이 호기심 어린 눈으로 바라보았다.

“일산안경이라는 것이다. 나는 이만 가볼 테니 잘 있거라.”

목풍아는 쌀쌀하게 한마디를 남기곤 위풍당당하게 문을 열었다. 바깥에서 강민이 다소곳하게 기다리고 있었다.

“민아, 가자.”

목풍아가 강민의 안내를 받으며 회랑을 가고 있을 때 주소천의 목소리가 들려왔다.

“목 대인, 기다리고 있을게요.”

목풍아는 까만 일산안경 아래로 허연 이를 드러내고 웃었다.

“나는 민이를 따라다니는 바람인데, 작은 하늘이 자꾸 부르니 야단났구나. 어쩌면 좋으냐?”

강민은 부끄러운 마음에 수줍게 웃으며 앞장서 나갔다. 목풍아는 강민의 뒤를 따라가며 기분 좋은 사람처럼 흥얼거리며 노래를 불렀다.

작은 용이 바람을 만나네[小龍相逢風],
작은 용은 운수도 좋구나[小龍幸運兒].
작은 용이 여의주를 가지게 된다면[小龍取寶珠],
목풍아의 공덕을 잊기 어렵겠지[難忘木風兒].

궁전을 나온 목풍아는 연자루에 도착하자마자 일도와 풍계를 불렀다. 두 사람이 들어오자 목풍아는 두 사람에게 멋진 갑옷과 말, 휘황찬란한 깃발들을 신속하게 준비하게 하고 저번에 모였던 장정들을 모으도록 명하였다. 그리고 오괴와 독돈에게는 성을 나가 대로를 따라 내려가며 이곳으로 오는 군사들이나 마차가 있는지, 있으면 몇 대나 되고, 그것을 호위하는 병사들이 몇이나 되는지 그들이 머물렀던 객잔까지 찾아가 샅샅이 조사하여 오도록 일렀다.

'왕자가 내일 도착한다면서 오늘 미리 가서 살피라는 것은 또 왜일까?'

어떤 생각이 목풍아의 머리 속에 들어 있다는 건 알겠는데, 그 정도가 오괴와 독돈이 알 수 있는 다로, 그것이 그들의 한계였다. 궁금함을 느끼면서도 두 사람은 말없이 꾸벅 머리를 숙여 인사하곤 누각을 내려갔다.

네 사람이 누각 아래로 내려가자 목풍아는 탁자를 두드리며 생각에 잠기었다.

'흐흐흐. 나에게 알리지도 않고 왕후에게 비밀리에 알렸단 말이지. 이 목풍아를 물먹이려고 말이야.'

그것은 자신을 견제하는 세력이 있다는 뜻이었다. 그렇지 않아도 자신이 연왕의 정난군에 들어갈 수 없었던 것이 견제 세력 때문이라 짐작하던 목풍아였다. 그럴수록 그 세력의 콧대를 밟아주고 싶은 목풍아이다. 그런데 뜻밖의 호재를 만났으니, 목풍아는 악재를 후일의 호재로 전환시킬 수 있는 기회를 맞았다 생각하였다.

첫째 왕자 주고치는 목풍아에게 원대한 포석의 요석이라 할 수 있었다.

목풍아는 왕자를 맞이하는 성대한 환영식을 그럴듯하게 해 자신의 인상을 강력하게 각인시키고 싶었으니 이때 견제 세력을 생각하지 않을 수 없었던 것이다.

판을 짜는 사람이라면 요석(要石)을 중요하게 생각한다. 그 요석이 주 고치임을 모르는 사람은 아마 없을 것이다. 목풍아는 자신을 견제할 수 있는 사람을 생각하였다.

연왕의 측근에 환관 정화가 있고, 군사(軍師)이며 참모인 도연(道衍)이 있다. 두 사람 모두 무시할 수 없는 세력이 분명하였다. 정화는 환관으로, 연왕이 수족처럼 부리는 사람. 되도록 적으로 만들고 싶지 않은 것이 목풍아의 생각이었다. 그렇다면 남은 것은 도연이었다. 그가 남경에서 세 왕자를 무사하게 귀환시킨 것을 보면 기지와 지혜가 보통이 아닐 것이다. 연왕이 그를 군사로 임명한 것이 그것을 반증하는 것이다.

틀림없이 도연은 정화에게 지금까지의 정황을 듣고 목풍아를 물먹이려 할 것이 분명하였다. 목풍아가 뒤늦게 그 사실을 알고 왕자를 맞이하였다가는 그들의 꾀임에 빠져드는 것이니, 이번 일은 각별히 신경 쓰지 않으면 안 되는 일이다.

연왕의 군사 정도 되는 사람이라면 목풍아가 짐작하는 것쯤은 예상하고 있으리라. 그 허를 깨뜨려야 된다. 보이지 않는 적, 도연과의 첫 번째 싸움이 시작된 것이다.

'어디 누가 이기나 해볼까?'

목풍아는 주사위를 꺼내 바닥에 던졌다.

연경은 대륙의 북쪽에 위치하여 가을이 일찌감치 찾아왔다. 푸른 녹음을 자랑하던 나무들도 붉은 옷으로 갈아입고, 넓은 대지에는 추수를 마친 논밭이 즐비하여 며칠 만에 황량한 들판이 되어버린 것 같았다.

남쪽으로 뻗은 큰 길을 십여 마장 가다 보면 인적이 드문드문해지는 넓은 갈대밭이 펼쳐지는데, 백강(白江)의 모래가 넓게 퇴적되어 생겨난

곳으로, 예로부터 북평(北平)이라는 지명이 있었다.

원대에는 몽고의 황족들이 이곳에서 말을 달려 놀기를 좋아하던 까닭에, 연경 역시 이곳의 이름을 따 북평이라 이름 할 정도로 넓은 갈대밭이었다. 이 평원의 좌우에서 부는 바람에 수천만 평을 차지하고 있는 갈대들이 흰 머리를 흔들며 가을의 황량함을 더하고 있었다.

북평 대로의 좌우로 사람의 키만큼 크고 산발한 갈대들이 바람에 흔들거리는데, 그 가운데로 십여 기의 기마병이 앞서고 그 뒤를 보병 백여 명이 호위하는 마차 하나가 움직이고 있었다.

마차는 화려하게 장식을 하였으며, 엄중한 감시를 하고 있는 것으로 보아 대단한 신분의 사람이 타고 있는 것으로 보였다. 마차는 엄중한 감시 속에서 거칠 것 없이 연경으로 먼지를 일으키며 나아갔다.

대로를 따라 달려가던 마차가 사라지기 무섭게, 갈대밭 안에서 화려한 은린갑(銀鱗甲)을 입고 흰 말을 탄 목풍아가 나타났다. 무거운 투구 대신 일산안경을 쓰고 있는 목풍아는 멀리 사라져 가는 마차와 군인들을 바라보다 씨익 웃었다.

"다들 나오라고 그래."

고삐를 잡고 있는 일도에게 고개를 끄덕이니 일도는 들고 있던 깃발을 높이 들었다.

세모난 붉은 깃발 가운데에 풍(風)이라는 글자가 쓰여진 깃발을 들어 올리니, 갈대밭에서 창과 칼을 든 건장한 사나이들이 나타났다.

그들은 일도의 구령에 맞춰 질서 정연하게 대로에 줄지어 늘어섰다.

목풍아가 큰 목소리로 말했다.

"좋아, 좋아. 지금부터 너희를 민병대(民兵隊)라 하겠다. 너희가 징병되지 않도록 한 보답은 나에 대한 충성으로 대신하면 된다. 알겠느냐?"

"예!"

사나이들이 큰 소리로 대답했다.

이들은 연왕을 구한 공을 핑계로 삼아 은전 삼십 냥이라는 돈으로 군역을 면제시킨 사람들이다. 그들의 군역 면제 비용을 목풍아가 지불하였는데, 그 돈은 강음현에서 아전들과 부호들에게서 받았던 돈의 일부이다.

목풍아로서는 손 안 대고 코 푼 격이었으나 군역이 면제된 집안에서는 목풍아를 생명의 은인처럼 떠받들었고, 은혜를 입은 사나이들은 목풍아가 부르기만 하면 화살같이 달려와 명령을 받드는 수족처럼 되어버렸다. 그럴 수밖에 없는 것이, 목풍아의 곁에 있으면 이득이 생긴다는 것을 그들도 알았기 때문이다. 어제 일도의 소집 명령으로 무려 천여 명이 넘는 장정들이 모여들었으니, 이 정도면 민병대라 해도 제법 큰 병력이라 할 수 있었다.

"지금부터 너희는 북평을 통과하는 사람들을 모조리 대로로 몰아와야 한다. 무슨 일인지 물어보면 연경 인근에 도적과 반군이 출몰하여 행인들을 살상하고, 도적질하는 일이 발생하여 목 대인께서 민병대를 조직하여 이를 바로잡고 있으니 따르라고 말하거라. 목 대인이 누구냐고 묻거든 육조감찰어사(六曹監察御使)라고 하면 된다. 알겠느냐?"

"예."

"좋아. 각자 흩어지도록……."

명이 떨어지기 무섭게 민병대가 무리지어 흩어졌다.

장정 백여 명이 미리 준비한 막사를 대로 옆에다 치고, 탁자와 교의를 마련하였다. 막사 옆에는 형형색색의 깃발을 세우고 창을 든 사나이들이 엄중하게 길을 가로막고 서 있었다.

목풍아는 그제야 말에서 내려 거드름을 피우며 교의에 앉았다. 오괴와 독돈은 목풍아의 옆에 우두커니 서서 대장의 모습을 흘깃흘깃 바라보았다. 도대체 무슨 생각을 하고 있을까?

두 사람은 남쪽 대로를 따라 내려가며 목풍아가 말한 대로 왕자를 수소문하였는데, 백강 어귀에 있는 객잔에서 왕자의 행렬을 발견하였던 것이다.

두 사람이 살펴본 바에 의하면 객잔에 마차가 두 대 있었으며, 뚱뚱한 왕자는 병사들이 호위하는 화려한 마차에 타고 있었고, 다른 마차는 라마승 하나가 타고 있었는데 아무도 신경 쓰는 자가 없다 하였다.

두 사람이 이날 새벽녘에 돌아와 목풍아에게 그러한 이야기를 하였음에도 목풍아는 왕자가 타고 있다는 화려한 마차를 보내 버렸으니, 지금 그들이 기다리고 있는 것은 승려의 마차가 분명할 것이다. 승려와 왕자는 도대체 무슨 관계란 말인가. 더구나 여행자들을 모두 대로로 불러들이는 이유는 또 무엇이란 말인가. 오괴의 머리로는 이들의 연관되는 부분을 찾아낼 수 없었다. 참으로 알 수 없는 목풍아의 속내였다. 독돈 역시 마찬가지였다. 목풍아가 첫 번째 마차를 보내 버렸다면, 라마승이 타고 있는 마차에 왕자가 타고 있을 것이 분명하다. 군사를 이끌고 내려가 왕자를 맞이하면 될 것을, 이렇게 미적거리며 행인을 모으라 하니. 그 속내를 알 수가 없었다. 호기심을 참지 못하고 마침내 독돈이 물었다.

"대장, 그냥 가서 두 번째 마차를 맞이하면 되지 이렇게 기다리고 있을 건 뭡니까?"

"마음을 잡으려고……."

마음을 잡는다는 것은 또 무슨 말인가. 왕자를 모시러 온 것이 아니었던가. 왕자의 마음을 잡으려면 왕자를 정중하고 친절하게 모시기만 하면 될 텐데 말이다. 독돈은 도무지 알 수가 없어 머리를 갸웃거리며 오괴를 바라보았다. 오괴도 입술을 내밀어 같은 의견임을 표시하였다.

잠시 후 민병대에 의해 막사 앞으로 사람들이 하나둘 모여들기 시작하였다. 이미 연왕과 천자 간에 싸움이 벌어졌다는 것을 알고 있는 이들은 민병대가 혼란한 틈을 타 일어난 도적이 아닌가 하는 불안한 마음으로 막사 앞으로 모여들었다. 얼마 후 목풍아가 기다리던 마차도 도착하였다.

목풍아는 오괴에게서 라마승이 탄 마차가 도착했다는 말을 듣고도 묵묵히 앉아 있다가 차 한 잔을 마실 시간이 지났을 즈음에서야 천천히 막사에서 나왔다. 가을이라 날이 짧아진 탓인지 중천에 떠 있던 해가 어느덧 지평선으로 기울어 붉은 빛을 뿌리고 있었다.

사람들의 시선이 갑옷을 입은 어린 목풍아에게 집중되었다. 목풍아는 일도의 도움을 받아 말에 올라타 고삐를 잡고는 사람들에게 말했다.

"나는 연경의 육조감찰어사인 목풍아다. 근래에 간악한 무리들이 난을 빙자해 행인들의 짐을 빼앗고 살상을 일삼는다 하기에 오늘 민병대를 조직하여 토벌하러 나왔다가, 그대들을 보호하려고 가던 길을 멈추게 하였다. 시간을 지체하여 미안하지만 관군은 성을 지키기에 바쁘니 어떡하겠는가. 그대들이 이해하시라. 천하가 편하게 될 때까지는 서로 돕고 살아야 하지 않겠는가? 자, 갑시다."

사람들은 그제야 목풍아를 믿고 손을 모아 감사를 드렸다.

"아이구, 참 어린 대인께서 대단하기도 하셔라."

"저희로서야 감사합지요."

"어린 대인님, 그저 저희 같은 무지한 백성들을 잘 보살펴 주십시오."

그들은 재산을 착취하는 관원들은 본 적이 있어도 자발적으로 백성들을 보호하는 관원은 본 적이 없었으므로 손을 모아 목풍아의 덕을 칭송하였다.

전쟁이 일어나면 천하는 혼란에 빠진다. 천하가 혼란에 빠지게 되면 각지에서 도적 떼가 출몰하고, 백성들 역시 살기 위해 도적이 되거나 유랑민 신세가 될 수밖에 없다. 백성들은 수탈당하지 않고, 죄짓지 않고, 걱정없이 정착하여 가정을 꾸리며 평화롭게 살기를 바라는 것이다.

목풍아와 민병대가 사람들을 데리고 대로를 가고 있으려니 멀리에서 질풍처럼 달려오는 군마의 무리가 보였다.

먼지를 자욱하게 일으키며 앞장서서 달려오는 것은 왕궁 수비를 맡은 주능(朱能)이었다. 주능은 공을 세운 후 오위장(五衛將)으로 승진하여 왕실의 수비를 전담하게 되었는데, 같이 공을 세운 장옥은 연왕을 따라 참전하고 없었다.

백여 기의 기마병과 수백여 명이 넘는 군사들을 이끌고 달려오던 주능은 대로 한가운데서 까만 안경을 쓰고 흰 말을 타고 있는 목풍아를 발견하고는 말을 멈추었다.

"그, 그대는?"

목풍아가 일산안경을 살짝 들어 주능을 바라보며 말했다.

"어라, 오위장이 무슨 일이오?"

주능도 뜻밖에 목풍아를 발견하고 눈이 휘둥그레져서 물었다.

"모, 목 상공께선 어쩐 일이십니까?"

"나는 이곳에 반적들이 자주 출몰하여 행인들을 습격한다기에 민병대를 조직하여 토벌을 나왔지요."

"그, 그렇습니까?"

"그런데 오위장께서는 무슨 일로 이렇게 급하게 나오셨습니까? 전황이 안 좋다는 소식이라도 있었습니까?"

"그, 그게 왕자 전하께서 오시던 도중 도적 떼를 만났다기에……."

"뭐라구요? 왕자 전하께서 오신다구요? 미리 말씀 좀 해주시지. 이렇게 아니라 그게 어딥니까? 왕자 전하께서 위급하시다는데 가만있을 수 없지요. 나와 함께 갑시다."

그때였다. 목풍아의 뒤를 따라오던 마차가 열리며 승려 복장을 한 뚱뚱한 사나이 하나가 손을 번쩍 들며 말했다.

"걱정할 것 없다. 나는 여기 무사히 있으니까."

주능이 그 사나이를 보고는 말에서 얼른 내려 부복하였다.

"와, 왕자님."

목풍아도 얼른 일도에게 부축을 받아 말에서 내린 후 주능의 옆에 엎드렸다.

"신 목풍아, 왕자님을 알현하겠습니다."

부드러운 목소리가 들려왔다.

"두 사람 모두 일어나거라."

주능과 목풍아가 일어나니 주고치가 빙그레 웃으며 주능에게 말했다.

"여기까지 오느라 수고 많았다."

고개를 돌려 목풍아에게도 말을 건네었다.

"목 대인은 군중(軍中)에서 들은 소문과는 다른 점이 많군요."

"헤헤헤. 제 소문이 그곳까지 들어갔습니까?"

당연히 좋지 않은 말들을 들었으리라. 그런데 지금은 어떤가? 목풍아의 마음속 물음에 대답하듯 주고치가 웃으며 말했다.

"하하하. 지금 보니 그대의 말투 때문에 그렇게 보인 것이로군. 확실히 사람은 직접 겪어봐야 진면목을 알 수 있단 말이야. 백성들을 위해 민병대를 조직할 정도라면 인심도 많이 얻었겠구려. 하긴 이렇게 백성들을 생각하니 사람들이 모여들지 않겠는가. 교활한 사람에게는 민심이 모여들지 않거든……."

상대방의 생각이 완전히 달라지는 순간이었다. 목풍아가 노린 것이 바로 그것이었다. 사람을 사로잡는 것. 그것은 마음을 잡는 것이다. 선입견

이 있는 사람에게 그 모습 그대로 다가간다면 멀어지는 결과를 초래할
뿐이다.

도연과 정화는 목풍아를 교활한 사람으로 단정 짓고, 미리 그러한 이
야기를 고치에게 여러 차례 하여 선입관을 심어놓았을 것이다. 이에 목
풍아는 전혀 반대되는 모습으로 나타나 주고치의 마음속에 자리하던 선
입견을 깨버린 것이다.

주고치는 어려서부터 잘 먹고 자란 사람이라 몸이 비대하여 말을 타거
나 걷지를 못했다. 그런 까닭에 마차를 탈 수밖에 없는 것이다.

객잔에 마차 두 대가 있었다면 한 대는 주고치를 위해 마련한 것일 텐
데, 군사들이 호위하는 마차에는 왕자가 타고 있지 않을 것이 분명하였
다. 목풍아가 정보를 입수한다고 가정했을 때 그 정도는 도연도 생각할
수 있는 문제라 생각되었다.

다른 마차 한 대에 승려가 타고 있다면 그는 군사 도연의 제자이거나
그와 관계가 있는 사람이 분명하니, 머리가 있는 사람이라면 두 번째 마
차에 주고치가 타고 있으리라 짐작할 것이다. 그렇다면 답은 나온 것이
다. 그런데 여기에서 문제가 발생한다.

목풍아가 두 번째 마차를 환영하러 나갔다가는 도연의 계략에 넘어가
는 것이 되고 만다. 누가 말해 주지도 않았는데 천연덕스럽게 나타나 왕
자를 맞이할 정도라면 미리 정화나 도연에게 들어왔던 목풍아의 이미지
가 완전히 굳어져 정말로 교활한 사람으로 각인될 수 있는 것이다. 정화
와 도연이 바라는 것이 그것이었다. 마음이 떠나간 사람에게는 큰일을
시키지 않는다. 후일 연왕의 차기 황제가 될 사람이기 때문에 두 사람은
미리 고도의 심리전을 생각하고, 주고치가 목풍아를 가까이하지 않도록
수단을 강구해 일을 꾸몄던 것이다.

그리하여 첫 번째 마차가 표적이 되지 않도록 만들어놓고, 두 번째 마

차를 찾아가 환영하도록 만들었다. 길은 외통수. 그대로 따라가면 최악
의 악수에 빠지고 마는 것이다.

발 빠르게 왕자를 맞이하였다가는 목풍아는 함정에 빠질 수밖에 없는
것이니 도연은 생각할수록 무서운 사람이 아닐 수 없었다.

목풍아는 첫 번째 마차가 지나간 다음에 난적을 토벌하러 나왔던 것이
므로 왕자를 마중나왔다는 모습을 보이지 않았다. 왕자가 탄 마차가 왔
을 때에도 다른 행인과 똑같이 대우해 도연과 정화의 계략에 말려들지
않았다. 그리하여 목풍아는 주고치의 마음을 얻었다. 이 소식이 두 사람
의 귀에 들어가면 어떤 얼굴을 하고 있을까 생각하니 목풍아는 통쾌하기
그지없었다.

'후후후. 목풍아가 아니고서는 이길 수 없는 판이었다. 그런데 이거
방심하면 큰일나겠는데?'

엉덩이가 배겨 말을 못 타게 되었다는 이유로 왕자 주고치와 함께 마
차를 타고 다정하게 이야기를 나누던 목풍아는 언젠가 때가 되면 정화와
도연을 멀리 멀리 날려 버려야겠다 생각하였다.

주고치는 아버지보다는 어머니 서씨를 더 닮은 듯 하얗고 넙적한 얼굴
에, 부드럽고 온화한 인상이었다. 살이 많이 쪄서 몸은 비대하였지만, 목
풍아를 바라보는 통통한 얼굴에서는 미소가 끊이지 않았다.

"네가 아버님을 위기에서 구하였다면서?"

"송구합니다."

"나이는 얼마나 되었느냐?"

"올해 열여섯 살입니다."

"아이쿠. 나보다 다섯 살이나 어린데 벌써 그렇게 큰 공을 세우다니,
네 머리가 정말 좋은 모양이구나. 듣기에는 네가 아버님을 만나기 위해

소천이와 불미스러운 일을 꾸몄다던데……."

"하하하. 남의 말 하기 좋아하는 사람들이야 그런 식으로 이야기하겠지요. 그 문제는 소천 군주님에게 직접 물어보시면 해답이 될 줄로 압니다. 저는 다만 대왕께 힘이 되고파 송구하게도 소천 군주님을 통해 제 능력을 보여 드린 것뿐입니다."

주고치는 고개를 끄덕끄덕하였다. 당사자가 아니라는데 다른 사람의 이야기를 믿을 까닭이 없었다. 그는 목풍아를 조심하라는 정화와 도연에게 점점 신뢰가 가지 않았다. 목풍아의 이야기대로라면 정화와 도연은 어린 목풍아를 중상모략하고 있는 것이다. 목풍아는 이제 겨우 열여섯밖에 안 되는 소년일 뿐이다.

'하지만 정화와 도연은 아버님께서 두 팔로 생각하시는 사람들이다. 그들이 이런 소년을 조심하라 재차 당부한 것에는 반드시 이유가 있을 것이다.'

주고치는 목풍아에게 물었다.

"아버님을 구하는 큰 공을 세우고도 정난군에 참여하지 못한 것은 무엇 때문이라고 생각하는가?"

주고치는 목풍아가 뛰어난 머리를 가지고 있다고 들었지만, 아버님과 함께 동행하지 않은 것을 보면 목풍아에게 무언가 문제가 있지 않을까 하는 마음에 물었던 것이다. 아버님으로부터 신임을 받지 못하고 있다면, 정화와 도연의 생각이 어느 정도는 신빙성이 있다는 말이다.

목풍아는 배시시 웃으며 주고치의 얼굴을 바라보다가 말했다.

"헤헤헤. 제 생각으로는 전하께서 저를 매우 신임하기 때문이 아닐까 합니다."

"무엇 때문에 그리 생각하는가?"

"두 가지 이유 때문입니다. 첫째로, 전쟁이 일어나면 가장 중요한 것은 정난군의 후방을 지원하는 일입니다. 병력이나 군량, 마필, 의복 등은 사소한 일인 것 같지만, 그때그때의 상황에 맞춰 이루어지는 병력의 후방 지원이 끊어지면 식물의 뿌리가 잘리는 것과 같아 마침내는 전쟁에서 패하게 되는 것입니다. 진시황 때에는 여불위(呂不韋)가, 한고조(유방) 때에는 장량(張良)과 소하(蕭何)가 그 일을 맡아 대업을 이루었으니, 계산이 빠른 사람이 아니고서는 대업을 이루기가 어렵지요. 지금 전하께는 용맹한 장수들과 지략가들은 많으나, 후방에서 지원할 수 있는 저 같은 머리는 없었습니다. 이번에 정난군을 일으키실 때 저를 후방으로 뇌둔 것은 바로 그것 때문입니다.”

들고 보니 목풍아의 이야기가 맞았다. 뿌리가 없으면 식물은 죽어버린다. 목풍아는 그 뿌리로서 아버지가 안배한 것이지 신임이 없어 후방에 남은 것이 아니다.

“그럼 다른 한 가지 이유는 무엇인가?”

“헤헤헤. 오늘 왕자님을 만나보니 그 이유를 확연히 알 것 같습니다. 제 임무는 이곳에서 왕비마마와 공주님, 그리고 가장 중요한 왕자 전하를 지키는 일 같습니다.”

“나를 지킨다고?”

“예. 전하께서는 저를 왕자 전하의 군사(軍師)로 생각하시고, 전하와 더불어 연경을 지키라고 하신 것 같습니다. 저라면 믿을 수 있다고 생각하시니까요.”

“그렇게 생각하는 이유가 무엇인가?”

“하하하. 얼마 후면 아시게 될 것이지만 왕자 전하께는 미리 말씀드리지요. 천자의 군사들과 정난군이 싸움을 하게 되면, 반드시 왕자님이 연경에 있다는 정보가 첩자들을 통해 남경에 들어가게 될 것입니다. 그렇다면 천자의 군사들은 정난군과 싸우는 척하면서 한편으로는 왕자님과 왕비마마, 공주님들을 생포하기 위해 이곳으로 반드시 쳐들어올 것입니다. 성동격서(聲東擊西)의 수법이지요. 이런 기본적인 전법을 짐작 못하실 전하가 아님을 잘 아실 테지요? 그러나 지금 전하께서는 남하하면서 군사들을 재정비하고 계신 까닭에, 여러 가지를 생각하실 형편이 안 됩니다. 천자의 군사들에 비해 병력도 상대적으로 열세이고 말입니다. 지금은 전하의 병력을 여러 병력으로 나눌 수 없는 상황이니, 연경으로 쳐들어올 천자의 군사는 왕자 전하께서 단독으로 상대하셔야 합니다. 그렇다면 그때 누가 왕자 전하의 곁을 지키며 천자의 군사를 물리치겠습니까?"

"그럼 아버님께서는 그대를 나의 군사(軍師)로 생각하시고 있다는 말인가?"

"헤헤헤. 송구합니다만 그렇습니다. 전하는 장자이십니다. 전하께서 천하를 잡게 되신다면, 그 다음 자리는 당연히 장자가 맡게 됩니다. 설마 전하께서 믿을 만한 사람도 없는 연경으로 왕자 전하를 보냈을 것이라 생각하십니까?"

목풍아는 주고치 자신이 보지 못한 부분까지 내다보고 있었다. 여러 가지 상황을 목풍아는 종합적으로 내다보고 있는 것이다. 소름이 끼칠 정도로 냉정하게 정황을 바라보고 있었다. 틀린 말이 하나도 없었다.

'이 때문에 도연과 정화가 조심하라고 하였던가?'

그러나 목풍아가 무섭다기보다는 든든하게만 느껴지는 주고치였다. 바깥에 따르는 민병대는 연경의 방비를 위해 목풍아가 자체적으로 조직한 군대라는 말이 된다.

병력 오백여 명을 데리고 홀로 연경으로 올라온 주고치는 소외감을 느끼고 있었다. 둘째와 셋째는 아버님의 휘하에서 종군하며 장수들과 함께 공을 세우는 입장이었으나, 상대적으로 장자인 자신은 후방으로 처량하게 물러나야 하는 상황이었다.

아버님의 사랑에서 멀어지는 것만 같은 느낌. 장자이지만 장자의 구실을 하지 못하는 자신이 못내 처량하게만 느껴졌던 주고치였다.

아버지와 성격이 비슷한 둘째 주고후(朱高煦)는 힘이 세서 전투에서 공을 많이 세울 것이고, 막내 주고수(朱高燧)는 날렵하고 귀엽게 행동해 아버지에게 사랑을 받는 것에 비해 자신은 학문을 좋아한다는 것 이외에는 그리 내세울 것도 없는 사람이라 생각하던 주고치였다.

문득 주고치는 목풍아의 마음을 떠보고 싶은 마음이 들었다.

"그대는 앞으로 어떤 세상이 오기를 바라는가?"

"헤헤헤. 그건 제가 묻고 싶은 말인데요?"

"내가 대답하라고 명한다면?"

"헤헤헤. 잠시만 기다리십시오."

목풍아는 마차 문을 열고 소리쳤다.

"행렬을 멈춰라!"

주능이 손을 번쩍 들어 행렬을 멈추고 다가왔다.

"무슨 일이오?"

"왕자 전하께서 행인 몇 명을 골고루 불러오라십니다."

주능이 바삐 뒤편으로 말을 달려 따라오는 사람 중 몇 사람을 데리고 마차 옆으로 왔다.

목풍아가 마차의 문을 활짝 열고 말했다.

"왕자 전하께서 너희에게 물어볼 말씀이 있으시다니 명을 받들거라."

사람들은 일제히 바닥에 엎드려 머리를 박았다. 언감생심 왕자의 그림자를 볼 수도 없는 사람들이 고귀한 왕자를 직접 대하게 되니 겁이 나 바들바들 떨었다.

주고치는 목풍아의 행동을 이해할 수 없으면서도 그의 말에 따르듯이 가장 앞에서 머리를 조아린 늙은이에게 물었다.

"너는 어떤 세상이 오기를 바라느냐?"

"살려만 주십시오, 살려만 주십시오."

노인은 바들바들 떨면서 고개를 들지도 못하였다. 괴물도 아닌데 평민들은 왕자를 두려운 존재로만 생각하는 것이다.

주고치는 목소리를 부드럽게 하여 다시 말했다.

"늙은이, 너를 죽이지 않는다. 걱정하지 말고 고개를 들어 나를 보라."

노인이 몇 번을 망설이다가 고개를 들었다. 주고치가 온화한 얼굴로 웃으며 말했다.

"겁먹지 말고 나에게 말해 다오. 너는 어떤 세상이 오기를 바라느냐? 내가 너희의 말을 꼭 듣고 싶다."

노인의 주름진 눈에서 갑자기 눈물이 주르르 쏟아져 내렸다. 육십 평생 높은 사람에게서 그러한 소리를 들어본 적이 없는 사람이었다. 지방의 낮은 아전에게까지 호령이나 명령은 들었을망정 충고의 말은 한마디도 해본 적이 없는 촌노는, 고귀한 왕자가 직접 자신의 생각을 물어보는 것이 감격에 겨워 할 말을 하지 못하고 눈물만 흘릴 따름이었다.

주고치는 노인의 눈물을 보고 가슴이 찡하였다. 왜 그런지 이유는 알수 없었지만 가슴이 벅차오르는 것이 느껴졌다.

"어서 말해 보라. 너는 어떤 세상이 오기를 바라느냐?"

노인은 소매로 눈물을 슥 닦곤 바닥에 엎드려 말했다.

"젊은 사람이 헛되이 죽어가는 전쟁도 없고, 도적도 없고, 세금 걱정도 없는 그런 세상이 오기를 바랍니다."

"알겠다. 그런 세상이 올 수 있도록 열심히 노력하겠다."

노인은 땅바닥에 연신 머리를 박으며 말했다.

"이 늙은이, 왕자님께서 좋은 세상을 만드시도록 기원하겠습니다. 죽어 귀신이 되어서도 기원하겠습니다."

주고치는 가슴이 찡하였다. 노인은 죽어서라도 자신의 힘이 되어주겠다 한다. 백성들의 마음속에 사무친 염원을 알 것 같았다. 세상은 아직도 백성들에게 무거운 속박을 강요하고 있었다. 힘든 삶을 살아가는 사람들. 노인은 주고치에게서 희망을 발견하고, 진심으로 기원하고 있는 것이다. 이때 목풍아가 말했다.

"왕자님, 더 불러 드릴까요?"

"아니다. 되었다."

주고치가 착잡한 마음에 손을 내저으니 목풍아가 마차 바깥으로 머리를 내밀어 주능에게 말했다.

"행렬을 출발시키랍신다!"

"예."

이내 군사들이 나아가고 마차가 출발하였다. 노인과 왕자 앞으로 왔던 사람들은 마차가 지나갈 때까지 땅바닥에서 엎드려 있었다.

목풍아가 한숨을 내쉬는 주고치에게 말했다.

"왕자 전하, 물음에 대한 답이 되셨습니까? 저는 사심없이 백성들의 마음을 들을 준비가 되어 있는 사람입니다. 그리고 왕자 전하께서도 그렇게 되시기를 바랍니다."

주고치는 고개를 끄덕거렸다. 잠시 동안이지만 그는 목풍아에게 많은 것을 배웠다 생각하였다. 주고치는 할아버지 홍무제를 생각하였다. 언제나 백성들의 편에서 생각하던 할아버지는 천하를 얻었다. 원나라를 몰아내고, 그 와중에 생긴 혼란을 봉합하며 다시금 새로운 세상을 만들었던 것이다. 전란이 없는 평화로운 세상을 위해서……. 그러나 지금은 또 어떠한가. 아버지 연왕도, 천자도 백성들의 마음과는 다른 곳으로 가고 있었다. 전쟁은 세상과 사람을 황폐하게 만들 뿐이다. 하지만 지금은 어쩔 수 없는 상황이지 않은가.

주고치는 처연히 웃으며 물었다.

"그대는 백성들이 원하는 그런 세상이 올 수 있으리라 생각하는가?"

"그런 세상을 만드는 것이 저와 왕자 전하의 몫입니다. 전하께서는 백성들의 이야기를 들으셨습니다. 앞으로도 백성들의 이야기를 몸소 들으시고 자신의 일처럼 실천하려 노력하신다면, 그런 세상을 반드시 만들어갈 수 있을 것입니다."

주고치는 고개를 끄덕였다. 맞는 말이었다. 주고치는 궁전에서 귀한 앵무새처럼 길들어져 버린 자신을 새롭게 되돌아보았다. 백성과 나눈 이야기 한마디는 자신이 수십여 년간 배운 유교 경전(儒敎經典)의 글귀보다 더욱 힘있고 절실하게 느껴졌다. 백성들의 마음속에 치국(治國)의 요체가 숨어 있다는 것을 깨달았다. 하지만 지금 자신은 세상을 만들 수 있는 위치에 있지 않다. 더 멀리까지 생각을 하니 기운이 나지 않았다.

주고치는 목풍아를 바라보며 말했다.

"풍아, 나는 힘이 없는 장자다. 하지만…… 하지만…… 백성들이 원하는 세상을 만들고 싶다."

목풍아는 직감하였다. 주고치가 자신에게 도움을 요청하고 있다는 것을……

권력의 세계란 야수의 세계와 같은 것이다. 경쟁자를 이기지 못하면 제거되거나 도태되고 마는 것이다. 홍무제가 수많은 공신들을 숙청한 것도, 연왕이 천자에 대항하여 정난군을 일으킨 것도, 역사 속에 등장하는 수많은 토사구팽(兎死狗烹)의 일화 역시 비정한 권력의 속성을 보여주는 것이다.

주고치 역시 나이를 먹을수록 그러한 권력의 속성을 몸으로 느끼고 있었다. 남경에서 조카인 천자가 삼촌들을 차례차례 제거하고 아버지까지 제거하려는 모습을 두 눈으로 똑똑히 보아왔던 주고치는 아버지 연왕의 신임이 둘째에게로 향하고 있음을 느끼고 있었던 것이다.

둘째가 권력을 잡게 된다면 제거되어야 할 힘없는 장자의 운명을 주고치는 예감하고 있는 것이다. 살기 위해서는 권력을 잡아야 한다. 그러나 주고치에게는 지금 아무런 힘이 없다. 이대로라면 권력의 중심에서 멀어져 비참한 최후를 맞게 되리라. 사면초가의 처지에서 만난 목풍아는 주고치로서는 천군만마나 다를 바가 없었다.

도연과 정화가 두려워하는 사람. 두 사람에게 밀리지 않는 책략가가 자신의 편에 서게 된다면 그것만으로도 큰 힘이 되리라. 주고치는 그렇게 생각하고 목풍아에게 도움을 청한 것이다.

목풍아는 싱글거리며 말했다.

"백성들이 원하는 세상을 함께 만들어가시죠."

승낙의 대답이었다. 주고치는 마음이 든든하여 저도 모르게 웃음이 나왔다.

"하하하! 정말 고맙다. 네가 나의 한 팔이 되어준다니 나는 정말 천군만마를 얻은 것처럼 든든하다."

목풍아가 손가락으로 입을 가리며 소리를 낮추라는 듯이 말했다.

"왕자 전하, 지금부터가 중요합니다."

주고치는 목소리를 낮추었다.

"무슨 이야기인가?"

"앞으로 보이지 않는 수많은 적들이 저와 전하를 경계할 것입니다. 지금부터 천천히 대비하셔야 합니다."

"어떻게 대비한단 말이냐?"

"멀리 보셔야 합니다. 우선은 전하의 가까이에서 전하를 음해하는 적이 있음을 명심해야 합니다."

“적이라고? 가까운 데에 적이 있다고?”

“네. 아주 가까운 곳에 무서운 적이 있습니다.”

“그것이 누구인가?”

“정화와 도연입니다. 그들이 저에 대해 나쁘게 이야기한 것은 무슨 뜻이겠습니까? 왕자 전하께서 저를 멀리하라는 주문 아니겠습니까? 왕자님의 힘이 될 사람을 아예 만나지 못하게 하려는 술책이란 말씀입지요.”

“술책이라고?”

“예. 거꾸로 이야기한다면 두 사람이 왕자님을 경계하고 있다는 뜻이 됩니다. 정화와 도연은 군중에서 둘째 왕자님과 자주 만날 것이니 자연스럽게 친해져 후일을 도모할 수 있지만, 첫째 왕자님께는 누가 있습니까? 옆에서 힘이 될 사람이 아무도 없는 이곳에 왕자 전하를 보내놓곤 저를 멀리하라고 하였다면, 그 의도가 무엇이겠습니까? 힘이 되는 사람을 아예 만들지 말라는 말입니다. 힘이 되는 사람이 없다면 둘째 왕자님과 경쟁이 되겠습니까? 처음부터 그들은 둘째 왕자님을 차기 후계자로 생각하고 있다는 말입니다. 전하께서 그들의 의도를 잘 생각하시고 철저하게 대비하지 않으시면 안 됩니다.”

주고치가 생각해 보니 그러했다. 정화와 도연, 두 사람이 목풍아를 가까이 못하게 한 것은 이유가 있었다. 자신을 연경으로 보내고 둘째와 셋째를 아버지 곁에 머물게 해 전공을 세우게 하려는 것은 차기 후계자를 염두에 두고, 장남을 후계 구도에서 완전히 배제시키려 하는 두 사람의 책략같이 생각되었다. 아무런 힘도 없는 장남과 혁혁한 공훈을 세운 차남. 승부는 보나마나 뻔하였다. 두 사람은 자신을 허수아비로 만들기 위해 연경으로 보냈으며, 목풍아를 만나지 말라고 주문하였다는 말이 된다.

“이놈들이 나를…… 나를 기만하였어……!”

주고치는 얼굴이 울그락불그락 하여 통통한 주먹으로 의자를 탁탁 쳤다. 목풍아는 그런 주고치를 바라보며 배시시 웃었다. 그렇다면 이제 믿을 것은 누구인가. 주고치는 죽으나 사나 목풍아를 믿을 수밖에 없다. 이제 주고치는 정화와 도연의 말을 곧이곧대로 믿지 않을 것이다. 후일 연왕이 황제에 오르고 주고치가 황세자로 권력의 정점에 서게 된다면, 거꾸로 정화와 도연은 권력에서 멀어지게 될 것은 뻔한 일이다. 목풍아의 세 치 혀에 상황이 정화와 도연의 의도와는 반대로 되어버리고 말았다.

"풍아, 네가 나를 도와다오. 생각해 보니 나는 이제껏 허수아비처럼 살아왔다. 오늘 내가 너를 만난 것은 정말로 행운이다. 이제야 내 눈앞에 있던 장막이 비로소 걷히는 것을 깨달았다."

주고치는 목풍아의 손을 잡았다.

"왕자 전하, 걱정 마십시오. 이 목풍아가 왕자 전하의 곁에 있는 한 그들도 어쩌지는 못할 것입니다. 이 목풍아만 믿으십시오."

"알겠다. 정말 고맙다, 풍아."

주고치는 눈시울을 붉히며 목풍아를 바라보았다.

목풍아는 주고치의 손을 잡고 정화와 도연을 생각하였다.

'후후후. 이 목풍아는 받은 만큼 돌려주는 사람이다. 이자를 곱으로 쳐서 말이다. 너희는 잘못 건드린 거야.'

목풍아는 마차 바깥으로 다가오는 연경의 높은 성벽을 바라보며 무엇을 생각하였는지 싱글벙글 웃었다.

주고치가 그 모습을 보고 물었다.

"풍아, 무슨 생각을 하는 것이냐?"

"궁전 안에 들어가면 왕후마마와 공주님들께서 기다리고 계실 것이 아닙니까? 저는 궁 앞에서 내렸으면 하고 생각했습니다."

주고치는 이 기회에 목풍아의 마음을 굳게 잡고 싶어 손을 내저으며 말했다.

"아냐, 그럴 것까지 없다. 이제 너는 나의 오른팔이 되었으니 나와 함께 어머니와 공주들을 만나도록 하자."

"궁중의 법도에 왕후마마와 공주님을 저 같은 신하가 감히 만나뵈올 수는 없습니다."

"아니야, 아니야. 나는 너를 어머님께 보여 드리고 싶구나. 어머님도 내 청을 받아주실 게다."

"왕자 전하가 그렇게 저를 생각하신다니 소인 목풍아는 영광이옵니다."

목풍아는 쾌재를 불렀다. 뜻밖에 일이 수월하게 되어가고 있었다. 상대방이 전공을 세우고 있는 이때에 가만히 앉아 있다가는 그들의 밥이 되기 쉽상이다. 목풍아는 그 나름대로 다른 방향의 포석을 진행시켜 놓아야만 그들과 평행을 맞출 수 있는 것이다.

목풍아는 그들과의 평행을 맞추기 위해, 아니, 그들보다 더욱 나아가기 위해 반드시 궁궐 내부의 인심을 얻어두어야만 한다. 왕후마마는 내명부를 관장하는 사람이므로 반드시 그녀의 신임을 얻어야만 나중에 활동하기 편리할 것이기 때문이다.

외명부와 내명부의 일이란 판이하게 다른 것이지만, 정치 활동이란 반드시 대신들만 하는 것이 아니다. 침실 정치라는 말이 있듯이 내명부의 입김은 중신들도 하기 어려운 일들을 하룻밤 사이에 척척 해내는 무서운 힘이 있었다. 그것은 목풍아대로 한 판의 판을 만들기 위해 반드시 필요한 과정이었다. 그러나 환관이나 시녀가 아닌 이상 왕후를 만나는 것은 어려운 일일 수밖에 없었다. 왕궁의 법도는 지엄하여 남녀칠세부동석의 원칙을 철저하게 준수하기 때문에, 목풍아는 그동안 왕비를 만날 기회를 만들 수 없었던 것이다.

목풍아가 주소천을 몰래 만나는 이유 중의 하나가 왕비를 만날 수 있는 기회를 얻기 위함이었다. 그런데 그런 기회가 주고치를 통해 자연스럽게 이루어지게 되었으니, 목풍아는 쾌재를 부르며 운수대통하였다 생각하였다. 왕비님을 만나 어떻게 신임을 얻을까 생각하다 문득 생각이 함녕 공주 주소희(朱小喜)에게 미치었다. 얄미운 주소희도 만날 것이니 그전에 그들의 장단점을 알아내지 않으면 안 된다.

"왕자 전하, 저는 왕후마마와 공주님을 처음 뵈옵는데, 그분들이 무엇을 좋아하는지를 잘 모르겠습니다."

주고치는 손을 저으며 말했다.

"하하하. 너는 어머님과 공주들에게 잘 보이고 싶은 것이로구나."

"예. 과거에 소천 군주에게 무례하게 군 일도 있으니, 이번 기회에 그분들의 마음을 풀어드리고 싶습니다."

"하하하. 선물 같은 것은 하지 않아도 된다. 어머님은 선물 같은 것은 좋아하지 않으시니 말이다. 어머님은 소박한 분이어서 진실한 사람을 좋아하시지."

"하오나 특별히 좋아하시는 것이라도 있다면 제가 편하겠습니다."

"그렇다면 내가 자리를 마련하마. 어머님은 공부를 좋아하셔서 내가 어릴 적부터 시회(詩會)를 마련하고, 시를 짓는 것을 즐기셨다. 듣기에 너는 시도 잘 짓는다 하였으니, 이번 기회에 시로써 어머님의 마음을 얻어보도록 하거라."

"감사합니다. 그런데 두 분 공주님께서는 무엇을 좋아하시는지……?"

"너는 이것저것 생각도 많구나."

"헤헤헤. 이 일은 비단 저만의 일이 아니라 왕자님의 미래를 위한 일입니다."

주고치는 고개를 끄덕이며 말했다.

"좋아, 그렇다면 내가 모두 말해 주지. 안성 공주 주소천은 사치를 좋아하고 남에게 무례하고 으시대길 좋아하는 성격이다. 아버지를 닮아서인지 사냥을 좋아하지만 글공부는 싫어하고, 사람을 무시하고 깔보는 성격이라 네가 상대하려면 마음 고생이 심할 것이다. 되도록 안성 공주는 피할 것을 권한다. 그래도 안성의 마음을 얻어보겠다면 아름다운 보석을 선물한다면 좋아할 게다. 함녕 공주 주소희는 안성보다 여자다운 성격이지. 어머니를 닮아 글공부를 좋아하고, 매우 똑똑하여 어려서부터 아버님의 사랑을 많이 받았지. 하지만 머리는 좋은데 철없이 자라 안성과 마찬가지로 남을 깔보기를 좋아한다. 왕실이라는 환경에서 자라 철이 없고 버릇이 없는 것이니 나중에 무례를 당하더라도 이해하길 바란다."

그 문제는 벌써 몸으로 깨달은 목풍아였다.

"하하하. 그렇다면 두 분 공주님은 어떤 사람을 좋아합니까?"

"글쎄. 굳이 예를 들자면 안성은 한고조 유방 같은 호걸풍의 사나이를 좋아하고, 함녕은 이태백같이 호방하고 지적인 사람을 좋아한다고 할까?"

목풍아는 고개를 끄덕거렸다.

두 사람이 이야기하는 사이에 마차는 연경의 남문으로 들어가 어느덧 궁전 앞에 이르렀다. 궁전의 남문 앞에는 미리 준비한 보교가 준비되어 있었는데, 마차에서 내린 주고치는 준비된 보교에 올라타 목풍아를 옆에 따르게 하여 궁전 안으로 들어갔다.

궁전 앞에는 맏아들이 환궁하였다는 소식을 들은 왕후 서씨가 두 공주와 함께 정청 앞까지 나와 있었다.

보교가 멈추고 주고치는 눈물이 글썽거리는 눈으로 서씨에게 다가가 고개를 숙여 공손하게 절을 하였다.

“어마마마, 그동안 평안하셨습니까?”

“네, 그동안 수고 많으셨습니다.”

백옥같이 투명한 흰 얼굴에 엷은 미소를 짓고 있는 왕후는 살짝 고개를 숙여 읍을 하곤 주고치의 옆에서 머리를 숙이고 있는 목풍아를 바라보았다. 작은 체구인 까닭에 갑옷이 어색하게 보였기 때문이다.

주고치가 빙그레 웃으며 말했다.

“어머님, 목풍아라고 합니다. 아버님께서 육조감찰어사를 맡긴 바로 그 사람입니다. 우연히 북평에서 만나 함께 궁궐로 들어왔습니다.”

목풍아가 공손하게 인사를 하였다.

“신 목풍아, 인사드립니다.”

서씨의 뒤편에 서 있던 안성 공주 주소천은 목풍아가 반갑기 그지없어 생글생글 미소를 짓고 있었고, 그 옆의 함녕 공주 주소희는 매서운 눈초리로 목풍아를 노려보고 있었다. 그런데 주소희는 엄청난 미인이었기에 노려보는 얼굴조차 한 떨기 매화처럼 아름답기 그지없었다. 목풍아는 생각보다 예쁜 주소희의 얼굴을 보고 침을 꿀꺽 삼키었다.

이때 왕후 서씨가 말했다.

“그렇지 않아도 그대의 이야기는 많이 들었어요. 이번에 큰 공을 세웠다면서요?”

“송구합니다, 마마.”

서씨가 목풍아의 인사를 받곤 고개를 돌려 주고치에게 말했다.

“긴 여행으로 피곤이 심할 텐데 거처로 가십시다. 간단한 주찬을 마련해 놓았답니다.”

주고치가 말했다.

“감사합니다. 그렇지 않아도 시장한 참이었습니다. 그런데 어머님, 한 가지 청이 있습니다.”

"무엇인가요?"

"저를 마중 나온 목풍아와 식사를 함께하고 싶은데 괜찮겠습니까? 오면서 이런 저런 이야기를 나누었는데 저와 이야기가 잘 통하고, 무엇보다도 시를 잘 짓기에 그와 여러 가지 이야기를 나누고 싶습니다. 어머니께서도 시 짓는 것을 좋아하시니 목풍아의 재주도 보실 겸 함께하시지요."

서씨가 온화한 얼굴로 목풍아를 바라보다 고개를 끄덕였다.

덕분에 목풍아는 주고치를 따라 동편의 동궁(東宮)으로 향하였다. 한참을 구불구불한 회랑을 따라가다 동편 궁전을 들어서니 국화꽃이 만발한 아름다운 뜰이 나타났다.

그 앞에 커다란 기와집이 있었는데, 그곳이 주고치가 거처하던 동궁이다. 동궁의 대청 안에는 미리 준비한 모양인 듯 여러 가지 맛있는 음식들이 큰 탁자에 차려져 있었다.

궁중의 예에 따라 주고치가 가운데에 자리하고, 그 왼편에 왕후 서씨가 앉았다. 주고치의 좌우에는 주소희와 주소천이 앉고, 그 뒤로 상궁들과 궁녀들이 무리 지어 시립하고 섰다. 그 맞은편에 작은 탁자가 놓여 있었고, 그 위에 간단한 음식이 마련되어 있었으며 목풍아는 그곳에 안내되었다. 목풍아가 의자에 앉자 주소천이 그 맞은편에서 눈을 찡긋하며 추파를 던졌다. 주소천의 뒤편에는 강민이 서 있었는데, 목풍아는 강민과 눈이 마주칠 때면 얼굴을 찡그려 괴상하게 보였다. 주소천은 그것이 자신에게 보내는 시선이라 생각하여 좋아 어쩔 줄을 모르는데, 강민은 저 혼자 목풍아의 비밀을 알고 있는 터라 좋으면서도 내색하지 않았다.

주고치는 차려진 음식을 먹고 술을 한 잔 받아 마시고는 목풍아를 어머니에게 잘 보일 요량으로 말을 꺼내었다.

"풍아, 네가 시를 잘 짓는다 들었는데, 나의 글귀에 대구를 지어보겠느냐?"

기다리던 바다. 주고치와 미리 이야기를 해놓았던 터라 목풍아는 자리에서 일어나 고개를 꾸벅 숙이며 말했다.

"부족한 솜씨지만 최선을 다해보겠습니다."

주고치는 빙그레 웃다가 시 한 수를 지었다.

천리마가 백락을 만나 갈기를 흔들면서 길게 운대[天馬遇伯樂 而振鬣長鳴].

백락(伯樂)은 말을 잘 감별하던 춘추시대 사람의 이름으로, 그가 없이는 천리마도 없다는 고사까지 있을 정도였다. 결국 천리마가 백락을 만났다는 것은 주고치가 목풍아를 만났다는 것을 반의적으로 표현한 말이다. 주고치가 자신을 알아주는 목풍아를 만나 기분이 아주 좋노라는 뜻이었다. 목풍아가 시 속에 담긴 주고치의 의도를 모를 리 없다. 그 즉시 답시를 읊었다.

백아(伯牙)가 종자기(種子期)를 만나면 재주를 다해 거문고를 타노래[伯牙遇種期 而擡手盡彈].

백아는 춘추시대 거문고의 명수이며, 종자기는 같은 시대의 초(楚)나라 음악가로 백아의 음악을 알아듣던 사람이다. 종자기가 죽은 후에 백아는 자신의 음악을 알아주는 사람이 없다 하여 거문고 줄을 끊었다는 고사가 있었으니, 목풍아는 주고치가 자신의 진가를 알아주었으므로 재주를 다하여 받들겠노라 이야기한 것이다.

주고치는 목풍아의 시를 듣고 마음이 흡족하였다. 대구도 기가 막혔지만 내용 또한 주고치의 기분을 더욱 돋우는 시였다.

"어머니, 목풍아의 시가 정말로 기가 막히지 않습니까?"

왕후 서씨가 주고치의 칭찬을 듣고 빙그레 웃으며 말했다.

"정말 그렇군요. 궁중에서 목풍아가 지은 팔보시가 대단하다 알려져 있던데, 정말 듣던 대로 시재(詩才)가 뛰어난 사람이군요. 자, 상으로 술 한 잔을 내려주겠어요."

왕후는 상으로 술 한 잔을 목풍아에게 건네주었다. 닫힌 마음이 열리고 있다는 증거였다.

"송구합니다."

목풍아는 시녀에게서 잔을 받아 한입에 마셨다. 후끈한 열기가 목구멍을 타고 내렸다.

"헤헤헤. 술이 참 맛있습니다."

왕후의 옆에서 매섭게 노려보던 주소희가 입을 열었다.

"흥. 제법이다만 이 시의 대구를 한번 지어보겠느냐?"

바라던 바이다. 주소희의 콧대를 꺾으려면 그녀보다 특출난 유식함을 보여야만 하는데, 상대방이 먼저 나서서 자신을 엮어가니 목풍아는 속으로 쾌재를 불렀다.

"예, 예. 아무려면 어떻겠습니까? 저는 술이 들어가면 시가 더 잘 나오니 말씀만 하십시오."

주소희는 목풍아가 못마땅하다는 듯이 노려보다가 입을 열었다.

계집과 아들이 어깨를 나란히 하여, 합하여 인간의 좋은 것을 만든대女子 比肩 合作人間之好].

'이런 망할 갈보 계집애가 나를 욕보이려 하는 게야?'

목풍아가 난처한 얼굴로 주소희를 바라보니 왕후 서씨가 안성 공주를 엄한 눈으로 노려보고 있었다. 남자와 여자가 몸을 합하여 좋은 것을 만든다는 것이 무엇인가. 왕실 안에서 이렇게 입에 담기 어려운 시험 문제를 내는 것은 언니인 주소천이 목풍아에게 모욕을 당했다는 것에 대한 복수를 하고 있는 것이 틀림없었다. 주소천은 그런 것도 모르고, 목풍아와의 달콤했던 일을 생각하고는 볼이 발그스름해져서 수줍게 고개를 숙였다.

목풍아는 자매의 모습을 보고 울화가 치밀었지만, 문제는 문제이니 답을 내야만 한다. 마음 같아서는,

들어간 것과 나온 것이 서로 만나, 오고 가면 즐거운 소리가 생겨난대[凹凸相面 交生快樂之聲].

하며 주소희보다 더 난잡하고 추접스러운 답변으로 그녀의 콧대를 꺾어놓고 싶었지만, 지금은 그럴 수가 없다. 주소희와 똑같이 대응한다면 왕후에 대한 자신의 인상이 무너질 염려가 있었기 때문이다. 어렵게 잡은 기회를 놓칠 수는 없는 노릇이었다. 주소희가 싱글거리며 웃고 있었다. 그 얼굴은 마치 이 문제를 풀 수 있겠느냐고 묻는 것 같았다.

'제 언니보다 더 추잡한 년 같으니라구. 내가 그따위 시에 답을 못 낼 줄 알고……. 두고보자.'

목풍아는 한동안 생각하다가 마침내 왕후를 바라보며 미소를 짓다 입을 열었다.

해와 달이 몸을 가지런히 하여, 붙어서 하늘 위의 밝음이 된다[日月齊體麗爲天上之明].

왕후 서씨의 얼굴에 미소가 피어올랐다. 주소희에 비해 격이 훨씬 높은 대구가 틀림없었다. 옛말에 시삼백(詩三百) 사무사(思無邪)라 하였으니, 시 속에 그 마음이 담겨 있는 것이다. 사악한 마음을 가진 사람에게서는 속된 시가, 맑은 마음을 가진 사람에게서는 깨끗한 시가 나오는 것이라고 시경(詩經)에 나와 있다. 왕후 서씨가 시를 좋아하는 것은 그 때문이었다. 맑고 깨끗한 마음을 가진 사람이 백성들을 평화롭게 다스릴 수 있다는 믿음 때문이었다. 목풍아가 그런 왕후의 마음을 모름이 아니다.

서씨는 목풍아의 대구를 듣고 기분이 좋아져 다시 시녀에게 한 잔을 더 따라 주라 명하였다.

"정말 재주가 뛰어나시오. 앞으로 왕자를 잘 부탁하는 뜻에서 한 잔 내리는 것이오."

그녀는 앞전에 주고치와 주고받은 시의 뜻을 짐작하고 있던 터라, 이번에는 목풍아에게 주고치를 부탁한 것이다.

"송구합니다."

목풍아는 술을 받기 무섭게 단숨에 마셨다.

주소천은 목풍아가 어머니에게 신임을 받는 것이 기뻐 미소가 떠나지 않고, 주소희는 목풍아가 대구를 척척 해내는 것이 억울하고 얄미워 양 볼이 개구리처럼 부어올랐다.

목풍아는 일단 왕후의 마음을 자기편으로 돌리는 것은 성공하였다 생각했다. 그러나 여기에서 멈출 수는 없었다. 확실한 단도리를 해놓을 필요가 있었다. 목풍아는 술잔을 탁자에 놓고 왕비에게 말했다.

"송구한 말씀입니다만, 제가 생각난 시 한 수가 있는데 이 자리에서 읊어보아도 되겠습니까?"

"좋도록 하게."
왕후의 승낙이 떨어지자 목풍아는 입을 열었다.

십 리 강산을 잠자며 지나갔노래[十里江山和睡過].
그 가운데 좋은 경치를 묻노니 어떻던고[箇中形勝問如何],
다른 때에 만약 다시 말을 돌리게 한다면[他日若使便回馬]
몸은 거듭 오지만 눈은 처음이겠네[身是重來眼是初].

왕후가 머리를 갸웃거리며 물었다.
"어떤 의미를 담고 있는 시인가?"
"헤헤헤. 글을 읽으면서도 의미를 알지 못하는 것은 배우는 자의 큰 병통(病痛)이옵니다. 이 시는 아름다운 십 리 강산을 보지 못하고 지나온 중의 무지를 비유한 시인데, 송구하옵게도 함녕 공주님에게 해당하는 시 같습니다. 무릇 사람이란 신분에 따라 입에 담아야 할 말이 있고, 입에 담을 수 없는 말이 있사옵니다. 한데 함녕 공주님께서 구중궁궐에서 많이 배우셨을 텐데도 모르는 것을 보니 십년공부가 헛되이 되어버린 것 같아, 송구하옵게도 옛 시를 인용하여 보았습니다. 듣자 하니 마마께서는 이런 시회를 자주 하신다 들었는데, 신이 오늘 처음 왔다가 공주님의 시를 듣고 깜짝 놀라 가슴이 벌벌 떨리었습니다. 시란 마음을 깨끗하게 만들어주는 것이온데, 이렇듯 난잡한 시가 궁중에서 들려 나온다면 백성들이 무엇을 본받고 따르겠습니까? 신이 말씀드린 것은 오직 왕실을 위한 충성에서 나온 것이오니, 마마께서는 불손하다 생각지 마시고 신의 마음을 잘 헤아려 주시옵소서."
목풍아는 왕후 서씨의 눈치를 살폈다. 왕후 서씨는 한동안 생각하더니 고개를 끄덕끄덕하였다. 목풍아의 말이 지극히 바른 말이었기 때문이다.

그녀는 길게 한숨을 내쉬더니 고개를 돌려 주소희에게 말했다.

"목 공에게 나쁜 소리만 하더니 잘되었구나. 십 년 동안 네가 너의 공부를 잘못 시킨 모양이구나. 다행이 목 공이 너의 잘못된 점을 나에게 지적해 주었으니 망정이지, 어찌 될 뻔하였느냐? 네가 왕실을 망신시킬 셈이었더냐?"

주소희는 목풍아에게 간접적으로, 어머니 서씨에게 직접적으로 당하여 분한 마음에 눈물을 찔끔찔끔 흘렸다. 모든 책임은 얄미운 목풍아에게 있으니 복수하고 싶은 마음은 굴뚝 같은데, 어머니가 목풍아를 비호하고 있는 것 같아 분한 마음이 더하였다.

서씨는 한바탕 질책을 하곤 다시 목풍아에게 고개를 돌려 빙그레 웃으며 말했다.

"목 공이 잘 말해 주었어요. 본디 궁중에서 철없이 자라나 부끄러움도 모르고, 하늘 높은 줄도 모르는 아이라서 그런 것이라 이해해 주세요. 이제 목 공의 시를 들으니 배울 것이 참으로 많을 것 같군요. 앞으로 시회가 열리는 날이면 목 공이 꼭 참관하여 우리 아이들과 나에게 좋은 가르침을 주도록 하는 것은 어떤가요?"

"송구합니다."

목풍아는 머리를 꾸벅 숙였다. 이것이야말로 목풍아가 바라는 바이다. 내명부의 신임을 얻는 일이 반은 성공한 것이나 다름없었다. 내명부의 주최로 시회가 열리면 후궁들은 물론이거니와 공주들까지 모두 모이는 자리이므로, 그들의 신임을 자연스럽게 쌓아갈 수 있는 것이다. 내명부의 신임 속에서 자유롭게 출입할 수 있다면 강민도 자연스럽게 만날 수 있을 것이요, 주소희는 차근차근 괴롭히면 되는 것이니 그야말로 일석삼조가 아닐 수 없었다.

목풍아는 왕후 서씨에게 시회에 참여해 달라는 약속의 술을 다시 한 잔 받아 모두 석 잔을 마셨다. 그리고 주고치에게서 다시 석 잔을 받아 모두 여섯 잔을 받아 마시고, 늦게까지 재미있게 놀다가 늦은 밤에야 궁을 나올 수 있었다.

다음날부터 목풍아의 인심 굳히기 작전이 시작되었다. 궁전에 들어가자마자 바로 주고치와 왕후에게 문안 인사를 드리는 것이 가장 첫 번째 일이었으며, 환관과 상궁들의 비위를 맞추는 일을 두 번째 일로 삼았다. 재물에 약한 그들에게 몇 차례 성의를 보여주니, 목풍아를 떠받들며 그의 입과 귀가 되어 수족처럼 움직이기 시작하였다. 세 번째로 관원의 고하를 막론하고 그들에게 호의를 베풀었다. 저녁에 궁을 나오면 반드시 육조의 관원들을 데리고 연자루로 향하였고, 술값은 모두 목풍아가 치렀다. 연자루의 주인이 목풍아였으니 부담이 없었지만, 그런 내막을 모르는 문관과 무관들은 많은 돈을 지불하며 접대를 아끼지 않는 목풍아에게 미안한 마음을 가지기 시작하였다. 처음에 목풍아를 미워하던 사람도 한 달가량 지났을 무렵에는 목풍아의 말 한마디면 꺼벅하지 않을 수 없었다.

궁궐의 수문장이며 시녀 할 것 없이 수고의 말 한마디와 함께 은전을 수없이 뿌려대니, 궁궐의 안팎이며 직위 고하를 막론하여 목풍아를 좋아하지 않는 사람이 없었다.

궁궐 사람들을 자신의 수족처럼 만들어 버린 목풍아는 위세도 당당하게 궁전을 드나들 수 있었으니, 바야흐로 연경은 목풍아의 손아귀에 들어온 것이나 다름이 없었다.

제 2 장

바람의 힘을 보여주마

연왕이 정난군을 일으킨 지 어느덧 한 달이 가고 두 달이 훌쩍 지나 갔다. 가을이 찾아왔다 싶더니 어느덧 눈이 내리는 차가운 엄동한설이 이어졌다. 북방의 겨울은 가을과 함께 찾아온다.

그동안 천자(天子)는 경병문(耿炳文)을 대장군으로 삼아 사십삼만의 대군으로 반란군 토벌에 나섰으나, 진정(眞定)에서 장옥(張玉)·담연(譚淵) 의 군사와 협공한 연왕의 공격에 부장 이견(李堅)과 영충, 도독 고성(顧 成) 등이 사로잡히며 삼만급이 베이는 큰 패배를 당하였다.

천자가 경병문의 패전을 듣고 조국공(曹國公) 이경륭(李景隆)을 보내어 대장군을 삼고 오십만의 병력을 보내었으니, 이 무렵 연왕은 승승장구하 며 대녕(大寧)까지 남진을 거듭하다가 회주(會州)에서 마침내 오군(五軍) 을 정비하였다.

목풍아가 전령으로부터 오군의 편성에 대해 자세한 이야기를 들었다.
군사(軍師)는 도연(道衍)이 맡고 있으며, 중군장(中軍將)으로 장옥(張玉)

을 삼고 정형(鄭亨)·하수(何壽)를 부장으로, 연경을 방비하던 주능(朱能)이 회주로 불려가 좌군장(左軍將)이 되었으며 주영(朱榮)·이준(李濬)을 부장으로, 우군장(右軍將)으로는 이빈(李彬)을 삼고, 서리(徐理)·맹선(孟善)을 부장으로 하고, 전군장(前軍將)으로는 서충(徐忠)을 삼고 진문(陳文)·오달(吳達)을 부장으로, 후군장(後軍將)으로 방관(房寬), 화윤중(和允中)·모정(毛整)을 부장으로 삼아 송정관(松亭關)에 주둔하고 있다는 것이다.

"빌어먹을 놈들."

전령을 돌려보낸 목풍아는 탁자를 치며 소리쳤다.

연경의 방비를 맡은 주능이 군명을 받고 군사들을 데리고 가버렸으니, 그야말로 연경은 무주공산이 되고 말았다.

적이 연경을 급습하여 포위한다면, 연경에 남은 군사들을 가지고 무슨 수로 막을 것인가? 이것은 모두 도연과 정화가 자신을 경계하며 만들어 낸 술책이 틀림없었다. 좋게 좋게 생각하려다가도 두 사람이 자신의 앞길에 재를 뿌리는 것에는 참을 수 없는 목풍아였다.

만일 연경이 천자의 군사에 의해 초토화된다면 그동안 쌓아왔던 자신의 입지가 수포로 돌아갈 것이다. 그뿐 아니라 왕후와 왕자를 포함한 황실의 가족들과 연경의 백성들의 운명까지 기약할 수 없는 것이다.

연경을 빼앗긴 채 목풍아 혼자 연왕에게 살아 돌아간다 해도 이미 산목숨이 아니니, 정화와 도연이 빠져나갈 수 없는 또 하나의 시험을 목풍아에게 던져 준 셈이었다.

화를 참지 못하고 식식거리며 연자루로 돌아온 목풍아는 탁자에 앉아 생각에 잠기었다. 최악의 상황을 생각지 않은 것은 아니었지만, 생각하기도 싫은 최악의 상황에 막상 닥치고 보니 시급하게 연경의 방비를 생각하지 않을 수 없었던 것이다.

풍계와 일도가 후다닥 목풍아의 방으로 들어왔다.

"남경의 조기로부터 전갈이 왔습니다."

"오, 그렇지 않아도 기다리고 있었다."

목풍아가 조기의 편지를 뜯어보곤 얼굴색이 창백하게 변하였다.

"이런, 제길."

엎친 데 덮친 격으로 이경륭의 군사들이 연왕의 대녕(大寧)을 정벌하는 틈을 타 군사를 나누어 북평으로 진군하고 있으니 대비하라 하였고 자신은 남경에서 최근에 자리를 잡았으며, 조정의 환관, 대신들과 친분을 쌓아가고 있으니 차차 정보를 올리겠다는 내용이었다.

글을 다 읽은 목풍아는 벌떡 일어나 풍계에게 말했다.

"풍계, 땔감은 어찌 되었나?"

"예. 한 달 전부터 부지런히 구입하여 창고에 가득 쌓아놓았습니다. 연경 사람들이 일 년은 쓸 수 있는 물량입니다."

"식량은?"

"왕실의 창고 이외에 저희가 따로 천진(天津)에서 오십만 석을 사들여 창고에 보관해 놓았습니다. 이 역시 연경의 백성들이 반년은 먹고도 남을 물량입니다."

"좋아, 좋아. 일도는 지금 즉시 민병대를 끌고 나가 북평의 갈대밭을 모조리 태워 버리고 오너라. 성벽과 가까운 곳에 있는 민가는 모조리 허물어 버려라. 그리고 땔감으로 쓸 수 있는 재목들은 모두 장작으로 만들어 성안에 비치하도록. 성문에서 백여 보 이상 떨어진 집은 주인의 허락을 맡고 결정하되, 만약 거부한다면 건드리지 말고 놔두거라. 대신 전시가 되면 그들은 성문 안으로 한 발짝도 들어올 수 없다고 전하라. 집이 없어진 백성들은 성안으로 이주해 옮기도록 하라. 나는 즉시 입궐하여 다음 일을 처리하겠으니."

목풍아는 갑옷을 입고 오괴와 독돈을 좌우에 이끌고 장안 대로를 걸어 갔다. 연경에 있던 군사들이 빠져나가 이전의 활발한 성도의 모습은 아니었으나, 사람이 다 빠져나간 것은 아니었다. 목풍아가 세금을 감면하여 성안으로 사람들을 끌어들였기 때문이다.

성도 바깥의 성루는 한 달 사이에 개축을 하여 한길이나 더 높고 단단하게 변해 있었다. 후한 보수와 함께 겨울철 일거리가 생겨난 까닭으로 일거리가 없는 사람들이 많이 모여들었다. 지붕이며 성루에 눈이 쌓여 고요한 듯하였지만, 성곽을 보수하는 사람들의 함성 소리는 여기저기에서 들려오고 있었다.

목풍아가 단예문 안으로 들어서니 수문장이 굽실 인사를 하고 문을 열었다. 이즈음에는 오괴와 독돈까지 주고치의 신임을 얻어 아무런 거리낌 없이 왕궁을 출입할 수 있었던 것이다.

"목 상공, 아침 일찍 오셨습니다."

환관이 목풍아를 발견하곤 재빨리 주고치가 거처하는 동궁으로 안내하였다. 주고치는 이른 아침부터 목풍아가 알현하러 왔다는 말을 듣고 부랴부랴 준비를 하여 그를 맞았다.

그는 방문을 열고 들어오는 목풍아를 놀란 눈으로 바라보았다. 아침에 인사를 하러 오는 것은 늘상 있었던 일이지만, 오늘은 목풍아가 번쩍이는 갑옷을 입고 있었기 때문이다.

"무, 무슨 일이라도 있느냐?"

"우려했던 상황이 벌어졌습니다."

"무슨 일인데?"

"천자의 군사들이 이곳을 향해 진격하고 있다는 정보가 입수되었습니다."

"뭐라구? 아버님이 패하셨단 말인가?"

"아닙니다. 전하께서는 승승장구하고 계십니다. 천자의 군사가 이곳에 막을 군대가 없는 것을 알고, 병력을 나누어 이곳으로도 침입해 들어오고 있는 것 같습니다."

"그, 그럼 원병을 청해야 할 것이 아니냐?"

목풍아는 머리를 설레설레 내저었다.

"원병을 청해서도 구원하러 올 수 있는 상황은 아닌 것 같습니다."

"그건 무엇 때문에?"

"전하께서는 이제야 오군을 정비하셨습니다. 연경을 담당하던 주능의 군사까지 데리고 가서 말입니다. 그것은 천자의 군사에 비해 상대적으로 열세에 처해 있다는 뜻입니다. 이제야 비로서 군의 체계가 잡혀 서서히 지역의 군사들을 모을 수 있는 기반이 섰다는 뜻입니다. 이때에 원군을 보낸다면 오군의 체계가 한꺼번에 무너지게 됩니다. 그것은 이경릉 편이 바라는 바입니다. 연경이 포위되었다 하더라도 전하께서는 움직이지 않으실 겁니다. 아니, 움직일 수 없습니다. 밀어붙이는 방법밖에는 없으실 테니 말입니다."

"그럼 우리는 어떻게 해야 하느냐?"

"위기가 기회라는 말이 있습니다. 이번에야말로 왕자님의 저력을 세상에 보여줄 좋은 기회입니다."

"내가 적은 병력으로 연경을 막아낼 수 있을까?"

"자신을 가지십시오. 이 목풍아가 옆에 있지 않습니까? 준비는 끝났습니다. 왕자님께서는 진두에 서 계시기만 하면 되는 것입니다. 이번만 잘 대처하신다면 왕자님은 새롭게 태어나실 수 있습니다. 저를 믿으십시오."

주고치는 고개를 끄덕였다. 어차피 다른 방법이 없다. 투항하였다가는 아버님에게 해가 될 뿐. 후계자 경쟁에서 이기기 위해서라도 반드시 연경을 지키겠노라 다짐하는 주고치였다.

주고치는 환관에게 명하여 갑옷을 가져오게 하여 위풍당당하게 차려입은 후, 왕비 서씨가 거처하는 소양전(昭陽殿)으로 목풍아와 함께 들어갔다.

왕후 서씨가 두 사람의 복장을 보고 놀란 얼굴로 물었다.

"갑자기 갑옷을 입고 무슨 일이죠?"

주고치가 미소를 지으며 말했다.

"천자의 군사가 연경으로 올라오고 있습니다. 여기 있는 목풍아와 함께 막을 것이니 어마마마는 염려하지 마십시오."

서씨가 주고치의 손을 잡으며 눈시울을 붉혔다.

"나는 장남을 믿겠어요. 부디 전하의 이름을 부끄럽게 하지 말아줘요."

"예, 어머님."

왕후는 고개를 돌려 목풍아에게 말했다.

"목 공, 잘 부탁해요. 나는 목 공을 믿어요."

"염려 마십시오. 제가 미력하나마 왕자 전하의 곁에서 견마지로를 다하겠으니, 마마께서는 마음 편히 지내고 계십시오."

주고치와 목풍아가 소양전을 나와 정청(政廳)으로 나가니 문무 관원들이 어느새 시립하여 두 사람을 맞이하였다. 목풍아가 발 빠르게 환관들로 하여금 문무 관원들을 소집하게 한 것이다.

주고치가 연왕을 대신하여 권좌에 앉으니 그 아래에선 목풍아가 힘있게 소리쳤다.

"지금 천자의 군사들이 이곳으로 올라오고 있다고 하오. 하나 문무겸전하신 왕자 전하께서 응전의 뜻을 굳히셨고, 목풍아와 문무 관원들이 제자리를 지키고 있으니 염려할 것은 없소. 하나 상황이 급박하니 문무 관원들은 모두 내 명령에 따라 주길 바라오. 나는 왕자 전하를 대신하는 것이니 이의있는 사람은 나서서 말해도 좋소."

앞으로 나서는 사람이 없었다. 모두 목풍아에게 신세를 졌거나, 두 달 사이에 왕자와 왕후의 절대적인 신임을 얻은 그의 능력을 익히 아는 까닭이다.

목풍아가 일산안경을 쓴 채 좌우를 둘러보다가 입을 열었다.

"우리는 이제부터 왕자 전하를 중심으로 일심동체로 단결해야 합니다. 천자의 군사들이 연경을 포위하게 되면 민심이 흔들릴 것이오. 그러니 미리 백성들을 위무하여 내부에서 흔들리는 일이 없도록 해야 할 것이오. 문무 관원들은 도성 바깥에서 밀려오는 피난민들에게 겨울 동안 편안하게 머물 공간을 마련해 주도록 하고, 무관들은 무기와 병력을 꼼꼼히 살펴보도록 하시오. 전하께서는 남쪽에서 승승장구하시고 있고, 여차하면 우리를 구원하러 오실 것이니 동요하지 말고 각자 맡은 책임을 다하길 바라오."

목풍아는 문무 관원들에게 자신들이 할 일을 이르고, 주고치와 함께 성을 시찰하러 나갔다.

한 달 전부터 한길 이상으로 쌓아올린 석축 위에 오르니, 성밖에 무수한 민가들이 줄지어 늘어서 있는 모습이 보였다. 그리고 멀리 남쪽에서는 검은 연기가 자욱하게 피어오르고 있고, 성벽 근처에서는 민병대들이 민가를 허물고 있었다.

"저 연기는 무엇이고, 민병대들이 무엇 때문에 집을 허무는 것인가?"

목풍아가 그곳을 가리키며 말했다.

"제가 북평의 넓은 갈대밭을 태우라 명하였고, 성문과 가까운 곳의 민가를 허물어 버리도록 하였습니다."

"북평의 갈대밭은 무엇 때문에 태우고, 집은 무엇 때문에 허물어 버린

단 말인가? 백성들은 어찌하고……."

"백성들을 성안으로 이주하도록 명하였습니다."

"그렇게 명한 까닭이 있을 텐데?"

"헤헤헤. 두 가지 이유가 있습니다. 북평의 갈대밭을 태워 버린 것은 적병의 은신처를 없애 버리는 것과 적군들이 겨울 동안 쓸 땔감을 없애 버리기 위해서였습니다. 이곳은 남경과는 달리 겨울이 되면 날씨가 매우 춥습니다. 연경으로 오고 있는 군사들은 기습을 목적으로 빠르게 이동하고 있기 때문에 미처 준비하지 못한 것들이 많을 것입니다. 저희가 성에 의지하여 장기전으로 돌입하면, 저들은 추위를 견디지 못하고 마침내 물러나게 될 것입니다."

"음, 과연 그러하군. 그럼 민가를 허물어 버리는 것도 그러한 뜻인가?"

"예. 성벽과 가까운 곳에 민가가 있다면 적들이 충교로 운용할 수도 있고, 민가에 의지하여 비밀스러운 계략을 획책할 수도 있습니다. 그럴 기회를 아예 없애 버린 것입니다. 민가를 허물면서 땔감으로 사용될 만한 것은 모조리 성안으로 옮기라 하였으니, 적들은 결코 추위를 견뎌낼 수 없을 것입니다. 저희는 성만 지키고 있으면 손 안 대고 코푸는 것이지요."

"그럼 허물지 않는 민가들은 어떡하는가?"

"어쩔 수 없는 희생양이 되는 것이지요. 나라의 명을 따르지 않는 것이 얼마나 위험한 일인지 알게 되겠지요."

"그것은 너무한 것이 아닌가? 적병에게 볼모가 될 수도 있지 않은가?"

"저희 상황도 좋은 것이 아니라 어쩔 수가 없습니다. 집은 다시 지을 수 있지만, 목숨은 다시 살려낼 수 없다는 것을 모르는 미련한 자들이니 저도 어쩔 수 없습니다."

“그들이 우리에게 마음을 돌리면 어찌하는가?”

“저들은 적병에게 마음을 돌리지 못할 것입니다. 후일 제 말을 듣지 않은 것을 반드시 후회하는 날이 있겠지요.”

“어째서 그런가?”

“저는 한 달 전부터 민병대에 명하여 사방 백 리 안의 식량과 땔감을 없애 버렸습니다. 식량과 땔감이 없어지면 연경을 포위한 병력들이 무슨 짓을 하겠습니까?”

주고치는 그제야 목풍아의 의도를 알 수 있을 것 같았다. 병사들이 식량을 구하기 위해 성 밖 민가의 백성들을 수탈할 것이 뻔하였다. 땔감이 없으므로 민가를 무너뜨려 그 재목으로 추위를 견딜 것이다. 그렇게 되면 백성들은 자신들의 행동을 후회하며 천자의 군사들을 증오할 것이 분명하였다.

천자의 군사들이 백성들에게 약탈을 일삼는다면, 인심은 주고치와 연왕에게로 돌아설 것이다. 또한 천자의 군사들이 끝내 추위와 주림을 참지 못하고 물러가게 된다면, 백성들은 주고치에게 미안한 마음을 가지고 열심히 연왕이 천하를 잡는 일을 돕게 될 것이다. 목풍아는 그 이후의 미묘한 심리전까지 계산해 두었던 것이다.

‘아! 정말 풍아가 내 곁에 있다는 것은 나에게 큰 행운이 아닐 수 없다.’

주고치는 멀리서 타고 있는 북평의 갈대밭을 바라보았다. 북평의 연기가 걷힐 때 남경에서 천자의 군사들이 들이닥치리라. 그러나 주고치는 겁은커녕 웃음이 나왔다. 모든 준비는 완벽하게 되어 있었다. 이제 자신이 직접 움직여 백성들에게 믿음을 심어주는 일만 하면 되는 것이다.

주고치는 기분이 좋아 고개를 젖히며 크게 웃었다.

“하하하! 정말 기분이 괜찮은걸? 그렇지 않나, 풍아?”

"와하하하! 그렇습니다요. 준비는 벌써 끝났으니 이제 저희가 할 일은 성루에 앉아 따뜻한 불을 쬐고 부른 배나 두드리며, 상대방을 약올리기만 하면 됩니다. 그런 일쯤이야 식은 죽 먹기이니 제가 옆에서 도와드리겠습니다."

"하하하! 그것마저 도와준다면 나는 더욱 뚱뚱해질 것 아니냐."

"그런가요? 와하하하!"

두 사람은 서로의 얼굴을 쳐다보며 목청껏 웃고 있었다.

과연 목풍아의 예상대로, 이틀 후 남방에서 천자의 군사가 들이닥쳤다. 병력은 삼십만 남짓. 대장은 경병문의 뒤를 이어 대장군으로 임명된 조국공 이경륭(李景隆)이었다. 생각 밖으로 대군이 순식간에 몰려든 까닭에 연경의 주위는 새까만 까마귀 떼들이 내려앉은 것 같았다. 실로 어마어마한 병력이 아닐 수 없었다.

이경륭이 거만하게 말 등에 앉아 바라보니 성문 근처에는 인적 하나 없었다. 연경의 아홉 문은 단단히 잠겨 있을 뿐이고, 성벽 위에서는 북녘 찬바람에 흩날리는 황색 깃발 이외에는 아무런 움직임도 찾을 수 없었다.

병사들이 멍한 얼굴로 서로를 바라보던 중 달콤한 고기 굽는 냄새가 차가운 바람과 함께 병사들의 코를 스치고 지나갔다. 코를 벌름거리며 냄새를 따라가던 병사 하나가 남문의 성루 가운데를 가리켰다.

"성루 위에 사람이 있다!"

이경륭이 그 소리를 듣고 가만히 성루를 바라보다가 눈을 번쩍 떴다. 성루 위에서 호랑이 가죽 전포를 입은 사나이 하나와 은비늘 갑옷에 담비 가죽 전포를 입은 소년 하나가 태평스럽게 어린 돼지 한 마리를 통째로 구워 먹고 있었기 때문이다.

수십만 대군에 포위된 것치고는 너무나 당돌한 짓거리였다. 두 사람은 어린 돼지를 통째로 구워 맛있게 뜯어 먹고 있었는데, 수십만 대군이 눈에 보이지도 않는 듯이 태연자약하게 술까지 마시고 있었다.

"저, 저런 괘씸한 것들. 저것들은 누구냐?"

높은 성루 위에 있는 두 사람을 가리키니 그의 심복이 대답하였다.

"하나는 연왕의 장자인 주고치인데, 다른 하나는 잘 모르겠습니다. 아마도 그의 심복 같아 보입니다."

이경륭은 씨익 웃으며 주고치를 향해 소리쳤다.

"이 역적 놈아, 천자의 군사들이 보이지도 않느냐? 눈이 있으면 어서 문을 열고 항복하거라. 항복하면 목숨만은 살려주겠다!"

돼지 다리를 뜯고 있던 목풍아가 일산안경을 쓰고 성벽에 다가와 크게 소리쳤다.

"이 간신 놈아, 개소리 하지 마라. 제 분수도 모르는 것이 어디다가 큰 소리를 치는 게냐? 영평에서 정난군에 그렇게 당하고도, 아직도 정신을 못 차렸느냐? 너같이 병법(兵法)의 병 자도 모르는 놈이 무슨 대장군이라고……. 이 돼지 뼈다귀나 먹고 정신차리거라. 얼굴색을 보니 며칠은 굶은 것 같은데, 그 몸으로 싸움이 되겠느냐? 쯧쯧쯧. 사지(死地)에 들어온 지도 모르고 큰소리를 치고 있으니, 원 참."

목풍아는 들고 있던 돼지 다리를 휙 던졌다.

이경륭은 팔월 말에 대장군으로 임명되었고, 열흘 만에 오십만의 병력을 이끌고 하간(河間)으로 올라갔다가 연왕에게 한차례 큰 패배를 당한 바가 있었다. 한 번 크게 당한 다음이라 큰 병력을 가지고도 연왕과 직접 싸우지 못하고, 연왕이 대녕을 공격하는 틈을 타 급하게 연경으로 올라온 것이었다.

급하게 온 까닭에 병사들은 지치고, 군량은 모자랐다. 더구나 남쪽의 따뜻한 기후에서 생활하던 병사들이라 북방의 무서운 추위를 견뎌낼 수 있을지도 몰랐고, 풍토병 등 여러 가지 악재들이 산재해 있는 것이 사실이었다. 이미 군의 내부에서는 무리한 진군이라고 불평을 일삼는 자도 있었기에 목풍아의 말이 틀린 것은 아니다.

이경륭이 잠시 생각할 시간도 없이 목풍아는 다시 소리쳤다.

"이봐, 간신 놈아. 자신있으면 공격해 보라구. 아냐, 아냐. 지금은 힘들겠구나. 강행군을 했을 테니 피곤하겠지. 겨울에는 날이 짧아 밤이 빨리 찾아오거든. 밤이 되면 몹시 추울 테니 얼어 죽지 않으려면 어서 막사를 치고 좀 쉬라구. 싸움은 내일 해도 좋으니 말이야."

이경륭은 화가 솟구쳤다. 감히 천자가 명한 대장군에게 막말을 하다니. 미쳐도 보통 미친놈이 아니다.

"일거에 연경을 함락하고, 저놈의 아가리를 찢어 처참하게 죽여 버리고 말겠다."

이경륭은 이를 우두둑 갈며 막사로 돌아가 장수들을 불러 모았다.

장수들이 막사에 모이자 이경륭은 들고 있던 채찍으로 탁자를 치며 소리쳤다.

"당장 연경을 공격해야겠다."

중군장(中軍將) 곽영(郭英)이 말했다.

"불가합니다. 병사들은 먼 길을 빠르게 행군해 왔기 때문에 지쳐 있어 당장은 싸울 수가 없습니다."

"그렇기 때문에 병사들을 독려하여 싸우게 하려는 것이다. 병사들은 지쳐 있다. 이곳은 날씨도 매우 춥다. 연왕이 지원군을 보낼 수도 있으니 오래 끌면 끌수록 우리가 불리하다. 한 번에 연경을 쳐서 함락시키면 병사들도 편안하게 쉴 수 있으니 내 말을 따르라."

전군장(前軍將) 오걸(吳傑)이 말했다.

"그것도 좋은 계책입니다만, 만약 실패하게 된다면 저희가 큰 타격을 받습니다. 저희는 막사도 치지 못한 상황이니, 밤에 쉴 수 있는 막사라도 쳐놓은 다음에 싸움을 생각하는 것이 좋을 것 같습니다."

이경륭이 고개를 내저었다. 눈앞에 까만 안경을 쓰고 조롱하던 목풍아의 모습이 떠올랐다. 대장군의 앞에서 병법을 운운하며 지껄이던 모습을 생각하니 울화가 치밀었다.

"이봐, 전군장. 우리 병력이 삼십만이다. 삼십만을 가지고 연경을 함락시킬 수 없다 생각하는가?"

"그, 그렇지만……."

"잔소리하지 말고 병력을 아홉 개로 나누어 진군한다. 오늘 연경을 함락시키지 못하면 모두 밖에서 밤을 지새울 각오를 하라고 일러라."

장수들과 부장들이 서로의 얼굴을 쳐다보다가 차마 대장군의 말을 거역하지 못하고 물러갔다.

"이놈, 두고 보자. 생쥐 같은 놈. 내가 가만 놔두지 않으리라."

이경륭은 목풍아를 생각하곤 이를 으드득 갈았다.

잠시 후 군사들이 이만씩 나누어져 연경의 아홉 개 문에 포진하였다는 보고가 올라오자, 이경륭은 성루를 마주 보는 남문에서 칼을 뽑아 들고 소리쳤다.

"일제히 진격하라!"

명이 떨어지기 무섭게 진격의 북소리가 천지를 진동하였다.

와아아아―

하늘을 울리는 함성 소리와 함께 군사들은 벌 떼처럼 성벽을 향해 달리기 시작하였다. 그와 동시에 성벽에서 화살이 새까만 벌 떼처럼 날아들었다. 달려오던 군사들이 차례로 쓰러졌지만, 노도 같은 진격의 물결은 막아낼 수 없었다.

“자자, 힘을 내자고. 여긴 철옹성이니 막아내기가 쉽단 말이야. 흔들리지 말고 적이 성벽에 달라붙기만 기다려라.”

성루를 부지런히 돌아다니며 병사들을 격려하는 목풍아였다.

이미 한차례의 격돌은 예상한바였다. 목풍아는 이번만 잘 막아내면 승리한 것이나 다름없다 확신하고 있었다.

연경은 원의 수도인 대도(大都)이다. 세계를 호령하던 원나라가 망하면서 마지막 황제인 순제(順帝)가 아무런 저항도 하지 않고 도망가 버린 탓에, 전쟁의 불꽃에 훼손되지 않은 연경의 성벽은 그 자체가 철옹성이었다.

크고 튼튼한 석축으로 지은 성벽의 높이가 무려 오 장(丈)인데다, 북쪽에서 흘러드는 물을 끌어 성벽 아래에 삼 장(丈) 넓이의 해자(垓字)를 만들어놓았고, 구 문(門)은 모두 석교(石橋)로 만들어놓았다. 동서남북 네 군데의 석교에는 옹성(甕城)이 붙어 있어 적군들이 쉽게 문을 부술 수 없었다. 그야말로 금성탕지(金城湯池)라는 말이 어울리는 성인 것이다.

이경륭의 군사들은 물이 허리까지 차 오르는 해자에 뛰어들어 용감하게 사다리를 놓기 시작하였다. 그러나 차가운 겨울 강물은 병사들의 몸을 마비시켰다. 온몸을 엄습하는 무서운 한기에 병사들의 얼굴이 창백하게 변하고 말았다. 그중 몇몇 용감한 병사들은 해자를 건너 사다리를 걸치고 올라가기 시작하였다. 그러나 반도 채 올라가기도 전에 성곽에서 돌 덩어리들이 떨어져 내리기 시작했다.

차가운 물속에서 견디는 것도 힘든 판에, 떨어지는 돌에 맞아 피까지 터지니, 병사들은 허겁지겁 물을 건너 되돌아오기 시작하였다.

네 군데 성루에서는 활을 잘 쏘는 민병들과 관군들이 옹성에 집결하여, 충목(衝木)을 운반해 성문을 뚫으려는 이경륭의 병력들을 고슴도치로 만들어 버렸다.

성문에서 돌을 던지는 사람들은 힘이 있는 장년들과 아녀자들이었다. 연경의 어린아이와 노인들도 팔을 걷고 돌을 날랐으므로, 연경의 백성들이 한 덩어리가 된 것이나 다름없었다.

목풍아는 며칠 전부터 천자의 군사들이 성을 함락하면 연경의 백성들을 역적으로 몰아 모조리 죽이거나 노예로 삼을 것이라는 소문을 퍼뜨렸다. 불안에 빠진 백성들이 주고치를 중심으로 일치단결한 것은 말할 것도 없다.

쫓는 맹수보다 쫓기는 사냥감이 더욱 필사적인 것이다. 백성들은 살기 위해, 노예가 되지 않기 위해 목숨을 걸고 성벽을 올라오는 군사들을 막아내고 있었다.

화살이 까맣게 날아다니고, 비명 소리는 끊이지 않고 계속되었다. 그러나 튼튼한 성벽을 무너뜨릴 수는 없었다.

한 식경을 맹렬하게 공격하던 이경룡의 병사들은 수많은 사상자를 낸 채 소득 하나 없이 물러나기 시작하였다. 수성(守城) 할 병력이 없을 것이라 생각했는데, 뜻밖의 맹렬한 방어로 산산이 깨어져 버렸기 때문이다.

병사들을 후퇴시킨 이경룡은 전열을 다시금 정비하도록 하였다.

점심도 잊고 싸운 터라 병사들은 시장함을 느끼고 있었다. 명이 떨어지기 무섭게 병사들은 밥을 지어 먹느라 여념이 없었다.

성 밖에 밥 짓는 연기가 뿌옇게 피어오르고 있었다.

주고치가 남문 문루 가운데 있는 교의에 앉아 성 밖을 바라보며 이마에 맺힌 땀을 닦았다.

"휴~ 한차례 위기를 넘긴 것 같구나. 정말 병력들이 많아 고전하였다. 성루가 세 개나 불에 탔지만, 사상자가 팔십여 명밖에 안 되는 것은 정말로 다행스러운 일이다."

목풍아가 웃으며 말했다.

"헤헤헤. 한차례 위기를 넘긴 것이 아니고, 이것으로 위기는 끝이 났습니다. 이번 싸움은 대승이라고 보시면 됩니다."

"뭐라구? 위기가 끝났다구? 이번 싸움이 대승이란 말이냐?"

"예, 그렇습니다. 삼십만과 싸웠는데 사상자가 팔십여 명이라면 대승이지요."

"무슨 근거로 하는 말이냐? 자세히 듣고 싶구나. 너는 무엇 때문에 이경륭의 화를 돋우었느냐?"

"와하하하! 말씀드리지요. 이경륭의 병력은 기습을 목적으로 빠르게 행군해 온 병사들입니다. 오랜 행군으로 피곤한 병사들이 무슨 힘이 있어서 맹수처럼 싸움에 임할 수 있겠습니까? 더구나 연경 같은 철옹성을 말입니다. 본래부터 이 싸움은 이경륭에게 불리한 싸움이었습니다. 제가 이경륭을 건드린 것은 그의 자질을 시험해 보는 의미와 저희 편의 사기 진작, 그리고 상대편의 사기 저하를 위해서였습니다."

"호, 세 가지 이유가 있었단 말이군."

"그렇습니다. 병법에서 싸움의 요체는 적의 장수의 재능을 먼저 살피는 것이라 하였습니다. 장수가 병사들과 함께하는 자라면 저의 몇 마디 말에 발끈하여 피곤한 병졸들을 다그쳐 싸우게 하지는 않았을 것입니다. 그뿐 아니라 연경의 지리(地理)를 살피지 않고 병력만 믿고 힘을 자랑하였으니, 이경륭은 어리석은 자로 대장군 감이 아니었습니다. 그래서 저는 이번 싸움에서 이길 것이라 확신한 것입니다."

"음, 그렇구나."

목풍아의 조리있는 말에 주고치는 등줄기가 서늘하였다. 죽은 제갈공명이 살아 있다면 이와 같지 않을까 하는 생각이 번뜩번뜩 스쳐 지나갔다.

그때 목풍아가 성안을 가리키며 말했다.

"헤헤헤. 두 번째 이유를 말씀드리지요. 저기, 저기를 보십시오. 연경의 구문(九門)에는 벌써 밥과 고기를 푸짐하게 곁들인 식사가 기다리고 있습니다. 싸우지 못하는 아녀자들로 하여금 문 하나에 열 개의 임시 식차(食車)를 운용하게 하였습니다. 이곳에서 싸운 사람들은 곧바로 내려가서 식사를 하고 따뜻한 불을 쬐며 보낼 수 있습니다. 사람들이 전우애(戰友愛)로 한 덩어리가 된 것은 말할 것도 없고, 불안에 떨고 있던 사람들도 한차례의 싸움에서 승리한 까닭에 사기가 하늘을 찌르고 있을 것입니다. 반면 저기를 보십시오."

목풍아는 성 바깥에서 오들오들 떨면서 불을 지피고 있는 병사들을 가리켰다.

"먼 길을 달려와 힘이 부친 상태에서 한바탕 지는 싸움을 하였으니 기분도 그렇고, 체력 부담이 대단할 것입니다. 부랴부랴 밥을 지어 먹느라 정기(旌旗)가 정연하지 못하고 어지럽게 흩날리는 것을 보면, 군율이 바로 서지 못하고 적병들의 사기가 바닥에 떨어져 있음을 알 수 있습니다."

주고치는 군영의 깃발이 어지럽게 흩날리는 것을 보고 고개를 끄덕였다. 자신은 보지 못하는 것을 목풍아는 보고 있다. 목풍아를 따라가려면 부지런히 물어보는 수밖에 없다고 생각하는 주고치였다.

"그 후에는 어떻게 되는 것이냐?"

"한차례 싸움이 끝이나 배도 고프고 잠도 올 테니, 어렵게 식사를 마치고 나면 곯아떨어지고 말겠지요. 모르긴 몰라도 이번에 차가운 해자에 몸을 담근 병사들은 밤이 되면 추위를 견뎌내기 어려울 것입니다. 얼어 죽지 않으려면 잠도 못 자고 불을 피워 물에 젖은 옷과 갑옷을 말려야 될 텐데, 이것처럼 괴로운 일이 어디 있겠습니까?"

"하하하! 과연 그렇군."

“내일 아침이 되면 얼어 죽는 자들이 많이 많이 생겨날지도 모르지요. 병사들 대부분은 남방의 군사들이라 북방의 추위를 견디기가 어려울 테고, 피곤한 가운데 잠도 제대로 자지 못해 내일 공격은 아예 생각지도 못할 것입니다. 우헤헤헤.”

“과연…….”

“헤헤헤. 두고 보십시오. 행여 저들이 자고 싶어도 밤에는 잠을 자지 못할 테니 말입니다. 설마 제가 한 가지 일만 벌이겠습니까?”

그리고 보니 목풍아의 양옆에 그림자처럼 따라다니던 오괴와 독돈이 보이지 아니한다.

“이상하구나? 너를 항상 따라다니던 오괴와 독돈은 어딜 갔느냐?”

“헤헤헤. 밤이 되면 아시게 될 것입니다. 저와 함께 내려가서서 백성들과 함께 식사도 같이 하시고 위무하시면서 사기나 돋우어시지요.”

주고치는 고개를 끄덕이며 목풍아의 뒤를 따랐다.

목풍아가 주고치와 함께 성벽을 내려가 식차로 다가가니, 줄을 서서 기다리던 백성들이 갑자기 바닥에 엎드려 절을 올렸다.

목풍아가 재빨리 소리쳤다.

“이러지들 말아라. 너희와 우리는 한배를 탄 사람들이다. 우리 왕자님께서 너희의 공을 위로하시고, 함께 식사를 하러 오셨으니 일어나 어서 식사를 받거라.”

목풍아는 주고치를 잡아당겨 밥을 나눠 주는 곳으로 인도하였다.

“자, 자. 여긴 나와 왕자 전하께서 하실 테니 너희는 어서 우리를 도와다오.”

목풍아는 아낙들에게 밥 주걱과 국자를 건네 받아 주고치에게는 밥주걱을 건네주고, 자신은 고깃국을 푸는 국자를 잡았다.

“자, 자. 어서 오너라. 왕자 전하께서 직접 너희에게 식사를 나눠 주신

다. 우리 왕자님은 마음씨가 부처님과 같이 자애로우신 분이니 겁먹지
말고 어서 오너라.”

목풍아는 가까운 곳에서 그릇을 들고 머뭇거리는 사나이를 불러 고깃
국을 듬뿍 퍼주고는 주고치에게 보내었다. 주고치가 밥을 가득 퍼 국에
담아주고 옆에 쌓인 만두를 그 위에 올려주니, 사나이가 눈물을 글썽거
리며 꾸벅 절을 하였다.

“가, 감사합니다.”

사나이는 밥과 국, 만두를 곱게 가져가다 몇 번이나 인사를 한 뒤, 성
벽으로 다가가 식사를 하기 시작하였다. 한 사나이가 왕자에게 식사를
탄 후에는 다른 사람들도 용기를 내어 차례로 목풍아와 주고치에게 식사
를 타기 시작하였다.

왕자에게 직접 밥을 탄 사람들 중 왕자의 따뜻한 마음에 감격하지 아
니한 사람이 없었다.

왕자와 목풍아도 마지막으로 식사를 타 그들과 함께 먹으며 사람들의
어려운 이야기를 들으니, 백성들은 사기충천하여 반드시 성을 지켜 왕자
님의 은혜를 갚으리라 다짐하는 것이었다.

식사를 끝내자 이번에는 다친 병사들을 치료하고 있는 건물로 주고치
를 안내하여 병자들을 위무하니, 부상을 입은 사람들이 창을 잡고 성을
지키기 위해 바깥으로 나가려 할 정도였다.

주고치는 천연스럽게 목풍아가 사람들의 마음을 사로잡아 가는 것을
보고 다시 한 번 놀라움을 금치 못하였다. 목풍아는 자신을 높이는 것이
아니다. 지극히 자신을 낮추면서 모든 공을 왕자인 자신에게 돌려 백성
들을 한 덩어리로 만들고 있는 것이다.

‘이 녀석의 능력은 도대체 어디까지란 말이냐?

주고치는 목풍아가 없었다면 자신은 지금쯤 이경륭의 포로가 되었을

것이라 생각하자, 자신의 오른팔이 된 목풍아가 더욱 고맙고 사랑스럽게 느껴졌다.

성의 구석구석을 한차례 돌고 나니, 어느덧 해가 성루에 걸려 있었다. 계단을 올라 문루에 올라가 보니 핏빛 붉은 노을이 넓은 지평선에 아름답게 걸려 있었다.

땅거미가 어둑어둑 내려앉는 넓은 평원에 진을 치고 있는 이경륭의 병영에 불빛들이 보석처럼 반짝거렸다.

밤은 점점 깊어 밝은 별빛이 얼굴을 드러내기 시작하였다. 밤이 깊어 갈수록 살갗이 따끔따끔 할 정도로 바람이 차가워졌다. 목풍아의 예상대로 피곤에 지친 병사들은 야간 공격은 엄두도 내지 못하는 듯하였다.

성루 안 별실 한가운데 마련해 놓은 숯불을 쬐면서 남쪽을 바라보던 목풍아는, 갑자기 자리에서 벌떡 일어나 빙그레 웃으며 주고치를 불렀다.

"왕자님, 재미있는 볼거리가 생겼습니다. 같이 나가시죠."

주고치가 목풍아와 함께 바깥으로 나가니 멀리 평원의 남쪽에서 불길이 치솟아오르는 것이 보였다. 잠잠하던 이경륭의 막사가 요란스러워지며 횃불을 든 군사들이 남쪽으로 달려가고 있었다.

"설마, 오괴와 독돈이?"

"헤헤. 왕자님은 눈치도 빠르시네요."

"도대체 무슨 계책으로 두 사람을 내보낸 것이냐?"

"헤헤헤. 엄밀히 말하자면 두 사람이 아니고, 이백둘입니다. 민병대에서 날랜 자들을 이백여 명 뽑아 오괴와 독돈에게 반씩 나누어 어젯밤에 바깥으로 내보내 버렸습지요. 수십만이 넘는 병력이 움직이려면 군량과 마초를 실은 보급 부대가 후미에 따르기 마련입지요. 군사들은 피곤에 지쳐 잠이 들고, 보급 부대는 싸움을 못하는 병력들이 많으니 야간 기습이야말로 식은 죽 먹기가 아니겠습니까?"

주고치는 목풍아의 계책을 그제야 확연히 깨달을 수 있었다. 미리 보급 부대를 기습할 병력을 바깥에 숨겨놓은 후 목풍아는 대군을 맞이했던 것이다. 대군의 수를 믿고 호기 만발한 이경륭의 화를 돋워 싸움을 하게 한 후, 병사들이 피곤에 지친 틈을 타 군량과 마초를 불태워 버리는 작전이었다. 병사들은 불의의 기습에 피곤한 몸을 이끌고 차가운 겨울밤을 헤매야 할 것이니, 다음날 성을 공격할 기운조차 없으리라. 더구나 군량이 없는 군대가 연경을 포위하고 얼마나 버틸 수 있을 것인가. 생각할수록 무서운 머리를 가진 목풍아가 아닐 수 없었다. 그때였다. 목풍아가 북채를 잡아 북을 치며 병사들에게 소리쳤다.

"소리를 질러라!"

둥— 둥— 둥— 둥—

북소리가 힘차게 울리면서 성벽 위에서 갑자기 커다란 함성이 울려 퍼졌다. 목풍아가 미리 성루에 있는 병사들에게 지시해 놓은 것이었다. 남쪽의 보급 부대가 공격당하고 있다는 소리에 허겁지겁 구원병을 이끌고 달려가던 병력들은 후방에서 들리는 함성 소리에 배후를 습격당하는 것이라 생각하고 방향을 잡지 못해 허둥거렸다.

"헤헤헤. 그놈들 꼴 좋다. 정신을 못 차리는구나."

"풍아, 이건 또 무슨 작전이냐?"

"헤헤헤. 제 부하들이 도망갈 시간을 벌어주어야지요. 아마 북소리를 듣고는 멀리 멀리 숨어버렸을 겁니다. 구원병이 피곤한 몸을 이끌고 보급 부대가 있는 곳으로 갔을 때는 한 사람도 찾을 수 없겠지요."

상대방을 교란하며 아군을 도망치도록 한 것이었다. 주고치는 목풍아의 머리에 감탄하여 머리를 저었다. 알아갈수록 그 능력의 끝을 알 수 없는 사람이 바로 목풍아였다.

"내가 너를 만난 것은 정말로 큰 행운이었다."

주고치는 엄지손가락을 들어 보였다.

"헤헤헤. 그렇게 말씀해 주시니 감사합니다. 이제 되었으니 왕자님은 별실에 가서서 눈을 좀 부치시지요. 내일 백성들을 위무하시려면 힘을 비축하셔야 하니까요. 아마 내일 아침이면 왕자님은 놀랄 만한 광경을 보게 되실 겁니다."

다음날 아침, 주고치가 문루에서 눈을 떴을 때 그는 연경의 포위가 풀려 새까맣던 진영이 깨끗하게 된 것을 발견하고는 어쩔 줄을 몰랐다. 삼십만의 대군이 하루 만에 진영을 풀고 물러났으니, 과연 목풍아의 말대로 놀랄 만한 일이 벌어진 것이다.

"이, 이게 어떻게 된 거냐? 새까맣게 포위하던 적병이 하나도 없지 않느냐?"

"헤헤헤. 기습 작전이 먹혔습지요. 밤 사이 오괴와 독돈이 큰 공을 세웠습니다."

오괴와 독돈은 기습 부대의 선봉장으로 목풍아가 임명하였다. 동굴 속에서 간혀 지내 어둠에 익숙한 두 사람에게 암습은 적격이 아닐 수 없었다. 더군다나 싸움만 하며 살아왔던 두 사람의 승부욕을 잘 알고 있는 목풍아는, 그들을 바깥으로 보내기 전에 누가 더 큰 공을 세우는지 내기를 걸었던 터였다. 진 사람이 장안가를 발가벗고 한 바퀴 달리는 내기였다. 가뜩이나 서로에 대한 경쟁 심리로 승부욕이 넘쳐 나는 두 사람이었기에, 내기에 질세라 어둠이 내려앉기 무섭게 미친 사람처럼 적진 속으로 파고들어 불을 지르고 적병을 도륙하였다.

오괴는 명문 정파에서 훌륭한 스승의 가르침을 받았던 까닭에 군용의 배치를 잘 알았다. 그는 목풍아가 원하는 것이 무엇인지 파악하고 있었으므로, 병력을 살상하기보다는 후방에 배치된 군량과 마초(馬草)를 집중적으로 불태웠다.

반면 마교라 불리는 백련교에 몸담았던 독돈은 쉬고 있는 병력의 군영 안으로 파고들어 불을 지르고, 무참하게 병사들을 살상하였다. 한 무리가 달려오면 어둠을 틈타 달아났다가 병사들이 물러가면 다시 돌아와 공격을 개시하니, 병사들은 쉴 틈도 없이 방어하느라 바빴다.

긴 밤 사이, 전후좌우로 오괴와 독돈의 병력이 왔다 갔다 하며 정신없이 활개를 치고, 어지럽게 움직이는 병력을 발견하면 연경의 성루에서는 전고(戰鼓)를 두드리며 함성을 지르니 견뎌낼 재간이 없었다.

이경륭도 마침내 견뎌내지 못하고 연경의 포위를 풀고 십여 마장 뒤로 물러나, 갈대가 사라진 북평의 넓은 들에서 원진(圓陣)을 넓게 펼쳐 군량과 마초를 보호하기에 이르렀던 것이다.

날이 밝자 이경륭은 양식과 마초의 삼 할이 불타 버렸으며, 기습 공격으로 죽은 병사와 얼어 죽은 병사들이 삼천 명에 이른다는 보고를 듣고 할 말을 잃었다.

동상에 걸린 병사들의 수는 이루 헤아릴 수 없을 지경이었다. 창과 칼을 쥔 손과 발에 진물이 나면 전투는 생각할 수도 없는 것이다. 더구나 밤새 잠을 자지 못한 병사들은 아침 밥을 먹기 무섭게 피곤에 지쳐 곯아 떨어졌으니 성을 공격하려는 생각은 꿈도 꿀 수 없었다.

중요한 것은 땔감이었다. 연경을 단숨에 함락시킬 것이라는 예상이 무너지자 뒤따르는 부작용들이 이만저만이 아니었다. 북방의 추위를 견뎌내기 위한 땔감을 확보하는 것이 우선이었다. 동상에 걸린 병사들이 늘어갈수록 전세는 더욱 악화될 뿐이었다. 더군다나 병에 걸린 병력들도 식사는 하기 때문에 군량이 빨리 떨어지는 것도 문제였다.

따뜻한 환경에서 병사들을 편안하게 쉬게 하는 것이 급선무였다. 공격은 그 후에 생각할 수 있었다. 그러나 어디에도 땔감은 없었다. 넓은 북평의 갈대밭은 그 자체로 훌륭한 땔감이 될 수 있었으나, 새까맣게 타버려 땔감이 될 만한 것이 없었다.

이경륭은 급하게 병사들을 나누어 땔감을 찾아오도록 명하였다. 밤새 잠도 못 자고 시달렸던 병사들은 땔감을 찾아 헤매었다. 그러다 민가를 때려 부수어 기둥이며 지붕 할 것 없이 불을 피울 수 있는 것과 식량 거리는 무엇이든 강탈하였다.

말이 천자의 군사이지 도적이나 다름이 없었다. 성 밖에서 피난하지 않은 양민들은 일거에 집을 잃고, 식량을 잃게 되었다. 허물어진 집 앞에서 망연히 관병들을 바라보던 양민들은 힘없는 발걸음으로 연경으로 향하였다. 관군들에게 저주를 퍼부으면서 마음속으로는 정난군의 말을 듣지 않은 것을 후회하였지만 소용없는 일이었다.

목풍아는 왕자 주고치의 얼굴에 흙을 칠하고, 자신의 얼굴에도 시커먼 흙먼지를 칠한 후 성을 돌아다니며 백성들을 위무하였다. 백성들은 왕자가 밤새 세수도 하지 못하고 자신들과 생사고락을 함께 나누었다 생각하곤 감격하지 않는 자가 없었다.

함께 아침 식사를 나누며 백성들과 이런 저런 이야기를 나눈 후 두 사람은 궁전으로 들어왔다. 정청에서 열린 문무백관들과의 조회를 끝낸 주고치와 목풍아는 환관의 뒤를 따라 왕후를 배알하고, 그동안의 전황을 보고하였다. 이경륭이 공격에 실패하고 야간 기습 공격을 견디지 못하여 십여 마장을 물러난 이야기를 들은 서씨는 목풍아에게 말했다.

"나는 목 공을 믿습니다. 부디 왕자를 도와 반드시 수성(守城)할 수 있도록 힘을 내주세요."

"제 공이 아니라 모두 왕자님의 공입니다. 저는 다만 왕자님을 따라 다닐 뿐인걸요."

겸손은 미덕이라 하였다. 왕후 서씨는 목풍아를 더욱 기특하게 생각하였다. 그녀는 주고치를 높이고 자신을 낮추는 목풍아가 믿음직스러워 부드러운 목소리로 말했다.

"나도 귀가 있어 바깥의 사정을 어느 정도는 알고 있답니다. 목 공이 그 누구보다도 수고하고 있다는 것을 잘 알고 있으니 너무 겸손해할 것은 없어요. 내가 깊이 깊이 기억하고 있을 테니 왕자를 잘 부탁해요."

"송구합니다."

목풍아는 고개를 꾸벅 숙여 인사하였다. 이내 주고치와 왕후가 이야기를 나누려는 눈치인 듯해 목풍아는 먼저 왕후의 방을 나섰다.

회랑을 터벅터벅 가고 있으려니 멀리 회랑 끝에서 누군가가 다가오고 있었다. 강민이었다. 목풍아가 모른 척 고개를 돌리고, 팔자걸음으로 위풍당당하게 걸어가고 있으려니, 강민이 멈추어 서서 고개를 숙이고 인사를 하였다.

"어? 민이가 아니냐? 여긴 무슨 일이냐?"

"고, 공주님께서……."

"뭐, 뭐라구? 그 갈보 계집이 또 나를 부른다구?"

"네. 목 상공께서 궁에 들어오셨다는 이야기를 듣고……."

"민아, 너는 지금이 전시 상황이라는 것을 모르느냐?"

"하오나 저를 봐서라도 잠시만 시간을 내주시면 안 되겠습니까?"

목풍아는 눈을 지그시 감고 있다가 입을 열었다.

"어쩔 수 없구나. 민이를 봐서라도 갈보 계집에게 잠깐 시간을 내야겠다. 그런데 그전에 뭐 잊은 것이 없느냐?"

목풍아는 입을 오리처럼 삐죽이 내밀었다.

강민의 두 뺨이 붉게 물들었다. 민은 누가 볼세라 이리저리 둘러보다가 목풍아가 내민 입술에 입을 맞추었다.

"우하하하! 이젠 자동이구나. 우하하하!"

목풍아가 한바탕 크게 웃으며 걸음을 떼자 강민이 재빨리 앞서 걸었다.

잠시 후 주소천의 방에 들어서자 주소천이 방글방글 웃으며 다가왔다. 목풍아는 주소천을 노려보다가 소리를 질렀다.

"이 계집아, 네가 정신이 있는 게냐, 없는 게냐!"

기가 죽은 주소천이 목풍아의 눈치를 살피다가 고개를 내리깔았다.

"목 대인, 죄송합니다."

강민은 황궁 내에서 하늘 무서운 줄 모르는 주소천이 고양이 앞의 쥐처럼 쩔쩔매는 것이 신기할 따름이었다. 목풍아의 앞에만 있으면 주소천은 다소곳한 소녀가 되는 것이다.

목풍아는 주소천의 이마를 쿡쿡 찌르며 말했다.

"내 얼굴을 잘 보아라. 내가 너를 지키려고 밤새 싸우느라 세수도 못해서 이 지경이 되었다. 지금도 적이 쳐들어올지 모르는 판에 네까짓 게 나를 막아 세우다니, 도대체 머리가 어찌 된 것이 아니냐?"

"죄송합니다. 저는 다만 목 대인이 궁에 오셨다기에 잠깐 얼굴만 보려고……."

"내가 네 얼굴을 보고 싶겠느냐? 일전에 시회(詩會)에서 네 동생이 나에게 낸 문제를 생각하면 너까지 꼴도 보기 싫다. 네 자매들의 머리는 추접한 생각으로만 가득 찬 것이 아니냐?"

"그, 그것은 정말 죄송하게 생각해요. 소희가 철이 없어서 목 대인의 진면목을 보지 못한 탓이니 용서해 주세요. 제가 잘 타이르고 있으니 노여워 마세요."

"음. 그 말은 마음에 드는구나. 내가 시간이 없으니 지금은 이대로 가겠다. 이왕 너를 만났으니 그냥 가기는 그렇고……."

목풍아는 눈을 감고 입을 쭉 내밀었다.

주소천의 두 뺨에 홍조가 피어올랐다. 주소천이 냉큼 달려가 목풍아의 목을 껴안고 입술에 입을 맞추었다.

"좋아, 좋아. 그럼 나는 밖으로 나가 삼십만 대군을 쳐부수고 올 테니 너는 얌전히 기다리고 있거라."

"예."

"호호호. 귀여운 것 같으니라구……."

목풍아는 주소천의 볼을 꼬집고는 바같으로 나갔다. 사나운 말과 같은 주소천이 양이 되어버린 것에 기분이 좋아 어깨에 저도 모르게 힘이 들어갔다.

목풍아는 앞을 인도하는 강민에게 말했다.

"헤헤헤. 민아, 너는 어찌 그리 예쁘냐?"

강민이 살짝 고개를 돌려 말했다.

"저, 목 대인님."

"왜 그러느냐? 물어볼 말이라도 있느냐?"

"목 대인께서는 공주님에게 갈보 계집이라고 부르시는데, 소녀는 공주님의 시녀로 듣기 거북합니다. 제가 그런데 공주님은 오죽하시겠어요?"

"하하하. 너는 그 소리를 하지 말았으면 하는구나?"

"예."

"민아, 내가 공주에게 막말을 하는 것은 나름대로 뜻이 있기 때문이란다."

"뜻이 있다고요?"

"그래. 옛말에 공들여 키운 자식이 불효자 된다는 말이 있다. 공주는 왕실에서 떠받들어져 자란 탓에 사람들을 벌레처럼 보는 습성이 있단 말이다. 지금도 그런 판에 나중에 황제의 딸이라도 된다면 어떻게 되겠느냐? 아! 그때를 생각하면 심히 괴롭구나. 그래서 이 목풍아는 미리미리 공주의 버릇을 잡아 기를 꺾어놓기 위해 일부러 막말을 하는 것이다. 보아라, 너같이 상냥하고 귀여운 미인에게는 막말을 하지 않지 않느냐? 이 목풍아의 입은 사람을 가리나니, 내 입을 원망하기 전에 공주의 망나니 같은 기질을 탓하는 편이 나을 것이다."

강민은 자신을 칭찬하는 말에 부끄러워 얼굴을 붉혔다. 그러고 보면 목풍아는 자신에게는 욕을 한 적이 없었다. 신분이 미천한 공주의 시녀일 따름이지만, 공주와는 다르게 언제나 장난기있는 말투로 자신의 마음을 즐겁게 해주는 목풍아였다.

"목 대인께서 전공을 세우시고 있다는 이야기를 들었습니다. 저는 목 대인께서 적병을 반드시 무찌르게 해달라고 밤마다 기도하고 있어요. 반드시 적병을 무찔러 버릴 것이라 생각합니다."

목풍아는 마음속에서 기쁨이 솟구쳐 저도 모르게 앞서 가는 강민을 껴안았다.

"우헤헤. 민아, 걱정 말거라. 바람의 힘을 보여줄 테니……. 민이를 위해서라도 적병을 무찔러 연경의 평화를 되찾아주마."

목풍아가 얼굴을 강민의 뺨에 문지르니 강민은 부끄럽고 수줍어 어쩔 줄을 몰라 하였다. 목풍아는 강민을 감싸 안았던 두 손을 풀고 위풍당당하게 걸어가기 시작하였다. 강민은 어울리지 않는 갑옷을 입고 활개를 치며 걸어가는 목풍아의 위풍당당한 모습이 우스꽝스러워 빙그레 미소를 지었다.

한편 정오 무렵에 군사들을 모아 공격을 감행하려던 이경륭의 군대는 또 다른 난관에 부딪치고 말았다. 병영에 때 아닌 괴질이 돌기 시작한 것이다. 병사들이 음식물을 토하고 열병을 심하게 앓다가 맥없이 죽어갔다. 이경륭은 군막 안에서 어쩔 줄을 몰랐다.

설상가상(雪上加霜)이었다. 열병이 빠르게 확산되자 병사들은 불안에 떨었다. 죽어가는 사람들이 많아지자 장수들 역시 공격은 무리라고 보았다.

그렇다고 이렇게 넋 놓고 있을 수만은 없는 노릇이었다. 삼십만 대군이 천 리 길을 달려와 연경을 한차례 공격하고 물러간다는 것은 부끄러운 일이었다. 이 소문이 퍼진다면 남경에서 가만히 있지는 않을 것이다. 그렇다고 연경을 공격할 뾰족한 수도 없었다.

척후병의 보고에 의하면 연경은 성루마다 불을 지펴놓고 병사들이 불을 쬐고 있으며, 깃발이 정연한 것이 어제보다 더욱 튼튼한 방어를 펼치고 있다는 것이다.

군막 안에 모여 앞으로의 대책을 토의하다가 중군장(中軍將) 곽영(郭英)이 말했다.

"악재가 겹쳤습니다. 지금의 우리 군사들로는 연경을 치기는 무리입니다."

이경륭이 말했다.

"그럼 물러나자는 말인가?"

곽영은 책임을 질까 두려워 입을 다물었다.

이경륭이 번들거리는 눈으로 군막에 모인 장수들을 바라보았다. 모두가 이경륭보다 경험이 많은 장수들이었지만, 입을 잘못 놀렸다가는 실패의 책임이 자신들에게 돌아올까 두려웠다.

이경륭이 망친 실패의 책임을 지기는 싫어 장수들은 입을 다물고 아무런 말도 하지 않았다.

이경륭 역시 천자의 문책이 두려웠다. 자신의 판단이 실패로 돌아간다면 문책이 필연적으로 따를 것이었기 때문이다. 그러나 장수들이 입을 다물고 있으니 갈 길은 것밖에 없었다. 연경을 함락하는 수밖에는 방법이 없었다.

"오늘은 할 수 없으니 내일 연경을 치기로 합시다. 하루 동안 병사들을 푹 쉬게 하고 내일 아침 총공격에 들어갈 것이니, 그리 알고 물러가시오."

장수들이 물러가자 이경륭은 교의에 앉아 한숨을 길게 내쉬었다. 확실히 어제의 공격은 무리였다. 실패가 생각날수록 목풍아의 얼굴이 떠올랐다.

'그놈만 아니었으면…… 그놈만 아니었으면…….'

실패자들의 공통된 점이 있다면, 자신의 탓은 하지 않고 남을 탓하길 좋아한다는 것이다. 그런 점으로 보자면 이경륭은 실패자의 표본이라 할 수 있었다. 이경륭은 연왕의 고종 사촌인 이문충(李文忠)의 아들로, 지금의 황제와 육촌 형제지간이다.

어려서부터 좋은 환경에서 실패를 모르고 자란 탓에 남을 배려할 줄 모르는 위인이 황제의 신임을 얻어 대장군에 임명된 까닭에 휘하 장수들을 다룰 줄 몰랐다. 더욱이 일선에서 뛰는 병사들의 고충은 생각조차 하지 못했다.

수십만의 병력을 가지고 연패하는 데는 그만한 이유가 있었던 것이다. 공은 세워야겠는데 장수들이 따르지 않고, 병사들은 꾀병을 부리고 있다 생각하였다. 나날이 심사가 뒤틀릴 수밖에 없었다. 뒤틀린 심사 끝엔 목풍아가 있었다. 이 모든 악재의 원인이 목풍아로 여겨졌기 때문이다.

"좋아. 내일은 무슨 일이 있더라도 총공격을 감행하여 연경을 함락하겠다. 그 앙큼한 놈은 껍질을 몽땅 벗긴 후에 사지를 찢어 죽이고, 사람들은 모조리 목을 잘라 나를 화나게 한 죄 값을 치르게 하리라."

이경륭은 탁자를 치면서 이를 으드득 갈았다.

이 무렵 연경에서는 성문을 활짝 열고 피난민들을 받아들이고 있었다. 집 없는 유랑민들에게 식사와 쉴 자리를 마련해 주니, 그들에게서 나오는 말이란 것이 관군들의 흉악함뿐이었다.

집을 산산이 허물고, 먹을 것과 입을 것을 모조리 빼앗아 갔으며, 저항하는 자들을 무참히 죽였다는 이야기가 입에서 입으로 전해지자 성안의 백성들은 더욱 한 덩어리가 되었다.

북평으로 물러간 천자의 군사들도 더 이상 공격해 오지 않았다. 목풍아의 말대로였다. 이제 한차례의 싸움이 끝났으니 더 이상 싸울 일은 없을 것이다. 하지만 상대방이 목풍아의 생각대로 움직여 줄지는 미지수였다. 성루에 올라 먼 지평선을 바라보던 주고치가 물었다.

"풍아, 언제쯤 저들이 물러가겠느냐?"

"지치고 괴로울 때 물러가겠지요."

"그때가 언제쯤일까?"

"길어야 닷새를 넘기지 못할 것입니다."

"너는 그들이 더 이상 공격해 오지 않을 것이라 하였지 않느냐? 그동안 그들이 공격해 들어오지 않을까?"

"와하하하! 걱정 마십시오. 그들은 공격하지 못할 테니 말입니다. 벌써 우리는 승리를 거두었습니다."

"무슨 이유에서 그러느냐?"

"하하하. 그것을 지금 말씀드리면 재미가 없습니다. 차차 상황을 보면서 이야기를 드리지요."

밤이 되자 다시금 북평에 주둔한 이경륭의 진영에서 불빛이 보였다. 바람결에 함성 소리가 은은하게 들려왔다. 성루에 서 있던 목풍아는 쾌재를 불렀다.

"얼씨구."

오괴와 독돈이 다시금 움직이기 시작한 것이다. 지는 사람이 발가벗고 장안을 한 바퀴 돌아야 할 판이니 급하기도 하였다. 밤이 되기 무섭게 두 사람이 공을 세우기 위해 진영 안으로 들어간 것이다.

달빛없는 밤이라 어둠 속에 익숙한 두 사람이 행동하기에는 적격이었다. 상대적으로 이경륭의 병력들은 기습에 대비하기 위해 장작불을 소비하며 잠을 이루지 못할 것이다. 잠을 자지 못하면 피곤함이 배가된다. 더구나 추위에 시달리며 밤을 세워야 하는 까닭에 병력이 무기력하게 되어 버리는 것이다.

병사들은 밤이 무서울 것이다. 무서운 추위와 기습 때문에 망가져 가고 있었다.

목풍아는 뜻밖에 무공이 뛰어난 두 사람을 만난 것을 행운이라 생각하였다. 이 모든 것이 자신의 큰 뜻을 하늘이 알고 도와주는 것이라 생각하였다. 그렇게 생각하니 온몸에 힘이 불끈불끈 솟았다.

목풍아는 소리를 버럭 질렀다.

"으라차차차!"

다음날 아침, 이경륭의 군막 안에서는 다시금 심각한 이야기들이 오고 갔다. 어젯밤 예상밖의 방화와 기습으로 군량의 이 할이 불에 타고, 병사들이 수없이 죽었다는 것이다. 동상(凍傷)을 입은 군사들은 늘어만 가고, 동사자(凍死者)도 속출하였다.

괴질이 걸린 사람들도 자꾸 늘어나 사망자가 늘어나는 탓에 정상적인 병력을 운용할 수 없는 지경이었다. 밤새 땔감을 써버린 탓에 추위를 호소하는 병사들도 많았으며, 군량은 열흘치밖에 남지 않았으며, 마초는 거의 떨어져 얼마 남지도 않았다.

이날 장수들은 한 목소리로 후퇴를 건의하였다.

"부끄러운 일이지만, 이런 때에 연왕의 군대가 후방에서 공격해 온다면 우리는 큰 패배를 당할 수밖에 없습니다. 지금 물러나지 않으면 큰 낭패를 볼 것입니다."

"그렇습니다. 지금 군사들은 움직일 힘이 없습니다. 사기도 떨어져 연경을 공격한다는 것은 생각할 수도 없습니다. 그것은 패배를 자초하는 일입니다. 괴질에 걸린 병사들은 죽어가고, 노숙을 하던 병사들이 추위 때문에 싸워보지도 못한 채 사망하고 있습니다. 동상이 걸린 자들은 창을 잡지도 못하는 형편입니다."

"그렇습니다. 식량도 떨어져 가고 있습니다. 이대로 이곳에 머물러 있다가는 굶어죽습니다. 빨리 결단을 내리십시오."

여러 장수들이 한 목소리로 말하는데야 이경륭도 어찌할 수 없었다.

"하는 수 없지. 병력을 퇴각시킨다. 하지만 이것은 작전상 후퇴다, 알겠는가?"

"옛."

장수들이 서로의 얼굴을 바라보았다. 비웃음이 절로 나왔다. 이런 자를 대장군으로 임명한 천자의 마음을 알 수 없었기 때문이다.

이경륭의 군사들은 그날 정오 무렵에 썰물처럼 북평을 빠져나갔다. 도망치듯 물러갔다는 표현이 옳았다. 삼십만의 병력은 북평의 넓은 들에 수만의 시체만 남겨놓고 부리나케 사라져 버렸다. 그 소식을 가져온 것은 오괴와 독돈이었다. 그들은 병사들과 함께 위풍당당하게 돌아왔다.

연경의 백성들은 천자의 군사들이 물러갔다는 소식에 만세를 부르고 큰 잔치를 벌였다. 큰 피해 없이 군사들이 제풀에 지쳐 물러났으니, 이보다 큰 경사는 없었다.

그런데 오괴와 독돈 두 사람은 기쁨을 누릴 사이도 없이 목풍아와 주고치 앞에서 누가 내기에 이겼는가를 판가름하느라 여념이 없었다.

"대장, 저는 첫날 보급 부대의 양식 십만 석과 마초를 태우는 전과를 올렸습니다."

오괴의 말에 독돈이 콧방귀를 뀌며 말했다.

"웃기는 소리 하고 있네. 내가 보급 부대의 선두를 흔들어놓지 않았다면 네가 그런 전과를 올릴 수 있었겠느냐? 나는 그놈들이 먹는 물에 독약을 뿌려놓았다. 내가 독약을 뿌리지 않았다면 적병들이 물러갔겠느냐?"

이번엔 오괴가 콧방귀를 뀌며 말했다.

"웃기는 소리 하지 마라. 네가 독약을 뿌려 죽인 사람이 몇이나 되겠느냐? 내가 밤마다 군량을 태우고, 마초를 없앤 탓에 적병들이 견뎌내지 못하고 도망간 거야. 너하곤 비교가 안 된단 말이야."

"이 자식이 놀구 있네. 아무튼 내 공이 더 크니까 네가 졌다."

"웃기는 소리. 내 공이 더 크니 네가 졌다. 어서 옷이나 벗어."

"이 자식이, 한번 해볼 테냐?"

독돈이 눈을 부라리며 소매를 걷었다.

"좋아, 해보자."

오괴가 소매를 걷었다.

목풍아가 머리를 흔들다가 버럭 소리를 질렀다.

"그만두지 못해?! 이것들이 왕자님 앞에서 무슨 주책이냐? 노망이 들었느냐?"

두 사람이 행동을 멈추고 멍하게 왕자를 바라보니 주고치가 웃으며 말했다.

"두 사람 모두 공이 크다. 내가 보기에 두 사람은 무승부 같은데, 승복할 수 없다면 두 사람보다 공이 큰 목풍아에게 승부를 물어보지."

목풍아가 씨익 웃으며 말했다.

"내 공이 더 크다면 내가 이긴 것이 아닌가? 두 사람 모두 발가벗고 장안을 돌아볼 테냐?"

"으이그……."

손을 젓던 두 사람은 서로의 눈치를 살피다가 바닥을 차고 뒤로 물러나더니 번개처럼 줄행랑을 놓았다.

"우리 두 사람이 내기한 거지, 대장하고는 관계없다고……."

"이번만은 대장 명령을 듣지 않겠어. 차라리 비긴 것으로 하겠다구."

바람처럼 성루 아래로 달아나는 두 사람을 바라보며 목풍아와 주고치는 목을 젖혀 크게 웃었다.

연경에서 성과를 거두지 못하고 허무하게 돌아가던 이경륭의 군사들은 백하(白河)에서 연왕의 군사들에게 공격당하여 크게 패하였다. 지치고 주린 병사들은 연왕의 상대가 될 수 없었다. 연왕이 기세를 몰아 정촌파(鄭村壩)에서 칠영(七營)을 격파하니 경륭이 부리나케 도망하여 덕주(德州)까지 밀려나고 말았다.

연왕이 큰 승전을 거둔 다음에야 뒤늦게 연경이 이경륭에게 포위되었으나, 주고치가 분전하여 막아내었노라는 소식을 듣고 크게 웃으며 말했다.

"하하하! 역시 목풍아를 남겨놓은 보람이 있었어. 이번 승리는 모두 목풍아 덕분이다. 나뿐만 아니라 고치가 큰 신세를 졌구나. 하하하!"

막하에 있던 정화와 도연은 연왕의 웃는 모습을 보고 서로의 얼굴을 바라보았다.

　자신들의 책략이 번번이 상대방에게 기회를 만들어주고, 거꾸로 연왕에게 목풍아에 대한 신뢰를 심어주고 있었던 것이다. 큰 승전의 뒤편에 위기를 기회로 바꾸는 책략가 목풍아가 있다는 것을 생각하면 경계심을 늦출 수 없는 정화와 도연이었다.

제 3 장
못 말리는 목춘풍(木春風)

못 말리는 목춘풍(木春風) 

그해 겨울도 그렇게 지나가고, 꽃 피고 새가 우는 경진년(庚辰, 1400년) 봄이 찾아왔다. 건문제가 즉위한 지 이 년째 되는 해이다. 이때 연왕의 정난군은 대동(大同)까지 내려가 있었으며, 이경륭의 군사는 하간(河間)에서 진을 치고 대치하는 상황이었다.

연경은 작년 겨울 한차례의 위기 이후 주고치를 중심으로 더욱 단합하여 군사들도 많이 늘어나고, 상권도 이전보다 회복되어 전쟁 이전보다 더 활발한 모습이 되어 있었다.

목풍아는 부지런히 내실을 다지며 군량의 수송과 지원에 만전을 기하는 것으로 자신의 임무를 다하는 한편, 전쟁으로 생겨난 유랑민들을 받아들여 북평의 넓은 뜰을 개간하도록 해 논과 밭을 만드는 데 온 힘을 쏟았다. 그동안 궁 안에 비축해 두었던 물량이 많아 목풍아는 싼 값으로 땔감과 양식을 지원해 주고, 개간을 독려한 끝에 갈대밭으로 뒤덮였던 북평이 삼월 무렵에는 어린 벼가 자라나는 넓은 농토로 변하여 있었다.

주고치는 자신의 덕망이 높아갈수록 목풍아가 자신의 측근이 된 것을 다행스럽게 생각하였으며, 왕후 서씨의 신임도 날이 갈수록 깊어졌다.

이달 청명절(淸明節) 날, 왕후는 내명부의 왕비와 처첩, 공주들을 부르고, 왕자 주고치와 목풍아를 데리고 왕궁의 서쪽에 있는 호수에서 즐거운 시간을 보내었다.

이 호수는 원의 마지막 황제인 순제가 용선(龍船)을 타고 즐겨 놀았을 정도로, 아름답고 규모가 대단하여 북해(北海)라고 불었다. 북해 가운데에는 경화도(瓊華島)라는 아름다운 인공 섬이 있는데, 이곳은 왕실의 사람 이외에는 가볼 수 없는 곳이라 목풍아가 내명부의 사람들과 함께 이곳에 온 것은 대단한 신임을 얻고 있다는 반증이기도 하였다.

때는 청명절이라 날이 맑고 화창하여, 부는 바람을 맞으며 배 안에 앉아 있으려니 서쪽으로는 푸릇푸릇한 경산(景山)이 야트막하게 솟아 있고, 북해의 푸른 물은 하늘을 비추어 아름다운 시상이 절로 생겨났다. 잠시 후 배가 경화도에 닿으니 환관들과 시녀들이 부지런히 왕후와 왕자, 공주들을 경화도 안에 있는 큰 전각 안으로 안내하였다.

커다란 아름드리 수양버들이 치렁치렁 늘어지고, 곳곳에 복사꽃이 만발한 팔각 정자인 만원정(滿圓亭)은 주변 경관이 아름다워 왕실 사람들의 놀이터로 한 점 부끄러움이 없을 정도였다.

사방이 뻥 뚫린 전각 이층으로 올라가니 넓은 탁자에 음식들이 가득하고, 앉을 수 있도록 시녀들이 미리 자리를 준비해 놓았다.

자리는 팔쾌의 모양으로 팔각정과 일치되도록 만들어져 있었다. 북쪽에 왕자 주고치가 앉고, 그 오른편 상석에 왕후 서씨가 자리하였다. 그 다음 자리에는 몇 년 전에 왕의 첩실이 된 왕씨(王氏)가 세 살밖에 안 된 어린 왕자 주고병(朱高炳)을 안고 자리하였으며, 주소천과 주소희는 그 옆에 차례로 자리하였다.

목풍아는 주고치의 왼편에 자리하고 앉았으니, 이날 전각 안에 자리잡은 사람이라야 목풍아까지 모두 일곱이었다.

시녀가 차가운 빙수 한 그릇씩을 탁자에 놓았다. 달콤하고 차가운 빙수를 한 모금씩 마시니 왕후 서씨가 빙그레 웃으며 목풍아에게 말했다.

"목 공, 오늘은 주소희가 공부를 많이 해왔다는군요."

"와하하하, 그렇습니까? 저에게 공부를 많이 배우고 싶은 모양이군요. 또 무슨 문제를 가지고 왔을까 궁금하네요."

주소희는 번번이 목풍아에게 글로 놀림을 당하는 탓에, 매번 시회에서 목풍아를 골려주기 위해 어려운 문제를 준비해 오는 것이 일과처럼 되어 있었다.

주소희가 목풍아를 노려보며 말했다.

"이번에 대구를 만들려면 상당히 어려울걸?"

이때 목풍아가 손을 번쩍 들었다.

"잠시만 기다려 주세요."

목풍아는 서씨에게 고개를 돌려 말했다.

"마마, 매번 문제와 답을 하기만 하니 너무 심심하고 재미가 없습니다. 진 사람에게 벌칙을 하는 것은 어떻습니까?"

"벌칙이라구요?"

"예. 문제를 풀지 못한 사람이 진 사람의 얼굴에 붓으로 그림을 그리는 것은 어떻습니까?"

주소희가 웃으며 말했다.

"하하하! 그것은 내가 바라는 바다."

주소천이 손뼉을 치며 말했다.

"어머. 그것 재미있겠네요."

목풍아와 주소희의 대결은 시회에게 가장 흥미있는 놀이라고 할 수 있었다. 왕비가 꼬박꼬박 목풍아를 시회에 불러내는 것은 주소희가 내는 문제에 답을 내는 목풍아의 시재를 사랑하기 때문이었다. 목풍아가 있으므로 시회가 이전보다 더욱 재미있어졌기에 왕후 서씨는 목풍아의 의견을 받아들였다.

"좋아요. 허락하겠어요."

주소희가 자신만만하게 붓을 들어 종이에 시를 써 목풍아에게 보여주었다.

사람이 큰 절간을 지나는데, 절의 부처가 사람보다 훨씬 크더라[人過大佛 寺 寺佛大過人].

글자의 앞뒤가 바뀌어져 한 편의 시가 되는 문제였다. 앞뒤가 바뀌면서도 평측이나 압운이 흐트러져서는 주소희에게 이겼다고 할 수 없다. 주소희가 목풍아를 골려주기 위해 오랫동안 준비하고, 큰소리를 칠 만한 문제가 아닐 수 없었다.

왕후 서씨와 주고치는 손을 턱에 괴고 생각에 잠기었다. 아무리 생각해 보아도 갑자기 이 문제에 어울리는 대구를 만들기가 쉽지 않았기 때문이다.

주소희가 붓을 들고 말했다.

"하하하! 자신이 없겠지. 이리 와서 내 붓을 받아라."

목풍아가 한동안 생각을 하다가 문득 전각의 현판을 바라보곤 미소 지었다.

"내가 답을 내면 공주님께서 제 붓을 받아야 할 텐데 어떡하지요?"

목풍아가 붓을 들어 종이에 시를 쓰더니 번쩍 들어 보여주었다. 사람들의 이목이 먹이 덜 마른 글씨에 집중되었다.

꽃이 만원정에 향기로우니, 정원이 꽃 향기로 가득하구나[花香滿園亭 亭園滿香花].

평측과 압운은 물론, 내용도 나무랄 데가 없이 완벽하였다. 더구나 만원정은 바로 자신들이 놀고 있는 정자였으니 더욱 그러하였다.
"어떡합니까? 제가 이겼습니다."
주소희의 코가 납작하게 되는 순간이었다. 목풍아가 배시시 웃으며 붓에 먹을 듬뿍 묻혀 주소희에게 다가가 이마 가운데 주먹만한 큰 점을 하나 찍어놓았다.
"공주님 이마의 점이 부처님의 점보다 큰 것 같습니다. 와하하하!"
목풍아가 배를 잡고 웃으니, 주소희는 분한 마음에 이를 악물고 서씨를 바라보았다. 왕후 서씨는 주소희의 얼굴을 바라보며 미소 지을 뿐이었다. 서씨는 두 사람이 문제를 내고 푸는 것이 재미있을 뿐 아니라, 주소희에게 많은 공부가 되는 것 같아 그것이 좋았던 것이다. 그러나 주소희는 몇 달 동안 연구하여 만들어낸 문제를 한번에 풀어버리는 목풍아가 한없이 미울 따름이다. 더구나 이마에 큰 점을 찍어놓고 깔깔거리며 놀리는 얼굴을 바라보니 화가 머리끝까지 솟구쳤다.
점을 찍어놓곤 자신의 자리로 돌아온 목풍아가 말했다.
"이제 제 차례가 되었으니 공주님께 문제를 내겠습니다."
목풍아는 들고 있던 붓을 들어 종이 위에 써서 들었다.

기러기 평정산을 날아가는데, 산꼭대기 기러기 떼 가지런하네[雁飛平頂山 山頂平飛雁].

주소희는 울상이 되었다. 그와 같은 시를 하나 짓기에 한 달이 넘게 걸렸는데, 이 자리에서 어떻게 이 문제의 대구를 만들 수 있겠는가.

목풍아는 울상이 된 주소희를 바라보며 붓에다 먹을 듬뿍 찍었다.

"공주님, 열을 세겠습니다. 하나, 둘……."

흥얼거리듯이 수를 세는 목풍아가 그렇게 얄미워 보일 수 없었다. 시는 생각나지 않고, 열을 다 셀 동안 주소희는 꿀 먹은 벙어리처럼 종이만 바라보고 있었다.

"이런, 이런. 답을 하지 못하셨네요. 제가 가드리지요."

목풍아가 주소희에게 다가가, 이번에는 붓으로 오른쪽 콧망울 옆에 커다란 검은 점을 찍어놓았다. 주소천이 그 모습을 보고 웃음을 참지 못하고 까르르 웃었다. 주고치와 왕후 서씨, 첩실인 왕씨도 주소희의 우스꽝스러운 모습을 보고 한결같이 웃었다.

눈물이 나올 것 같았다. 하지만 이 자리에서 울어버린다면 얄미운 목풍아에게 지는 것이 된다. 주소희는 이를 꽉 다물고 목풍아에게 문제를 내었다. 그러나 번번이 목풍아에게 당하여 얼굴에 검은 점이 하나둘씩 늘어만 가더니, 급기야는 주소희의 얼굴이 점박이처럼 까맣게 되어버리고 말았다.

"우헤헤헤. 공주님의 얼굴을 보니 갑자기 시상이 떠오릅니다."

목풍아는 종이에다 시를 지어 보여주었다.

얼굴 가득한 꽃, 꿀벌의 집이다[滿開花 蜜蜂之家].

얼굴 가득 찍힌 점을 꿀벌의 집이라고 빗대어 주소희를 희롱한 시였다.

"이… 못된 놈. 나쁜 놈."

주소희는 눈물을 뚝뚝 흘리면서 자리를 박차고 누각 아래로 뛰어내려가고 말았다.

주고치가 목풍아에게 말했다.

"풍아, 이번은 좀 심했는걸? 어서 따라가 마음을 풀어주거라."

왕비 서씨도 고개를 끄덕이며 말했다.

"이번에는 목 공이 심한 것 같아요. 어서 가서 목 공이 주소희를 데려오도록 해요."

"송구합니다."

목풍아는 절을 꾸벅 하곤 먹물을 듬뿍 묻힌 붓을 들고는, 시녀들과 궁녀들이 따라오려는 것을 물리치고는 주소희를 따라갔다.

누각을 내려와 구불구불한 정원을 들어가니 하얀 복사꽃이 만개한 언덕이 나타났다. 무릉도원을 표방하여 만들어놓은 듯 무수한 복숭아 나무 사이로 뛰어가는 주소희가 보였다.

"공주, 잠깐 내 말을 들어봐. 잠깐 멈춰 서서 내 말을 들어보라구."

주소희는 막무가내로 복숭아 나무 사이를 뛰어갈 뿐이었다. 목풍아가 긴 관복을 끌며 허겁지겁 뒤따르다가 옷에 걸려 넘어지기를 몇 번. 잠시 후 커다란 복숭아 나무 아래에서 몸을 웅크리며 울고 있는 주소희를 발견하였다. 목풍아는 얼른 붓으로 자신의 왼쪽 코망울에 점 하나를 찍고 수염을 하나 그려 넣었다. 그리고 살금살금 그 뒤로 다가가 주소희의 어깨를 잡았다.

"공주님."

주소희가 고개를 돌렸다.

멍청해 보이는 목풍아의 얼굴이 자신을 바라보고 있었다. 울고 있던 주소희가 갑자기 웃음을 터뜨렸다.

"아하하하!"

목풍아가 빙그레 웃으며 말했다.

"공주님, 이제 됐습니까?"

"아니, 아직 안 되었어."

"그럼 공주님 마음이 풀릴 때까지 마음대로 하십시오."

목풍아가 붓을 내밀었다.

주소희는 붓을 빼앗아 목풍아의 한쪽 수염을 마저 그리고, 너구리처럼 두 눈가를 검게 칠하였다. 목풍아는 자신의 얼굴을 정신없이 바라보며 낙서를 하는 귀여운 주소희를 물끄러미 바라보다가 입을 열었다.

"공주님, 이제 되었습니까?"

고개를 끄덕거리던 공주가 목풍아를 물끄러미 바라보다가 뭔가에 떠밀린 듯이 목풍아의 품에 안겼다. 향긋한 사향 내음과 복사꽃의 향기가 코끝을 스치고 지나갔다. 하늘은 맑고, 이따금 한가로운 벌들이 앵앵거리며 분주하게 날아다니고 있었다.

"공주님, 이러시면 안 됩니다."

목풍아의 가슴에 파묻혀 새근거리던 공주가 시커먼 얼굴을 들고 빙긋 웃으며 말했다.

"앞으로 나를 괴롭히면 안 돼. 알았지?"

"그럼 공주님도 저를 괴롭히시면 안 됩니다."

주소희는 고개를 끄덕끄덕하곤 다시금 목풍아의 가슴에 안기었다. 두근거리는 주소희의 심장 소리가 느껴졌다.

주소희는 목풍아가 오라버니 주고치를 도와 연경을 사수한 후부터 부쩍 목풍아에게 관심이 있던 터였다. 그 때문에 더욱 목풍아를 괴롭히려 한 것이다. 그러나 목풍아를 괴롭힐수록 당하는 것은 자신이었다. 자신보다 뛰어나다는 것은 이미 알고 있던 터지만, 오늘 자신이 낙서장이 되듯 목풍아에게 당하고 나자 억울하고 분한 마음을 가눌 길이 없었던 것

이다. 그때 목풍아가 자신의 얼굴에 낙서를 하며 마음을 풀어주니 주소
희는 그동안에 가지고 있던 마음이 폭발하듯이 뿜어져 나왔던 것이다.

바닥에 엎어져 주소희를 껴안고 있던 목풍아는 빨간 복사꽃 위로 펼쳐
진 푸른 하늘을 바라보고 있었다. 문득 목풍아의 얼굴이 찌그러졌다.

'그러고 보니 주소천과 주소희가 모두 나를 좋아하게 된 것이잖아. 이
런, 제길. 내가 왜 이런 거지? 이런 바보 같은 목풍아. 이런 바보 같은
놈. 도대체 어떻게 수습하려고 이러는 게야. 이 바보 바람둥이야.'

목풍아는 머리를 쥐어뜯고 싶었다. 연왕이 이 사실을 알게 된다면 목
풍아는 목이 몇 개라도 모자랄 판이다. 화가 난 연왕이 자신의 귀중한 알
을 날려 버릴지도 모르는 일이다.

언제나 칼날같이 날카롭게 생각을 하고 일을 벌이는 목풍아이지만, 여
자 문제에서만은 일을 벌인 후에야 생각하는 목풍아였다.

자신의 치명적인 단점이 무엇인지 알면서도 그것을 제어하지 못하는
목풍아는 단연코 바람돌이 목춘풍이 틀림없었다.

목풍아는 주소희와 함께 만원정 누각으로 올라갔다. 모인 사람들이 걱
정을 하고 있다가 두 사람의 우스꽝스런 모습을 보고 크게 웃었다.

울면서 나갔던 주소희의 얼굴에 미소가 가득한 것을 보고 왕후 서씨와
주고치는 마음을 놓았다.

"목 공은 재주도 좋군요. 소희의 마음을 잘 풀어준 모양이에요."

"헤헤헤. 제가 이렇게 망가지고 나니 공주께서 미소를 보이시는군요."

목풍아는 검게 칠한 얼굴을 보이며 웃었다.

주소천은 차마 목풍아의 얼굴을 보고 웃을 수가 없어 고개를 숙여 웃
음을 참다 보니 문득 화가 치밀었다. 자신에게는 갈보 계집이라고 막말
을 하는 목풍아가 주소희를 위해 얼굴에 먹칠을 하였다 생각하니 부글부

글 심술이 끓어올랐다.

주소천은 부릅뜬 눈으로 목풍아를 노려보았다.

'저것이 갑자기 왜 저러지? 내가 주소희와 다정한 한때를 보냈다는 것을 알았는가? 아니, 아니, 모를 텐데 왜 저런 것이지?'

나중에 그 이유를 물어보면 될 테지만, 그전에 주소천이 화를 못 참아 불미스러운 일이 일어날지도 모르므로 그녀의 마음을 풀어줄 필요는 있었다.

목풍아는 시녀가 가져온 물수건으로 얼굴을 닦고 활짝 웃으면서 말했다.

"저와 함녕 공주가 그동안 재미있게 놀았으니, 이번에는 안성 공주님 차례입니다."

주소천의 얼굴에 당황한 기색이 역력하다. 주소천은 글공부를 좋아하지 않아 시 쓰는 것이 주소희보다 못하였기 때문이다.

"나, 나는 하지 않겠어요."

"그렇다면 무엇을 할까? 제가 주소천 공주님의 이름으로 삼행시를 하나 지어 올릴까요?"

"좋아요."

왕후가 웃으며 말했다.

"그것 좋은 생각이군요. 목 공, 어디 한번 지어보세요."

"그럼 한번 지어 올리겠습니다."

목풍아는 잠시 생각을 하다가 붓을 들어 종이에 글을 쓰기 시작하였다.

주소천 공주는 진정 사람 같지 아니하네[朱小天眞不似人].

주소천의 얼굴이 갑자기 일그러졌다. 사람 같지 아니하다면 도대체 무엇 같다는 말인가. 목풍아의 얼굴이 갈보 같다고 말하는 것 같아 주소천은 이를 앙물고, 심술난 얼굴로 목풍아를 노려보았다.

목풍아는 싱글벙글 웃으며 다음 시를 펼쳐 들었다.

나들이 좋은 자리에서 원망하며 보지 마시라[小宴樂境不盼恨].

목풍아가 자신을 놀리는 것이 틀림없었다. '갈보 계집아, 눈 깔아라' 마치 이렇게 이야기하는 것 같아 주소천은 화가 솟구쳐 얼굴이 붉게 물들었다. 공개적으로 자신을 망신 주기 위해 삼행시를 지은 것이 틀림없었다. 너무 분하여 눈물이 핑 돌았다. 그때 목풍아가 마지막 한 장의 종이를 펼쳐 들었다.

직녀의 미모와 서시의 찡그린 얼굴이라도 견줄 수 없으리라[天女效嚬不比較].

왕후 서씨가 빙그레 웃으며 손뼉을 치며 말했다
"호호호. 목 공은 짓궂기도 하지. 그런 식으로 소천을 놀리는 것이 어디 있단 말이오."
"헤헤, 송구합니다."
"어쨌든 아주 훌륭한 삼행시였어요."
서씨는 고개를 돌려 소천에게 말했다.
"소천은 좋겠구나. 네가 노려보는 모습이 직녀의 미모와 서시(西施)의 찡그린 얼굴과 비교할 수 없을 만큼 아름답다니 말이다."
천녀(天女)란 직녀성의 직녀(織女)를 말하는 것이며, 효빈(效嚬)이란 서시가 찡그린 얼굴조차 아름다워 당시 사람들이 너도나도 얼굴을 찡그리고 다녔다는 고사를 말하는 것이다.

직녀와 서시의 찡그린 얼굴이 주소천의 노려보는 얼굴보다 못하다는 이야기였으니, 사람 같지 아니하다는 말은 주소천의 얼굴이 미인이기 때문에 그렇다는 말이었다. 처음의 내용과 뜻이 완전히 달라져 버렸다.

울음이 금방이라도 터질 듯한 주소천의 얼굴에서 화기가 돌았다. 그녀는 수줍어 붉어진 얼굴을 살짝 들어 목풍아의 얼굴을 힐끔 바라보다가 고개를 숙였다. 목풍아의 마음이 자신에게 와 있다는 생각에 하늘을 날아갈 듯 좋기만 한 주소천이었다.

'에구. 오냐, 오냐. 쉽게 자란 계집들이라 다루기가 여간 어려운 것이 아니네.'

목풍아는 주소천의 얼굴에서 심술을 찾아볼 수 없게 되자 마음 놓고 왕후 서씨와 왕씨에게도 마음을 즐겁게 하는 삼행시를 지어주었다.

그날 목풍아의 아부성 시로 청명절 나들이를 재미있게 보낸 후, 왕실의 가족들과 목풍아는 저녁 무렵에 경화도(瓊華島)를 나왔다.

왕후와 왕자 주고치에게 문안 인사를 하고 주소천의 방에 잠시 들른 목풍아는 다짜고짜 소리를 질렀다.

"이 갈보 계집아, 아까는 도대체 무엇 때문에 나를 노려본 게지?"

"그, 그것이……."

"설마, 내가 네 동생과 무슨 일이라도 있었다고 생각했느냐? 그런 게냐?"

목풍아가 도리어 큰소리를 쳤다. 방귀 뀐 놈이 큰소리 친다고, 죄지은 목풍아가 도리어 주소천을 핍박하는 것이다.

주소천은 목풍아의 말과 같은 생각을 했다면, 정말 갈보 계집이 되고 말기에 재빨리 손을 내저으며 말했다.

"그게 아니에요."

"그럼 무엇 때문에 그러는 것인지 어서 말해 봐. 이 자리에서 쓸데없는 오해는 풀어버리자구."

주소천은 목풍아의 눈치를 살피며 말했다.

"대인께서 저에게는 막 대하면서, 소희의 마음을 풀어주기 위해 얼굴을 검게 칠하는 것을 보니 그냥 화가 나……."

목풍아는 주소천의 말이 끝나기도 전에 이마를 쿡쿡 누르며 말했다.

"내가 전에도 이야기하지 않더냐? 나는 어떤 여자를 좋아한다고?"

"고분고분한 여자를 좋아한다고 하셨지요."

"그걸 잘 알고 있는 네가 나에게 그런 말을 한단 말이냐? 너도 생각을 해보거라. 네 어머니와 왕자님이 계신 자리에서 내가 네 동생을 비참하게 만들어놓고 웃고 있다면, 어느 누가 좋아하겠느냐? 나는 어쩔 수 없이 네 동생의 마음을 풀기 위해 사나이 자존심을 무너뜨린 거란 말이다. 내 얼굴에 먹물을 칠했을 때, 아! 네가 이 목 대인의 무너지는 가슴을 알기나 하느냐?"

목풍아는 짐짓 한숨을 내쉬었다.

"아, 저는 그런 것도 모르고……."

"아니다. 네가 어찌 이 목 대인의 마음을 알겠느냐?"

목풍아는 주소천을 끌어당겨 이마를 마주 대었다.

"소천아, 미안하구나. 네가 그렇게 마음 상했다면 앞으로는 내가 네 이름을 부르도록 하겠다. 나는 그저 우리가 가까운 사이라는 것을 너에게 각인시키기 위해 막말을 한 것이었다만, 네가 그렇게 생각하였다니 내가 미안할 따름이구나."

소천은 부끄러워 고개를 다소곳이 숙이고 바닥을 바라보았다. 목풍아의 속마음을 제대로 이해하지 못한 자신이 부끄러울 뿐이었다.

"대인, 그냥 부르던 대로 부르셔도 좋아요. 이 주소천은 그대의 아름
다운……."

소천은 부끄러운 마음에 연인(戀人)이라는 말은 끝내 하지 못하였다.

"좋아, 좋아. 내 마음은 만원정에서 너에게 쓴 시로 말하였으니, 이제
너의 대답을 듣고 싶구나."

목풍아는 눈을 감고 입술을 쭉 내밀었다.

주소천은 목풍아의 오리 같은 입술을 보고 피식 웃었다. 사랑을 확인
하는 입맞춤을 요구하는 목풍아의 얼굴은 짓궂었지만, 사랑스러워 보였
다.

주소천은 가만히 목풍아의 입술에 입맞춤을 하였다. 부드러운 입술이
마주칠 때면 온몸이 짜릿짜릿해지는 것 같아 주소천은 하늘에라도 오르
는 것 같았다.

눈을 번쩍 뜬 목풍아가 주소천의 볼을 만지며 말했다.

"좋아, 좋아. 나는 이만 퇴청할 테니 얌전히 잘 있어야 한다."

"예."

"주소희가 네게 와서 나를 좋아한다니, 아니면 내가 주소희를 좋아한
다는 말을 하더라도 곧이 듣지 말거라. 네가 언니니까 그러려니 하고 넘
겨 버려라. 나야 워낙 매력적인 사람이니 주소희가 나를 좋아하는 것은
당연하지만, 나에게는 네가 있지 않느냐? 그렇지? 얼토당토않은 말을 하
더라도 언니인 네가 이해하란 말이다. 알겠지?"

자매가 목풍아와의 비밀을 알게 된다면 분노의 불길이 자신에게 떨어
질 것이다. 일을 벌여놓았으니 미봉책이나마 단단히 사건의 불씨와 멀리
떨어뜨리는 것이 급선무였으므로 퇴궐하기 전에 단단히 다짐을 주는 목
풍아였다.

“네.”

“좋아, 좋아. 기특한 것.”

목풍아는 주소천의 엉덩이를 두드리다가 방문을 나섰다. 문 앞에 강민이 침울한 얼굴로 고개를 숙여 인사하였다.

바깥에서 방 안의 이야기를 들은 것이 틀림없었다.

강민의 침울한 얼굴을 보니 왠지 불쌍한 마음이 들었다. 주소천과 소희처럼 고귀한 신분도 아니고, 비천한 시녀이기 때문에 목풍아는 강민이 더욱 불쌍하게 생각되었다.

초롱을 받들고 말없이 앞서가는 강민의 어깨가 힘이 없어 보였다. 사랑을 주소천에게 빼앗겨 버린 절망감이 민의 작은 어깨를 누르는 것이라 생각되었다. 사실 주소천보다 강민이 더 좋은 것은 사실이었다. 갈보 계집 주소천 때문에 침울한 강민을 보자 목풍아는 마음이 움직였다. 불쌍한 강민의 기분을 올려주자고 목풍아는 생각하였다.

“민아, 나는 괴롭구나.”

강민이 풀죽은 목풍아의 말에 고개를 살짝 돌렸다.

목풍아는 뒤따라오지 않고 기둥에 기대고 긴 한숨을 내쉬었다.

“대인, 왜 그러십니까?”

“민아, 너는 내 마음을 아느냐?”

“무, 무슨…….”

목풍아는 강민을 바라보았다.

“너와 나는 아마도 전생에 견우와 직녀가 아니었을까? 만나고 싶어도 만날 수 없는 그런 신세 말이다.”

강민은 고개를 푹 숙였다. 그 말 속에서 목풍아가 자신을 깊이 깊이 생각하고 있다는 것을 느낄 수 있었다. 그러나 목풍아를 생각하면 다가갈 수 없는 자신의 신분에 더욱 깊은 슬픔이 생겨나는 것이다.

“……."

강민은 고개를 끄덕끄덕하였다.

“하지만 나는 너를 가져야겠다."

강민이 깜짝 놀라 고개를 번쩍 들었다. 목풍아가 자신을 바라보며 미소 짓고 있었다.

“그럴 수 없어요. 저는 궁녀인걸요?"

“하하하. 너는 내가 주소천을 좋아하는 줄 알고 있나 본데, 사실 주소천을 손톱만큼은 좋아한단다. 하지만 나는 네가 더 좋아."

강민의 얼굴이 붉어졌다. 하지만 다시금 다가갈 수 없는 벽을 생각하곤 고개를 숙였다.

“민아, 잘 생각해 보거라. 내가 만약 부마도위가 된다면 너는 공주를 따라 내가 사는 집으로 올 수 있지 않겠느냐? 그렇게 되면 너와 나는 마음 놓고 만날 수 있을 테고 말이다. 비록 첩실이라도 너와 내가 마음 놓고 만나게 된다면 그것으로도 성공한 것이 아니냐?"

강민의 얼굴에 화색이 돌았다. 그런 방법이 있었다. 그렇다면 주소천에게 수작을 거는 것은 자신에 대한 마음이 있기 때문이었던 것이다. 궁중의 궁녀들은 왕의 소유이니 신하들이 넘볼 수 없는 사람이다. 그런데 목풍아는 이미 강민의 마음을 빼앗았으며, 입맞춤까지 몇 번 한 적이 있었다. 궁중의 법도를 따지자면 그것만으로도 목풍아는 모가지였다. 따지고 보자면 목풍아는 걸어다니는 대역죄인이라고 할 수 있었다. 궁녀의 입술을 훔치고, 공주의 방을 들락거리는 불법을 아무렇게나 저지르고 있었으니 말이다.

이런 사람을 강민은 이전에 본 적이 없었다. 간이 큰 것인지, 생각이 모자란 것인지는 알 수 없지만, 그런 목풍아가 좋은 것은 어쩔 수 없었다.

예전에 궁녀가 내금위의 무사와 눈이 맞아 사귀다가 연왕에게 걸려 참형을 당했던 일을 보았던 터라 무섭기도 하였지만, 강민은 그 궁녀의 마음을 이제야 알게 되었다. 목풍아를 생각하면 죽음조차 두려워지지 않는 것이다. 더구나 목풍아가 궁녀에서 벗어난 새로운 미래를 이야기해 주니 강민은 새로 태어난 것만 같았다.

"자, 자, 민아. 이제 기분이 좋아졌다면 한번 웃어보거라. 이 목 대인은 네가 웃을 때가 가장 기분이 좋더라."

강민이 빙그레 미소를 지었다.

목풍아는 주위를 둘러보다가 입을 삐쭉 내밀며 말했다.

"그 좋은 기분을 나에게도 한번 맛보게 해다오."

강민은 주위를 둘러보다가 재빨리 목풍아의 입술에 입을 맞추었다.

"와하하하! 좋아, 좋아. 네 마음까지 흐뭇하구나."

목풍아는 당당하게 회랑을 걸어가기 시작하였다. 강민이 얼른 초롱을 들고 목풍아의 앞을 밝혀주었다.

대궐을 나온 목풍아는 단예문을 바라보며 머리를 쿡쿡 쥐어박았다.

"에구. 목풍아, 이놈아. 네가 또 일을 저질렀구나."

여자들만 만나면 머리가 이상한 방향으로 돌아가는 목풍아였다.

오늘 목풍아는 세 여자의 마음을 즐겁게 해주었고, 세 여자의 마음을 얻었으며, 세 여자의 입술을 훔쳤다. 모두 궁 안의 여자들이기에 엄청나게 큰일을 벌여놓은 것이다.

막상 벌여놓고 수습할 생각을 하니 아찔하기 그지없었다.

머리를 쥐어박던 목풍아는 가만히 입술을 만져 보았다. 그 일이야 천천히 수습하더라도, 우선은 세 여인의 입술을 생각하면 기분이 좋아지는 목풍아였다.

목풍아는 몸을 돌려 장안가로 위풍당당하게 걸어가며 노래를 불렀다.

해도 해도 싫지 않아 다시 하고 또 하고[爲爲不厭更爲爲],
바람 바람 그치지 않고 다시 불고 또 부네[風風不止更風風].

“우헤헤헤. 이놈의 바람은 정말 막을 수가 없으니 어떡하나? 목풍아,
너 어떡할 테냐? 너는 정말로 대책이 없는 놈이로구나. 우헤헤헤.”
목풍아는 자신의 머리를 치며 목청껏 웃었다.

역풍(逆風)

역풍(逆風)

목풍아는 연자루로 돌아와 일도와 풍계로부터 보고를 받았다. 두 사람에게 연경 주변에서 일어나는 시시콜콜한 정보와 남경에서 올라오는 조기의 서신을 받은 목풍아는 손을 저어 두 사람을 물렸다.

목풍아는 입술을 깨물며 한동안 생각하다가 조기의 편지를 펼쳐 보았다.

조기의 편지는 전황과 남경의 정세에 관한 것이었다. 이번 달 초에 이경륭의 복병에 연왕이 쫓기다가 둘째 왕자 주고구에게 구사일생으로 목숨을 구하여 남군의 사기가 올랐다는 것이었다.

봄이 되고 날이 풀리면서 천자의 군사들은 이 전투로 상대적으로 힘을 얻었으며, 남군들의 수가 증가하면 내부에서도 연왕이 패할 것이라는 의견이 지배적이라고 쓰여 있었다.

상황이 좋지 않았다. 천자의 군사들이 힘을 얻은 것에 비해 연왕의 군사들은 상대적으로 사기가 가라앉아 있을 것이 틀림없었다. 적의 대장군이 이경륭이라는 것이 다행스러운 일이지만, 앞으로의 일을 대비하지 않으면 안 된다. 만에 하나 노련한 사람으로 대장군이 바뀌게 된다면 상황은 달라질 수도 있기 때문이다.

여러 가지 상황을 생각하던 목풍아는 주소희와 주소천, 강민을 생각하였다. 내일 궁 안으로 들어가 그들과 어떻게 놀아줄까 생각하던 목풍아는 침대 위에 엎어져서 잠이 들었다.

다음날 연왕에게서 승전보가 날아왔다. 뜻밖의 일이었다. 남군이 승세를 타서 병사들이 늘어나고 있다는 정보가 올라온 지 하루만의 일이었다.

연왕이 적은 병사를 가지고 화공(火攻) 작전을 펼쳐 수만의 머리를 베고, 쫓기던 남군이 다시금 수공(水攻)에 당하여 익사한 자가 수십만 명에 이른다는 것이었다.

연왕의 승리 뒤에는 도연이 있었다. 도연의 책략으로 큰 승전보를 거둔 것이 틀림없었다. 역시 도연은 무시할 수 없는 사람임을 목풍아는 직감하였다.

'이거, 만만찮은데…….'

다음날 궁 안으로 들어간 목풍아는 평소처럼 주고치의 방으로 들어가 인사를 드렸다.

주고치는 침상 앞에서 곤룡포를 입고 있다가 빙그레 웃으며 말했다.

"풍아, 어제는 좋은 꿈 꿨느냐?"

주고치 역시 전황을 들었다는 말이다. 그러나 연왕이 위험에 한 번 빠졌다가 회복한 것은 모르고 있을 것이 틀림없었다.

"헤헤헤. 정신없이 곯아떨어져 꿈을 꾸지 못했습니다. 그렇지 않아도 승승장구하시던 전하께서 얼마 전 한차례 큰 곡경을 겪으셨다는 정보가 있었습니다. 더구나 둘째 왕자께서 전하를 구하셨다 합니다.”

“둘째가 공을 세웠구나…….”

한동안 주고치가 생각에 잠기었다.

“너는 앞으로의 전세를 어떻게 보느냐?”

“대치 상황이 지속될 것 같습니다. 전하께서도 이번에 큰 승리를 하셨지만, 섣불리 나서지 못하실 겁니다. 이번에 큰 패전을 당해 조정에서도 이경륭이 대장군 감이 아니라는 걸 알았을 것이니, 노련한 장수로 바뀌겠지요. 그렇게 되면 상황이 전하에게 불리하게 돌아갈 수도 있습니다. 그보다 둘째 왕자님이 공을 세웠으니, 군 내부에서의 위상이 올라가겠습니다. 이건 생각지 않은 결과인데요?”

주고치는 빙그레 웃으며 목풍아의 손을 잡았다.

“풍아, 내가 너를 믿고 있다는 것을 알고 있지?”

“그럼요. 저 역시 왕자님을 믿고 있습니다.”

“그래. 나는 네가 공주들과 무슨 짓을 하더라도 너를 믿기 때문에 반드시 너를 지켜주겠다.”

목풍아는 갑자기 숨을 멈추었다.

‘이게 무슨 말인가? 주고치가 모든 것을 알고 있다는 말인가?’

경우는 두 가지였다. 주고치가 모든 것을 알고 있거나, 지레짐작으로 자신을 시험하고 있거나. 그러나 무엇이 확실한 것인지 목풍아는 알 수가 없었다. 마른침을 꿀꺽 삼키었다.

“나는 네가 두 공주를 모두 데려갔으면 좋겠다. 아버님과 어머님은 용납하지 못하겠지만, 내 생각은 그렇다는 말이다. 그만큼 네가 좋거든. 아마 민이도 참 좋아하겠지? 아버님과 어머님이 이 사실을 안다면 좋지 않은 일이 일어나겠지만, 나는 너를 내 심복으로 생각하기 때문에 목숨을 걸고서라도 너를 지켜줄 생각이다.”

등줄기에 식은땀이 송송 맺히었다. 머리 속에 여러 가지 생각들이 핑 핑 돌았다. 주고치가 모든 것을 알고 있다는 말로 가닥이 잡혀졌다.

'이런 제길, 이 미련둥이. 왕자님에게 제대로 걸렸구나.'

한 방 제대로 당했다. 곰 같은 주고치를 쉽게 생각하였다가 제대로 걸려들었다. 의외의 복병이었다. 주고치는 덩치와는 다르게 생각이 깊고 무서운 곳이 있었던 것이다. 그가 내명부를 자유롭게 다닐 수 있도록 한 것은 주고치의 노림수였던 것이다. 그리 보자면 목풍아는 참으로 멋지게 당했다고 할 수 있었다. 자신의 수법 그대로 당했으니 말이다.

'아! 주고치에게 깨끗히 당하고 말았다. 어쩌면 이 사람은 도연과 정화보다 더 무서운 사람인지도 모른다.'

완벽하게 자신을 속인 주고치였다. 미련한 얼굴 뒤편에 자신이 생각지 못한 것을 바라보는 날카로움이 있음을 목풍아는 그제야 알았다. 그러고 보면 주고치는 자신의 의견을 말한 적이 별로 없었다. 그저 목풍아의 이야기를 미소 띤 얼굴로 묵묵하게 듣고 있을 뿐이었다. 지금 생각해 보면 그것이 목풍아를 안심하게 만들었던 것이다. 큰 그릇인 줄은 알았지만, 생각지도 못한 주고치의 행동이었다. 그 침묵 속에 깊은 생각이 숨어 있었던 것이다. 목풍아는 이마에 맺힌 땀을 닦았다.

"와하하하! 저는 그저 송구스러울 따름입니다. 이왕 이렇게 되어버렸으니 왕자님의 처분에 맡기겠습니다."

목풍아는 자신이 없으면 주고치의 힘도 없음을 잘 알고 있다. 주고치 역시 마찬가지일 것이다. 여전히 배짱있게 나가는 목풍아였다.

"음. 너에게 또 말해 줘야겠구나. 나는 너를 내 오른팔처럼 아끼고 있다. 그러니 계속해서 나의 힘이 되어다오."

주고치는 완벽하게 자신을 사로잡기 위해 그 같은 함정을 판 것일 뿐, 다른 의도는 없었다고 말하는 것이다. 자신과 목풍아는 운명 공동체로,

이제는 뗄레야 뗄 수 없는 사이가 되어버렸다고 말하는 것이다. 연왕이 승승장구하고, 둘째 왕자가 전장에서 공을 세울수록 주고치에게는 목풍아의 힘이 더욱 절실히 필요했다.

"이 목풍아는 왕자님의 심복입니다. 이전에도 그랬으며, 앞으로도 계속 그러할 것입니다."

이제 목풍아는 완벽한 주고치의 심복이 될 수밖에 없었다. 아니, 이제 두 사람은 완전히 한편이 되어버린 것이다.

"좋다. 마음에 든다."

주고치는 목풍아의 어깨를 두드렸다.

"저, 그전에 누가 제 일을 알고 있는지 궁금합니다."

"걱정 마라. 나밖에 모르는 일이니 말이다."

그럴 수가 없다. 반드시 내통자가 있기 때문에 목풍아의 행위가 주고치의 귀에 들어간 것이다. 그 누군가를 확실하게 알아야 도연과 정화를 대비할 수 있다. 주고치가 알고 있다면 환관들의 우두머리인 정화에게 그런 이야기가 들어가지 않으리라는 법도 없었기 때문이다.

주고치는 앞장서 걸어가며 조용하게 말했다.

"걱정할 것 없다니까. 정화와 도연의 귀에 들어가진 않을 게다. 내가 짐작으로 해본 말이었으니 말이다. 하지만 앞으로는 조심하는 게 좋아."

목풍아는 멍하게 주고치의 뒷모습을 바라보았다.

'짐작에 걸려들었단 말인가? 그 정도로 목풍아의 행동에 허점이 많았단 말인가!'

목풍아는 주고치의 유도 심문에 멍청하게 당했다는 말이 되는 것이다. 부끄러워 얼굴을 들 수 없었다.

그날 하루 종일 주고치와 함께 궁궐의 사무를 보다가 저녁 무렵이 되어서야 퇴청하는 목풍아의 발걸음이 무거웠다.

주고치의 덫에 보기 좋게 걸려 버린 자신이 바보처럼 생각되었기 때문이다. 자신이 똑똑한 척하고는 있지만, 정작 머리 위에 있는 사람은 궁궐 안에 멍청하게 앉아 있는 주고치였다. 주고치가 침실에서 통쾌하게 웃는 모습을 생각하면 목풍아는 힘이 빠졌다.

"여자만 아니었다면……."

이제 와서 후회해도 소용없었다. 모두 다 자신의 기질 때문에 생긴 일이었으니 뒤늦게 탓을 해야 무슨 소용이 있겠는가.

연자루에 돌아온 목풍아는 탁자에 앉아 길게 한숨을 내쉬었다.

오괴는 목풍아가 궁전 앞에서 힘없이 한숨을 내쉬는 것을 보고 이상하게 생각하고 있었으므로, 머리를 갸웃거리며 물었다.

"대장, 좋지 않은 일이라도 있습니까?"

목풍아가 고개를 끄덕끄덕하다가 말했다.

"여자란 무엇일까?"

독돈이 웃으며 말했다.

"있으면 귀찮고, 없으면 허전한 존재지요."

오괴가 말했다.

"저는 여자를 사귄 적이 없어서 잘 모르겠습니다."

독돈이 손가락질을 하며 말했다.

"우헤헤헤. 알고 보니 진짜 도사였구나. 헤헤헤. 여자도 모르는 고자 도사. 그 이름 오괴~"

"이 자식이 죽고 싶어!"

"뭐야, 여자도 모르는 것이 감히 어른에게 대드는 것이냐?"

"뭐라고?"

두 사람이 갑론을박을 벌이자 목풍아가 탁자를 치며 소리쳤다.

"그만두지 못해! 그렇지 않아도 심란해 죽겠구만. 어서 나갓!"

두 사람이 서로의 얼굴을 바라보다가 재빨리 바깥으로 나갔다. 이층 누각 기둥에 일도가 꺼덕거리며 서 있었다.

오괴와 독돈이 난간 앞 탁자에 앉아 일도를 불렀다.

"형님들, 어찌 저를 부르셨습니까?"

이제는 알아서 말을 높이는 일도였다.

"오늘 대장의 심기가 좋지 않다."

"저도 보니 그런 것 같았어요. 궁궐에서 무슨 일이라도 있었습니까?"

독돈이 좌우를 두리번거리다가 일도에게 말했다.

"대장이 갑자기 여자가 무어냐고 물어보더라."

"여자요? 헤헤헤헤……."

"왜 웃는 거냐?"

일도가 배를 잡고 웃으며 말했다.

"하하하! 제가 오랫동안 대장과 함께 살아와서 대장을 잘 알지 않습니까. 제가 아는 대장은 머리가 대단히 뛰어나지만, 여자에 대해서는 숙맥에 가까운 사람이, 갑자기 여자가 무엇이냐 물어본다면 다시 봄이 온 것이 아니겠습니까."

"대장이 여자에 대해 숙맥이라구?"

"그럼요."

일도가 좌우를 살피다가 조용히 소곤거리며 말했다.

"우리 대장은 아직도 총각일걸요?"

"그게 무슨 말이냐?"

"아! 정말 형님들은 모르시네. 답답합니다. 제 이야기를 잘 들어보세요. 원래 이 세계는 주먹과 돈, 여자가 얽혀 있다구요. 대장이 승평현에서 기루를 장악했을 때 기루에 딸린 기녀가 수십여 명이었는데, 눈길조차 주지 않았다니까요. 왜? 여자에 초연한 사람이라서? 아니, 아니, 아니에요. 대장은 여자에 대해서는 너무 순진한 사람이니까요. 이 연자루만 하더라도 혼을 빼는 기녀가 수십여 명인데, 한 번도 데리고 잔 적이 없잖아요. 대장이 마음만 먹으면 거저인데 말이죠."

"그것도 그렇구나."

"이건 비밀인데, 대장에게는 아픈 과거가 있답니다. 아마 그 일 때문에 여자를 멀리하는지도 모르지요."

"여자를 멀리한다고?"

오괴와 독돈이 서로의 얼굴을 바라보았다.

"승평현에 오명(吳命)이라는 진사가 살았는데, 그 집에 열일곱 살 먹은 여식이 있었어요. 내가 알기로 대장이 그 여식을 짝사랑하다가 갑자기 며칠 동안 심하게 마음을 상한 적이 있었지요. 그 여식이 이웃집 남자와 정분이 나서 밤에 몰래 만나는 것을 보았다나요? 그 여식은 얼마 있다가 그 남자가 아닌 이웃 마을로 앙큼하게 시집을 가버렸지요."

"저런 마음 고생이 심했겠는데……."

"말도 마십시오. 두 번째 여자애는 이름이 뭔지 생각나지 않는데, 기루에서 가까운 곳에 사는 붓장수 딸이었지요. 아! 호미(豪尾)라는 계집이었구나. 그 계집이 제법 미색이 뛰어나 동네에서는 소문이 났었지요. 대장이 그 계집의 미색에 홀려 얼마간 좋아하였는데, 알고 보니 그 계집이 동네 갈보가 아니겠습니까? 이 남자, 저 남자한테 붙어다니면서 추파를 던지는데, 대장이 또 한 번 같은 상처를 받았지 뭡니까? 그 후에 대장은 여자를 심하게 혐오하는 버릇이 생겼답니다. 여자를 별로 믿지 않아요."

"그래도 여자들에게 잘해주던데?"

"이런 기가 막힐 일이 있나. 대장이 여자들에게 잘 대해주다니. 하긴 본 마음은 착한 사람이 대장이거든요. 불쌍한 사람을 그냥 지나치지 않으니 제가 대장을 따르는 이유도 그 때문이지요. 대장이 어린 나이에 여자들에게 마음의 상처를 입지 않았다면 좋았을 텐데, 하긴 사람이 완벽하라는 법이 있나요? 조금씩 문제가 있는 것이 사람 아니겠습니까. 우리 대장은 나이가 아직 어리니 툭툭 털고 일어나겠지요. 그때 좋은 사람 만나 혼인도 하고 잘살면 되는 거죠 뭐.”

오괴와 독돈이 서로의 얼굴을 바라보았다.

소홍의 얼굴에 미친 사람처럼 침을 뱉고, 갈보라고 욕하는 이유를 알 수 있을 것 같았다.

“일도야, 그래도 대장이 오늘 갑자기 여자 문제로 고민하는 것을 보면 궁궐에서 무슨 일이 있었던 것이 아닐까?”

“에이, 형님도 농담 마세요. 궁에서 여자를 건드렸다면 죽음이에요. 헉! 그럼 궁녀를?”

일도가 놀란 눈으로 두 사람을 바라보았다.

“헤헤헤. 아무리 우리 대장이 그런 정신도 없을까 봐. 형님, 걱정 마세요. 우리 대장은 여자들을 건들 사람이 아니라니까. 그러지 말고 형님들 술이나 한잔하시죠.”

일도는 탁자를 치며 술상을 봐오라 수다를 떨었다.

한편 목풍아는 자신의 방 탁자에 앉아 머리를 부여잡았다.

‘스스로 악수를 두었다.’

목풍아는 주소희와 주소천, 강민을 생각하곤 한숨을 내쉬었다. 어찌 되었든 자신과 인연을 맺었고, 모두 철썩같이 자신을 믿고 있었다. 이제 주고치가 아는 상황에서 그들과 혼인을 하지 못하면 자신은 그들에게 믿음을 깨뜨리는 사람이 되는 것이다.

본래 여자를 믿지 않는 목풍아이지만, 세 사람의 얼굴에서 진심을 발견하고는 마음이 흔들리고 있었던 것이다.

목풍아에게 생긴 문제는 이름을 바꾼 후부터 생겨났다고 할 수 있다.

승평현에 살았던 목몽룡은 본래 여자에 대해 수줍고 쑥스러움이 많았으며, 다가갈 용기가 없던 사람이었다. 그것은 어쩌면 아직도 여자에 대해 잘 모르는 어린 나이 때문인지도 몰랐다.

사춘기 때 여자에 대한 환상이 산산이 부서진 까닭에 여자를 생각지도 않다가, 이름을 바꾼 후부터 마음속에 있는 그대로 여자에게 행동하였을 뿐이다. 그런데 이상하게 여자들이 꼬이기 시작한 것이다. 완전히 의외의 일이었다.

목풍아로 이름을 바꾸고, 예의와 관습을 무시하며 자기 마음 내키는 그대로 여자들에게 행동할 뿐이었는데, 이상하게 따르는 여자들이 생겨나는 것은 목풍아 자신도 예측하지 못했던 일이다.

더구나 그런 일을 예상치 못했던 주고치가 알아버렸으니, 이러한 일이 정적에 의해 약점으로 작용하게 되지 않으리라 단정할 수도 없는 문제였다.

여자에 대해서 마음대로 행동한 대가가 생각과는 다르게 나타나 목풍아는 혼란을 느끼고 있는 것이다.

'풍아, 냉정하지 않으면 큰일을 할 수가 없다. 천하를 다투는 문제란 말이다.'

목풍아는 스스로를 채찍질하였다. 크게 봐야 한다. 연왕이 천하를 잡는다면 반드시 주고치를 황태자로 만들어야 한다. 그것이 자신의 임무가 되어버렸다.

여자들과 만날 때 그들의 손을 잡고, 아름다운 얼굴을 바라보고 이야기를 나눌 때면 마음에 주체할 수 없는 크나큰 즐거움이 생기지만, 그것이 자신의 목을 조일 수도 있었다.

그러한 문제를 주고치에게 간파당한 상황에, 도연과 정화라는 무서운 내부의 적이 자신의 바람기로 어려운 난관을 만들지도 모를 일이었다. 그것은 목풍아에게 심각한 문제가 아닐 수 없었다.

'세상을 너무 만만하게 보았다. 튼튼하게 방비하지 않으면 언제고 이런 사태가 나타날 수도 있다. 앞으로는 각별히 조심해야겠다.'

다행스러운 것은 주고치에게 주소천과 주소희, 강민과의 관계를 낱낱이 털어놓지 않았다는 것이다. 주고치는 이들과 야릇한 관계에 있음을 짐작하고 있을 따름이니 말이다. 목풍아는 마음을 다잡았다. 확실히 이번 일은 주고치와는 한배를 탔다는 것을 확실하게 다지는 계기가 되었다. 하지만 숙적에게는 목풍아를 한번에 무너뜨릴 수 있는 약점이 될 수 있는 문제였으므로, 앞으로의 행동을 돌아보는 계기가 되었다. 그런 점으로 보면 이번 일이 나쁜 것만은 아니었다. 인생의 길이란 반드시 승승장구할 수 없다는 교훈을 얻었으며, 매사에 살얼음을 밟듯 움직이는 신중함이 필요하다는 것을 배운 목풍아였다.

목풍아는 풍계가 수집한 정보들을 읽기 시작하였다. 지금은 여자 문제로 신경 쓸 때가 아니다. 조기에게 올라온 정보로는 연왕이 덕주(德州)에 주둔하였으며, 조정에서는 이경륭을 탄핵하는 움직임이 일고 있다는 것이었다. 그렇다면 대장군이 바뀌는 날이 머지않았다. 유능한 대장군으로 바뀌게 된다면 전황은 지금과 다른 양상으로 전개될 것이다.

"후. 내가 불려갈 날이 얼마 남지 않았구나."

전장으로 갈 날이 얼마 남지 않았다. 도연과 정화가 있는 그곳이었다. 내부의 적과 외부의 적이 공존하는 전장. 목풍아는 이후에 일어날 여러 가지 상황을 생각하는 것이었다.

목풍아의 예상대로 구월에 이경륭을 대신하여 성용(盛庸)이 대장군이 되었다. 전세는 역전되어 천자의 군사들이 덕주(德州)를 회복하였으며, 차차 전세가 곤란하게 되더니 십이월 되어 동창(東昌)에서 수만의 군사가 전사하고 장옥(張玉)이 죽는 큰 패배가 있었다.

그 비보를 전해 듣고 궁으로 들어가니, 왕자 주고치가 방 안에서 무표정한 얼굴로 의자에 앉아 있었다.

목풍아가 들어오자 주고치가 손가락으로 자신의 옆 의자에 앉으라 권하였다.

목풍아가 자리에 앉으니 주고치가 손가락으로 탁자를 치며 말했다.

"좋지 않은 소식이다."

"동창의 패보 말씀입니까?"

주고치가 머리를 내저었다.

"너를 빼앗기게 생겼는걸?"

주고치는 목풍아가 전장에 끌려갈 것이라 예상하고 있는 것이다.

"안심하십시오. 제가 전하의 곁에서 보좌하는 일은 없을 것입니다."

"어째서?"

"도연이나 정화가 저를 달갑게 생각하지 않을 것입니다. 더구나 도연은 군사입니다. 사공이 많으면 배가 산으로 간다 하였습니다. 전장에서 머리 좋은 군사는 하나만으로 족합니다. 그가 저와 군막에서 공을 다투려 하지는 않을 것입니다."

주고치는 품속에서 서신을 꺼내 목풍아에게 보여주었다.

"이 편지를 보거라."

연왕이 보낸 편지였다. 전황이 불리하니 목풍아를 빨리 데려오라는 내용이었다. 목풍아의 생각과는 다른 편지였다.

'도연이 그렇게 호락호락한 사람은 아닐 텐데……. 무슨 의도가 있을까?

다음날 목풍아는 마차를 타고 전장으로 향하였다. 올 가을에 수확한 군량과 마초 수십만 석을 가지고 통주(通州)에 도착하니, 병사들의 처참한 모습에 눈살이 찌푸려졌다.

전투에서 부상당하고 추위에 지친 병사들의 힘겨운 모습들이 목풍아의 마음을 침울하게 만들었다. 전쟁이란 사람을 나락의 끝으로 떨어뜨리는 악마 같은 존재이다. 그러나 무언가를 쟁취하기 위해 싸우지 않으면 안 되는 존재가 사람인 것이다. 인간의 슬픈 숙명을 생각하니 목풍아는 가슴이 찡하고 아팠다.

'세상의 평화는 언제나 찾아올 것인가?

목풍아는 병사들이 쉬고 있는 군막을 지나 지금은 연왕의 거처가 되어 있는 통주 관아로 향하였다. 언제나 그렇듯이 마차를 타고 오괴와 독돈의 호위를 받으며 위풍당당하게 관아로 들어서니 병사 하나가 문 앞에서 그들을 저지하며 말했다.

"목 대인만 들어오시라는 분부입니다."

하는 수 없는 일이었다. 목풍아가 손을 저어 오괴와 독돈을 마차에서 기다리게 하곤 병사를 따라갔다. 그런데 목풍아가 따라간 곳은 연왕이 있다는 정청이 아니라, 우측 편 쪽문을 지나 회랑을 가로질러 나타난 한 건물이었다. 통상적인 관아의 배치상 그곳은 아전의 숙소가 틀림없었다. 이런 곳에 연왕이 있을 리가 없었다.

'이런. 뭔가 재미없는 일이 있겠는걸……'

머리를 굴리며 성큼성큼 방 안으로 따라 들어가니 그 가운데에 젊은 사나이 하나가 앉아 있었다.

번쩍이는 은빛 갑주를 입은 사나이는 날카로운 눈으로 목풍아를 노려보았다.

"네가 목풍아란 놈이냐?"

"네, 그러합니다."

목풍아가 그 사내의 얼굴이 연왕을 닮았다 생각하는 순간이었다. 목풍아는 짧은 비명을 지르며 물러섰다.

"헉—"

목덜미가 서늘하였다. 어느새 시퍼런 칼날이 목풍아의 목에 닿아 있었던 것이다. 미리 병사들을 매복시켜 놓았던 모양인지 목풍아의 주변을 건장한 무사 네 사람이 둘러싸며 금방이라도 목을 자를 것처럼 날카로운 비수를 쳐들고 있었다. 목풍아가 겁에 질린 모습을 바라보던 사내는 입가에 만족한 미소를 짓고 있었다.

목풍아가 살살거리며 웃었다.

"헤헤헤헤. 왜 그러십니까요, 둘째 왕자님?"

목풍아를 바라보던 사내가 입을 열었다.

"용케도 알아보는구나. 역시 듣던 대로 눈치가 빠른 녀석이군."

"헤헤헤. 눈치가 아니라 둘째 왕자님의 용안이 워낙 전하를 많이 닮아 놔서……. 저는 전하께서 갑자기 젊어지신 줄 알고 깜짝 놀랐습니다요."

둘째 왕자 주고구는 목풍아가 형인 주고치를 도와 큰 공을 세우게 한 이야기를 들었으므로, 일전에 주소천의 일을 문제 삼아 목풍아를 단단히 혼내주려 하였다. 듣던 것보다 굉장한 인물이라면 후환을 방비하기 위해 살인까지도 생각하던 주고구였다. 그런데 목풍아가 자신을 아버지와 많이 닮았다고 하니 처음의 마음이 느슨해지기 시작하였다.

아버지와 많이 닮았다는 말은 그에게 최고의 찬사였기 때문이다. 목풍아가 자신에게 호감이 있다는 것처럼 느껴지기도 하였다.

"무릎을 꿇어라."

"네, 네."

목풍아는 무릎을 털썩 꿇고 큰절을 하였다.

"신 목풍아, 왕자님을 처음 뵈옵습니다. 잘 부탁드리겠습니다."

생각보다 비굴한 놈이다. 듣던 바와는 너무나 다른 모습에 주고구는 약간 실망하였다. 그리고 안심이 되었다.

'이런 놈이 형님의 측근이라면 큰 문제 없겠는걸?'

주고구는 목풍아에게 말했다.

"듣자니 형님을 도와 큰 공을 세웠다면서?"

목풍아가 놀란 눈으로 말했다.

"예? 제가 큰 공을 세웠다굽쇼? 하하하. 왕자 전하께서는 농담도 잘하십니다."

"지금 내가 농담하는 것처럼 보이나?"

"하하하. 전장에서 큰 공을 세우신 왕자님께서 저보다 병법을 잘 아실텐데, 그런 말씀을 꺼내시니 저는 그만 농담처럼 들려서……."

말하는 것마다 살금살금 아부가 끼어 들어간다. 주고구는 솔깃하여 다시 물었다.

"농처럼 들린다니?"

"생각해 보십시오. 연경은 성곽 그 자체로도 튼튼한 철옹성입니다요. 열 살 어린아이도 지켜낼 수 있는 곳이 바로 그곳입니다요. 저는 다만 겁이 나서 가만히 문을 닫고 숨어 있었을 뿐인데, 천자의 군사들이 제풀에 지쳐 물러난 것뿐입니다요. 누워서 떡 먹기보다 쉬운 일로 공을 세웠다 하시면, 전장에서 위급에 처한 전하를 구하신 왕자 전하의 공은 어느 정도이겠습니까? 아무렴 수성(守城)한 공이 전공(戰功)만 하겠습니까?"

주고구는 기분이 매우 좋아 흡족하게 웃으며 고개를 끄덕끄덕하였다. 사실 아버지를 구한 것은 자신으로서도 가장 큰 공이라 할 수 있었다. 그것은 누구나 인정할 만한 큰 공로였으므로 누구도 부인할 수 없는 것이라 생각하던 주고구였다. 형의 공보다 자신의 공이 높다 생각하던 주고구에게 목풍아가 다시 한 번 그 공을 인정해 주니 기분이 더욱 좋아졌던 것이다.

"하하하. 그러고 보니 네놈이 뭘 알긴 아는구나."

"헤헤헤. 저도 눈과 귀가 있는데, 무엇이 대세인지는 알고 있습죠. 지금 생각해 보면 이렇게 늠름하신 둘째 왕자 전하를 어째서 이제야 만나게 되었는지 야속하기만 합니다요."

"지금이라도 만났으니 다행인 것 아니냐."

"그것은 그렇습니다만……."

"너도 형님이 마음에 들지 않는 모양이구나."

어렵지 않게 속마음을 드러내는 주고구였다. 차기 대권을 생각하고 있다는 것을 드러내는 말이었다. 그런 점에 비해 주고구는 무식하게 힘만 세지, 형 주고치만큼 깊은 생각이 있는 사람이 아니다. 황제의 역량은 주고치가 월등하게 높다는 것을 목풍아는 알 수 있었다.

목풍아는 한숨을 내쉬었다. 주고구는 지레짐작으로 말했다.

"그럴 줄 알았다. 형님은 나약한 점이 있거든……. 아버님의 뒤를 잇기에는 부족한 감이 있단 말이야."

자만심이 높은 사람은 그만큼 자신을 돌아보지 않는다. 아랫사람의 허물을 보고 윗사람의 단점을 보기 때문에 자신이 대단히 뛰어난 사람처럼 보이는 것이다. 그러나 보는 사람에게는 대단한 역효과가 나기 마련이지만, 목풍아 같은 사람에게는 이용하기 쉬운 사람이라 할 수 있었다. 그때였다.

"왕자님, 쓸데없는 이야기는 그만 하십시오."

주고구가 입을 다물었다. 목풍아가 가만히 고개를 돌려보니 문 앞에 대머리 스님 하나가 서 있었다.

목풍아는 본능적으로 그가 군사 도연임을 알 수 있었다.

'저 땡중이 꿍꿍이가 있어서 나를 불렀구나.'

도연은 하관이 쏙 빠지고 코가 뾰족하여 보기에는 신경질적으로 생겼지만, 부드러운 눈빛 속의 날카로운 안광을 통해 보통 사람이 아니라는 것을 느낄 수 있었다.

목풍아는 그 자리에서 몸을 돌려 스님 앞에 큰절을 하며 말했다.

"목풍아가 도연 군사님께 인사드립니다."

도연은 고개를 끄덕이며 천천히 걸음을 옮겨 주고구의 옆에 자리하였다.

"과연 듣던 대로 입심이 좋구나."

도연이 머리를 끄덕거리며 목풍아를 유심히 바라보았다. 부드러운 눈빛이 목풍아를 스치듯이 지나갔다. 도연의 몸에서 느껴지는 묵직한 느낌. 목풍아는 마음속까지 들여다보는 것 같아서 머리털이 삐죽 서는 기분이 들었다. 확실히 도연은 무시할 수 없는 상대였다. 그와 맞붙기에는 목풍아의 힘이 너무도 미약함을 아는 까닭에, 쉽게 입을 연다면 꼬투리를 만들 수도 있는 노릇이었다.

"송구합니다."

"먼 길 오느라 수고 많았다. 이번에 내가 너를 부른 것을 짐작하였을 것이다. 너의 도움이 필요해서이다."

"제 도움이 필요하시다니요?"

"전투로 밀어붙이는데 한계가 있다. 천자의 군사에 대항하는데 우리 병력은 수적으로 열세다. 대치 상태가 길어지면 우리가 불리하게 되니 다른 전기를 마련하기 않으면 안 돼."

"다른 전기라면……?"

"네 입심이라면 가능하겠더구나. 네가 남경으로 내려가서 조정을 한

번 흔들어놔야 되겠다. 내 말뜻을 알겠느냐?”

‘이런 제길. 저 땡중 놈이 선수를 치고 있잖아.’

분하고 기가 찰 노릇이었다. 그는 목풍아에게 남경의 벼슬아치를 회유하라는 명을 내린 것이다. 후일 공을 세우게 된다면 모두 도연의 공으로 돌아가지 목풍아는 생색을 낼 수 없게 되는 것이다. 그렇다고 날름 알았다고 하기에는 자신의 능력이 도연에게 간파되는 것이 싫었다. 이미 모든 것을 알고 시킨 명령이었지만, 당당하게 알았다고 말하기에는 도리어 주고구와 도연의 경계를 사게 될 수도 있었다.

목풍아는 얼굴을 찡그리며 말했다.

“저… 그것은 너무 어려운 일입니다.”

“어려운 일이라니?”

“저는 연경 바깥을 벗어난 적이 별로 없고, 남경에는 가본 적도 없는데 제가 무슨 수로 조정을 흔들어놓습니까? 저는 오래오래 살고 싶을 따름입니다. 한 번만 봐주십시오.”

“못하겠다는 말이냐? 군율을 어기면 어찌 된다는 것을 아느냐?”

목이 잘리는 것밖에 방법이 없다. 하지만 이것은 목풍아가 바라는 바가 아니다. 목풍아는 손을 비비며 더욱 애처롭게 애원하였다.

“나리, 제발 이 목풍아, 한 번만 살려주십시오.”

도연의 입가에 뱀 꼬리 같은 미소가 어렸다. 목풍아가 해내기 어려운 일이라는 것을 누구보다 잘 알고 있는 도연이다. 어떻게든 제거해야 할 인물이기에 보통 사람이 하기 힘든 일을 시키는 것이다. 이 일에 성공한다 하더라도 목풍아에게 공이 돌아가기는 힘들 것이요, 실패한다면 군율을 물어 목풍아를 제거할 수 있으므로 도연으로서는 가장 최선의 한 수를 둔 것이다.

목풍아가 이를 모르는 것은 아니나 외통수를 맞아 허둥대는 자신의 모습을 보여줄 필요가 있었던 것이다. 상대방의 경계심을 풀기 위해서는 계속해서 상대방을 속이는 길밖에 없었다.

"잔말 말고, 이 길로 연경에 돌아가거든 곧바로 남경으로 내려가거라. 그 다음 일은 너에게 전담할 것이니, 일이 착수되는 대로 보고를 잊지 말도록 하라."

"한 번만 다시 생각해 주십시오. 네?"

도연이 얼굴을 목풍아의 얼굴 가까이에 내밀며 중얼거렸다.

"목풍아, 네겐 연자루와 쓸 만한 부하가 많지 않느냐? 잘해보라. 나중에 잊지는 않을 테니 말이다."

목풍아는 등줄기가 서늘하였다. 멀리 떨어져 있지만 알 것은 다 알고 있다는 말이었다. 창백한 얼굴이 도연을 바라보았다.

도연이 싱긋 웃더니 몸을 일으켜 주고구에게 말했다.

"왕자님, 작전 회의가 있으니 자리에서 일어나시지요."

주고구가 의자에서 일어나 성큼성큼 걸음을 옮겨 바깥으로 나갔다. 왕자의 뒤를 따라가던 도연이 말했다.

"왕자 전하 보시기에는 어떻습니까?"

"목풍아 말인가?"

"예."

"별것 아닌 놈이던데? 그 일은 그놈에게 너무 어려운 일이 아닌가?"

"왕자 전하, 그놈은 절대 쉽게 볼 놈이 아닙니다."

"어째서?"

"수완이 대단한 놈입니다. 공주님을 이용하여 전하의 눈에 단숨에 든 것하며, 연자루를 손에 넣은 것, 전하를 구하고, 천자의 군사 삼십만을 어렵지 않게 몰아낸 것을 보더라도 평범한 놈은 아닙니다. 저희가 이렇게 버티고 있는 것도 따지고 보면 모두 목풍아가 있었기 때문입니다."

“그럴 리가?”

“지금 세상에 퍼지고 있는 동요는 목풍아가 만든 것입니다. 인심이 무엇인지 아는 놈입니다. 군량과 마초 역시 그놈의 손에서 나오고 있습니다. 제 생각으로는 이번 일은 반드시 저놈이 해내고 말 것입니다.”

“군사께서 그렇게 말하니 이거 으스스한걸? 군사는 그놈을 너무 높이 평가하는 것은 아닌가? 나는 아무리 생각해도 그렇게 보이지 않던데…….”

“남에게 쉽게 머리를 굽힐 줄 아는 사람은 그만한 그릇이 되기 때문입니다. 결코 만만한 인물이 아닙니다. 앞으로 그를 각별히 조심하십시오.”

그러나 도연의 말이 끝내 믿기지 않는 주고구였다.

주고구는 목풍아가 자신의 위엄에 겁을 먹고 무릎을 꿇었다 생각하였다. 겁이 많은 아이일 따름이다. 여차하면 죽여 버리면 될 것을 어렵게 생각하는 도연이 도리어 이상하게 생각되는 주고구였다.

주고구와 도연이 바깥으로 사라지고 나자 목풍아는 자리에서 벌떡 일어나 소리쳤다.

“제길. 빌어먹을 땡중 같으니라구… 육실헐. 백 년 묵은 자라 같은 놈. 크아, 분하다! 구렁이 백 마리를 뱃속에 집어넣은 땡중 같으니…….”

생각보다 어렵고 무서운 적이 틀림없었다. 생각하니 괘씸한 놈이었다. 그는 군사의 지휘를 이용하여 연왕의 편지로 꾸며내어 통주로 불러낸 후 목풍아의 처지를 보여주었던 것이다.

변방에서 지키고 있는 자와 전방에서 싸우며 전공을 키우는 자. 그것은 실로 큰 차이였다.

오괴와 독돈을 떼어낸 것도 도연의 술책이 틀림없었다. 오괴와 독돈이 없는 목풍아는 입심에 의존할 수밖에 없는 것이다. 그런 입심에 의존하여 공을 세우라는 말이었다. 비참하지만 이것이 목풍아의 현주소였으며, 그것을 도연은 보여주었던 것이다. 목풍아가 천하를 판가름하는 공을 세우더라도 도연의 그늘에서 치고 올라오기 힘들다는 것을 우회적으로 가르쳐 준 것이다. 그런 내용을 모를 리 없는 목풍아는 한동안 욕을 하다가 목청껏 크게 웃기 시작하였다.

"좋아. 땡중, 웃어라. 지금은 맘껏 웃어도 좋다. 네놈의 선전포고는 잘 받아들이겠다. 지금은 내가 고분고분 네 허수아비가 되어주겠지만, 어디 두고 보자. 네놈이 나를 밟고 있는 것을 반드시 후회하게 만들 테니 말이다."

목풍아는 다시 한바탕 크게 웃은 후 싱글거리며 통주 관아를 나왔다.

통주에까지 와서 연왕을 만나보지도 못하고 가게 된 것이 분하였지만 할 수 없는 일이었다.

도연은 군사를 맡고 있는 사람이니 전장에서 이인자라고 할 수 있었다. 연왕을 제외하면 그의 말이 군율이나 다름없는 것이다. 목풍아가 연왕에게 찾아가 도연의 이야기를 하더라도 측근인 정화가 목풍아를 두둔하지 않을 것이고, 도연 역시 목풍아를 더욱 경계하며 좋은 말은 하지 않을 것이니 되려 상황만 악화시키는 일이다.

상황이 좋지 않을 때는 공연히 긁어 부스럼 일으키지 않고, 조용히 물러나서 때를 기다리는 것이 최선의 방법임을 아는 까닭에 목풍아는 조용히 관아를 나왔던 것이다.

오괴와 독돈이 기다리다가 말했다.

"금방 오시네요. 대장, 전하를 만나고 오시는 겁니까? 기분이 좋아 보이는데요?"

"아니. 겁없는 하룻강아지 한 마리와 백 년 묵은 자라 한 마리만 보고 왔다. 기분 더럽다.”

“무슨 말입니까, 대장?”

“전장에 별 괴상한 짐승들이 다 있더라. 전하께서는 참 이상한 취미가 있단 말이야. 퉤, 퉤.”

목풍아가 일산안경을 쓰고 마차 바깥으로 침을 뱉었다.

독돈이 내용도 모르면서 입맛을 다셨다.

“백 년 묵었다면 살이 통통하겠네. 그런 자라는 목을 뎅강 잘라 자라탕으로 해 먹으면 좋은데……. 기력이 불끈불끈 생겨나거든요.”

“그래, 나중에 자라탕으로 해 먹자.”

“정말입니까?”

“그럼, 그럼.”

“역시, 우리 대장이 최고야.”

목풍아는 독돈의 천진한 얼굴을 보고 기분이 좋아져 싱글거리다가 마차를 출발시켰다.

어찌 되었든 자라탕을 해 먹기 위해서는 자라의 시험을 극복해야 한다. 그러기 위해서는 전장의 한복판으로 뛰어드는 수밖에 없었다. 미리 예상한 일이었지만, 뜻밖에 도연에게 명령을 받게 되니 생각했던 것보다 도연이 강적임을 인식하게 되었던 것이다. 목풍아에게 도연은 역풍(逆風)이 틀림없었다.

오괴가 군영을 오가는 병사들을 바라보며 목풍아에게 물었다.

“대장, 어떻게 하면 전쟁에서 이길 수 있는 건가요?”

“속이면 이길 수 있지.”

독돈이 웃으며 말했다.

“헤헤헤. 대장, 그럼 사기꾼이 병법의 달인이겠네요.”

“그럼. 사기꾼이야말로 병법의 달인이지. 되는 일도 안 되는 척하고,

필요한 데도 필요치 않는 것처럼 가장하고, 가까이 가는 척하면서 멀리 가고, 멀리 가는 척하면서 가까이 가며, 유리하다 생각하게 하고 유인해 내며, 혼란에 빠지게 한 다음 탈취하고, 적의 방비가 견고하면 방비하고, 강력한 적과는 싸우지 않으며, 노하게 해서 어지럽게 만들고, 비굴한 척 하여 교만에 빠지게 하며, 편안한 적은 피로하게 하고, 단결이 잘된 적은 이간질로 멀어지게 만드는 것이 승리를 거두는 비결이지. 이것은 끊임없 는 준비와 임기응변의 묘미가 없으면 안 되는데, 그런 점에서 보면 너희 의 대장은 대단한 사기꾼이며, 엄청난 병법가라 할 수 있지. 와하하하!"
　목풍아는 멀어지는 통주성을 바라보며 크게 웃었다.

남경에 부는 바람

연경으로 돌아온 목풍아는 주고치에게 도연과 주고구를 만났던 이야기를 해주었다. 그들은 목풍아의 적일 뿐 아니라 주고치의 정적이기도 했기 때문이다. 주고구가 차기 대권을 생각하고 있다는 것은 주고치의 생사가 달린 일이라 할 수 있었다.

주고구는 난폭하고 힘에 의존하는 경향이 강하므로, 아버지의 뒤를 잇게 된다면 반드시 주고치의 꼬투리를 잡아 어떤 수단을 강구할 것이 분명하였다. 그 수단은 도연의 머리에서 나올 것이므로, 주고치는 이들을 방비하지 않으면 안 되었다.

무엇보다도 힘을 키우는 것이 첫 번째 문제였다. 연왕이 전장에서 죽게 된다면 모든 것이 끝난다고 할 수 있지만, 만약 천자가 된다면 주고구와 경쟁을 할 수밖에 없는 것이다. 미리 주고구를 방비하려면 인심을 사는 것이 우선이다. 백성들에게 믿음을 심어주기 위해서는 사소한 일이라도 백성들의 편에서 신경을 쓰지 않으면 안 된다. 그것은 이경륭의 군사를 맞으며 목풍아에게 배운 점이었으므로, 주고치는 꾸준한 인내와 자비심으로 선정을 베풀 것을 다짐하였다.

이때 목풍아는 따로 주고치에게 연경의 방비에 대한 대책을 조목조목 일러주고, 풍계를 후임으로 삼아 주고치가 연왕의 후방 지원을 하는데 빈틈이 없도록 하였다. 그리고 자신은 남경으로 내려가기 위해 준비를 하였다.

며칠 후 준비가 끝이 나자 목풍아는 왕궁을 찾았다. 주고치를 만나 함께 왕후 서씨의 처소에 들어가니, 이미 왕자에게 전말을 전해 들은 서씨가 침착하게 의자에 앉아 있었다. 그 옆에는 눈시울이 빨개진 두 공주가 다소곳이 앉아 있었다.

목풍아는 큰절을 하였다.

"왕후마마, 소신 목풍아, 군명을 받들어 남경으로 갑니다. 그동안 안녕히 계십시오."

"오! 수고를 해줘요. 목 공의 지모(智謀)는 내가 익히 아는 바이니 아무쪼록 큰 공을 세워주세요."

"예. 제 몸이 가루가 되도록 견마지로(犬馬之勞)를 다하겠습니다. 반드시 큰 공을 세워 돌아올 것이니 마마께서 지켜봐 주십시오."

의젓하게 말하는 목풍아의 모습을 보고 주소천과 주소희는 애가 달았다. 근래에는 나랏일 때문에 얼굴 보기가 하늘의 별을 따는 것처럼 어렵게 되어버린 목풍아를 이제는 한동안 만날 수 없게 되었기 때문이다.

지난 일 년 동안 몰래 몰래 만난 두 공주와 궁녀 강민과 이별하는 목풍아도 그동안의 정에 마음이 아프기는 마찬가지였지만 내색하지 않았다.

"저는 그만 가보겠습니다."

목풍아가 인사를 하고 물러나 왕자와 함께 회랑을 가는데, 기둥 뒤에서 강민의 얼굴이 보인다.

주고치가 싱긋 웃으며 목풍아에게 귓속말로 중얼거렸다.

"소천이가 부른 모양이군. 길 떠나기 전에 잠시 인사나 하고 오게. 나는 정청에서 기다리고 있겠네."

주고치가 환관을 앞장 세우고 회랑의 문으로 사라지자, 주위를 둘러보던 목풍아가 강민에게 다가가 와락 껴안았다. 수줍어하는 강민의 눈가에 이슬이 맺혀 있다. 강민은 일 년 사이에 제법 키가 크고 더욱 예뻐졌다. 그 볼이 물오른 복숭아같이 싱싱하여 목풍아는 강민을 더욱 예뻐하였다.

"너도 내가 멀리 떠나는 것이 싫은 모양이구나."

강민은 말없이 고개를 끄덕였다.

"나도 너를 두고 가기는 싫지만, 전하의 군사들이 모두 이 목 대인에게 목을 매고 있으니 어떡하겠느냐? 싫어도 전쟁을 끝내려면 가야 하는 게지. 나는 민이의 웃는 모습을 보고 가려 하였는데, 너의 슬픈 모습을 보니 다리에 힘이 절로 빠지는구나."

목풍아는 근엄하게 기둥을 잡고 한숨을 내쉬었다. 약간은 장난기가 섞인 목풍아의 말에 강민은 소매로 눈물을 닦곤 생긋 웃어 보였다.

"소녀가 먼 길 떠나시는 대인께 심려를 끼친 것 같습니다."

목풍아가 쌩긋 웃으며 강민의 복숭아 같이 투명한 볼을 꼬집었다.

"헤헤. 그래야 내 마음이 편하지. 요 귀여운 것. 그래, 갈보가 나를 부르더냐?"

"그렇게 부르지 않는다 하시더니……."

"요놈의 입, 요놈의 입."

목풍아는 자신의 입을 쥐어박다가 씨익 웃으며 말했다.

"내가 그렇게 부르지 않으려 해도 소천이 그렇게 부르지 않으면, 내가 자기에게서 멀어지는 것 같다며 불러달라고 조르니 난들 어쩌겠느냐? 네

앞에서는 그렇게 부르지 않겠다는 것을 깜빡하였구나. 미안하구나. 어서 가자꾸나."

목풍아는 강민의 엉덩이를 두드리며 그녀를 따라갔다.

방 안에서 오줌 마려운 강아지처럼 서성거리던 주소천은 목풍아가 방 안으로 들어오자 문을 닫고 목풍아에게 안기었다. 목을 껴안고 입맞춤을 하며 그를 끌고 가던 주소천이 침상에 몸을 던졌다.

목풍아가 주소천의 입술에서 입을 떼며 소리쳤다.

"이 갈보 년아, 대체 뭣 하는 게야?"

"갈보 년이 갈보 짓 하는데 뭐가 잘못되었습니까, 목 대인?"

주소천이 다시 입을 맞추었다. 목풍아에게 길들여진 주소천은 내일 세상이 끝나기라도 하듯이, 목풍아에게 입을 맞추며 온몸을 바둥거렸다. 나이를 한 살 더 먹어 성숙한 여인으로 변신한 주소천은 터질 듯한 육감적인 몸으로 목풍아를 압박하였다. 목풍아는 주소천과 몇 번 잠자리를 가졌지만, 시간이 지날수록 그녀의 넘칠 듯한 욕정이 두렵다.

"이년이? 주둥아리를 치우지 못해!"

목풍아는 발을 버둥거리다가 주소천을 밀어내며 소리를 질렀다.

"이 계집아, 나를 죽이려 하는 게냐?"

침상에서 밀려난 주소천이 목풍아를 멍하게 바라보다가 눈물을 뚝뚝 흘렸다.

"대인께서는 제가 싫은 거죠?"

커다란 눈에서 흘러내리는 눈물을 바라보니 목풍아는 가슴이 찡하니 아렸다. 원래 여자의 눈물에 약한 목풍아이다.

목풍아는 자리에서 일어나 주소천을 일으키고는 부드럽게 안고 말했다.

"소천, 내가 어떤 여자를 좋아한다 했지?"

주소천이 수줍게 손으로 입을 가리며 말했다.

"아! 대인, 제가 잊어버렸어요. 대인께서는 고분고분한 여자를 좋아한다고 하셨지요."

'아! 힘들다.'

목풍아는 주소천을 달래야 하는 자신을 자책하며 부드럽게 말했다.

"그걸 잘 아는 아기가 오늘따라 왜 그랬을까?"

"몰라, 몰라, 몰라."

주소천은 목풍아의 품속으로 파고들었다.

'이런 내가 싫다.'

목풍아는 눈물이 나오는 자신을 참았다. 응석받이로 자라나 목풍아에게 응석을 부리며 매달려도 용서하지 않던 목풍아였지만, 한동안 주소천을 보지 못하므로 위로를 할 필요가 있었다.

"나도 너와 함께 이곳에서 머물고 싶지만, 그 도연이라는 중놈이 나에게 임무를 맡기는데 어떡하겠느냐? 나도 네 곁을 떠나기 싫지만 할 수 없는 일이 아니겠느냐."

"도연, 나쁜 중 놈 같으니……."

주소천은 이를 갈았다. 소천의 성격을 보더라도 후일 도연에게 무언가 화풀이를 할 것이 분명하였다.

'알 까기가 괜찮긴 한데…….'

침상에 손발을 묶고 도연을 알 없는 내시로 만드는 주소천의 모습을 흐뭇하게 떠올리다가, 목풍아는 품속에서 작은 거울 하나를 꺼내었다. 연경 성시에서 미리 준비한 선물이었다. 푸르고 붉은 보석이 알알이 박힌 아름다운 거울을 바라보던 주소천이 목풍아를 바라보았다. 목풍아는 색정을 가득 담은 그런 주소천의 얼굴이 두려웠다.

목풍아가 재빨리 말했다.

"원래 장부가 큰일을 하러 갈 땐 여자와 관계를 갖지 않는 법이다. 전장에서 여자를 꺼리는 것은 마(魔)가 끼기 때문이지. 내가 너를 거부하는 것은 그 이유 때문이니 딴생각하지 말란 말이다."

주소천은 마음 같아서는 목풍아와 잠자리를 하고 싶었지만, 목풍아의 말이 옳은 것 같아 그 명에 따를 수밖에 없었다. 서운한 마음이 얼굴에 나타났다.

목풍아가 그것을 알아차리고는 재빨리 입을 삐쭉 내밀었다.

"자, 왕자님께서 기다리신단 말이다. 시간이 없으니 간단히 사랑의 표시나 한번 하자꾸나."

주소천은 살며시 입술을 내밀어 목풍아가 내민 입술에 입맞춤을 하였다.

"귀여운 것. 내 생각이 날 때면 거울을 바라보거라."

목풍아는 주소천의 볼을 꼬집고는 자리에서 일어났다. 주소천이 침상에서 몸을 일으키자 목풍아가 얼른 말했다.

"마중할 필요 없다. 내가 없는 동안 조신하게 잘 있거라."

"그럼 한 가지만 약속해 줘요."

"뭘 말이냐?"

"남경에 가더라도 다른 여자를 만들지 말아줘요."

"아, 알겠다."

"소녀는 목 대인을 믿겠습니다."

주소천이 생긋 웃으며 읍하였다.

목풍아는 얼른 주소천의 방문을 나섰다. 여자가 너무 덤벼들어도 무서운 법이다. 주소천은 그런 점에서 목풍아에게 두려운 존재였다. 목풍아는 얼른 회랑을 걸었다.

강민이 목풍아를 따라오며 미소를 지었다.

“민아, 네 주인은 무서운 암호랑임에 틀림없는 것 같구나. 나는 네 주인이 다가오면 집체만한 호랑이가 덤벼드는 것 같아 오금이 다 저린단다.”

목풍아는 모퉁이를 돌기 무섭게 강민을 꼭 껴안았다.

“어머.”

한마디 말이 입 밖으로 새어 나왔을 뿐 강민은 귀여운 병아리처럼 목풍아의 가슴에 안겨 바르르 떨었다.

“민아, 내가 너에게 줄 선물이 있다.”

강민이 목풍아를 바라보았다.

목풍아는 강민을 안았던 손을 풀고 허리춤에 찬 주머니 속에서 머리에 꽂는 노리개 하나를 꺼내었다. 은으로 세공하고 작은 구슬이 박혀 깜찍하고 예쁜 노리개였다.

“내가 없을 동안 나처럼 생각하고 간직하고 있거라.”

강민은 그것을 곱게 받아 하얀 두 손으로 감싸 쥐었다.

“고맙게 생각되면 알아서 하거라.”

목풍아는 눈을 감고 오리처럼 입을 삐쭉 내밀었다.

강민이 빙그레 웃으며 목풍아의 입에 입맞춤을 하였다. 강민의 입술은 언제나 따스하고 포근하였다. 아직 민이와 잠을 잔 적은 없지만, 누구보다 아끼는 까닭에 그녀와의 입맞춤은 달콤했다.

“나는 할 일이 있으니 너는 이만 가보거라.”

강민을 돌려보낸 후 목풍아가 그 다음으로 찾아간 곳은 주소희의 거처였다. 일 년 사이에 더욱 예뻐진 주소희를 빠뜨릴 수 없었다.

주소천과 마찬가지로 내전 깊숙한 곳에 위치한 주소희의 거처이지만 시를 가르친다는 명목으로 자주 들락거리던 곳이라 어렵지 않게 도착할 수 있었다.

문 안에서 주소희의 우는 소리가 들려왔다. 내막을 알고 있는 시녀가 목풍아가 왔음을 고하려 하는데, 그는 시녀에게 보고하지 말라고 손을 내저었다.

목풍아는 시녀에게 은전 한 냥을 건네주곤 살며시 주소희의 방 안으로 들어갔다.

주소희는 목풍아가 들어온지도 모르고 침대에서 흐느껴 울고 있었다. 자신과의 이별이 슬퍼 우는 것이 분명하였다. 목풍아는 서씨의 내전에서 주소희를 거들떠 보지도 않았다.

목풍아가 살며시 다가가 침대 위로 폴짝 뛰어올랐다.

"누, 누구?"

주소희는 자신의 몸 위에 올라탄 사람이 목풍아임을 깨닫고 얼굴을 이불 속으로 파묻었다.

"와하하하! 우리 소희가 내가 보고 싶어 울고 있었구나. 내가 이렇게 찾아왔는데, 울긴 왜 울지?"

"……."

"자, 일어나 봐. 내가 소희에게 주려고 선물을 사왔지."

목풍아가 침상에 앉아 주소희를 일으켰다. 눈이 붉게 충혈된 주소희는 목풍아를 제대로 바라보지 못하였다. 그녀 역시 지난 일 년 동안 목풍아와 정이 깊게 들었던 터였다.

목풍아가 품속에서 작은 칼 하나를 꺼내었다. 은빛이 나는 세 치 길이 정도의 작은 칼에는 노란 술이 달려 무척 예뻤다.

"이것은 이웃 나라 조선에서 건너온 은장도(銀粧刀)라는 것인데, 부녀자들이 정절을 지키기 위해 가지고 다닌다는 칼이지. 너무 예뻐서 너에게 주려고 사왔다."

주소희가 은장도를 받아 뽑아보니 날카로운 비수가 나타났다.

"내가 생각나면 이것을 보거라."

그녀의 얼굴에 미소가 피어올랐다가 갑자기 아미를 곤추세웠다. 그녀는 노한 얼굴로 목풍아의 목에 칼을 들이밀며 말했다.

"흥. 가기 전에 한 가지 약속을 하고 가."

"무, 무슨 약속 말이냐?"

"다른 여자 만나지 말란 말이야."

"다른 여자?"

목풍아는 주소희를 물끄러미 바라보다가 배를 잡고 웃었다.

"와하하하! 소희야, 너는 내가 다른 여자를 만날까 봐 두려운 것이냐? 지금 질투하는 게냐?"

주소희는 은장도를 침대에 던지며 고개를 끄덕였다.

목풍아는 주소희를 물끄러미 바라보다가 물었다.

"소희야, 너는 무엇 때문에 나를 좋아하는 것이냐? 너는 어째서 다른 여자가 생길 것이라고 생각하는 거지?"

그러고 보니 한번 물어보고 싶었던 말이었다. 과거에는 여자가 자신을 좋아한 적이 없는 목풍아였던 만큼, 최근 들어 여자들이 자신을 좋아하고 다른 여자가 생길 것이라 걱정하는 이유가 궁금하였다.

주소희가 물끄러미 목풍아를 바라보다가 입을 열었다.

"목 대인이 장점이 많긴 하지만, 내가 목 대인을 좋아하는 이유는 밑도 끝도 없는 자신감 때문이에요."

"자신감?"

목풍아는 뜻밖의 대답에 어리둥절하였다. 시로써 주소희를 수중에 넣었으므로 문재(文才) 정도로 예상하였는데, 뜻밖의 대답이었다.

"목 대인은 무엇이든 잘할 것 같아요. 어떤 여자도 마음만 먹으면 내 것으로 만들 수 있을 테니까요. 모르는 여자들도 목 대인의 진면목을 보게 된다면 빠져들 게 분명해요. 저는 그것이 두려운 거예요."

그러고 보니 목풍아로 이름을 바꾼 후부터 지나칠 정도로 자신감이 넘쳤다. 여자에게 소심하지도 않았으며, 담 크게 행동하였다. 그것이 여자들에게 매력적인 요인으로 작용했던 것이다. 그러고 보면 여자들이 힘센 남자나, 돈 많은 남자에게 약한 것이 이해가 되었다. 그들에게는 그들 나름대로 여자들을 휘어잡는, 자신감을 만드는 요소가 있었던 것이다. 소심했던 자신이 여자들에게 인기가 없었던 이유를 그제야 알 것 같았다.

목풍아는 속으로는 좋으면서도 길게 한숨을 내쉬었다.

"나도 항상 그것이 걱정이다. 모든 여자들이 나를 좋아한단 말이다. 정말 괴로운 일이지. 너는 그 심정을 알겠느냐?"

"저도 짐작은 하고 있었지만, 제발 저에게 약속해 줘요. 다른 여자와 관계를 갖지 않겠다고 말예요."

목풍아는 손을 이마에 괴고 심각한 표정으로 말했다.

"장담할 수는 없지만, 소희와의 약속을 지키도록 노력해 보마."

"안 돼요. 꼭 약속해 줘요."

목풍아는 주소희를 물끄러미 바라보았다.

'앗싸!'

기분이 날아갈 듯 좋았지만, 내색하지 않고 고개를 끄덕끄덕하였다.

주소희가 별안간 목풍아를 껴안으며 말했다.

"만약 약속을 지키지 않는다면 내가 가만 있지 않을 거예요."

'이런 제길. 얼굴의 반만큼이라도 마음씨가 예쁘다면 얼마나 좋을까? 딱 강민의 반의 반만이라도 착하다면 좋을 텐데……. 주소천과 주소희는 너무 곱게 자랐어.'

목풍아는 흥이 깨져서 자리에서 일어났다.

"이제 내 얼굴도 봤으니 나는 이만 가보겠다. 너무 시간을 지체했다."

주소희가 목풍아의 팔을 잡으며 말했다.

"목 대인, 뭐 잊은 것 없나요?"

목풍아는 마음이 내키지 않았지만 주소희와 오래 있을 수 없어서 눈을 감고 입을 오리처럼 내밀었다. 주소희는 목풍아의 입술에 입맞춤을 하고, 다시 여자를 꼬시지 않을 거라 다짐을 받고 나서야 목풍아를 놓아주었다.

내전을 나서기 무섭게 목풍아는 침을 뱉으며 중얼거렸다.

"퉤, 퉤. 제길. 내가 너희 마음대로 되는 물건인 줄 아느냐? 너희가 그렇게 나올수록 이 목 대인은 반대 방향으로 가신다는 것을 알아야지. 아! 정말 여자들이란 다루기 힘든 존재들이구나. 정말 어렵다. 공자께서 여자를 멀리한 이유를 알 것 같구나. 하지만 여자들과 같이 놀면 기분이 좋아지는 것을 어떡하냐구."

목풍아는 주소희가 자신감이 넘치는 자신을 좋아한다는 말을 떠올리고 기분 좋게 씨익 웃었다. 바람둥이 목풍아는 어릴 때부터 자신의 소원이었는데, 이제 그 소원을 이룰 수 있을 것 같다는 자신이 생겼기 때문이다.

목풍아가 정청으로 들어가니 주고치가 기다리고 있다가 미소를 지으며 말했다.

"공주들에게 인사는 잘하고 왔느냐?"

이런 말을 주고치에게 들을 때면 진땀이 나는 목풍아이다. 마치 큰 잘못을 들킨 사람처럼 당황스러운 것은 주고치에게 약점을 잡힌 까닭이다.

"네, 넵."

"좋아. 앞으로 네 행보에 천하가 달려 있다는 것을 명심하고, 천하 백성을 위해 수고해 주기 바란다."

“예, 왕자님. 제가 없더라도 백성들과 관리들의 인심을 얻는 데 주력하시기 바랍니다.”

“좋아. 우리 함께 열심히 가보자. 천하 백성들이 안심하고 살 수 있는 세상이 될 때까지…….”

주고치는 손을 내밀어 목풍아의 손을 굳게 잡았다. 그리고 목풍아의 눈을 바라보았다. 빛나는 눈빛이 목풍아를 정시하고 있었다.

목풍아는 그 눈빛에서 주고치의 신뢰를 느끼고 불끈불끈 힘이 솟아났다.

“헤헤헤. 왕자님, 저를 믿어보십시오.”

주고치의 상기된 얼굴에 미소가 피어올랐다.

“그래, 너를 믿는다.”

주고치는 연경의 성문 앞까지 목풍아를 배웅해 주었다.

“너와 언제쯤 다시 만날 수 있을까?”

전쟁이 종식되는 때가 언제쯤인지 물어보는 것이다. 한마디 말을 해도 그 안에 여러 가지 의미를 담아 물어보는 주고치였다. 그런 점에서 주고치와 목풍아는 여러 가지로 맞았다.

“지금은 천자의 군사들이 기세를 올리고 있고, 그만큼 조정에서도 허둥거리지 않고 체계를 잡아가고 있으니 빠른 시일에 다시 뵙기는 어려울 듯합니다. 빠르게 잡으면 일 년 반, 길게 잡아 이 년 정도라면 조정의 뿌리를 흔들어놓을 수 있을 것 같습니다.”

“일 년 반이나 이 년이라……. 생각보다 빠르구나. 하지만 아버지가 그동안 견뎌낼 수 있을까?”

“전하는 타고난 무장입니다. 병사들과 숙식을 함께하시고, 말단 병사들과 고통을 함께하시는 분입니다. 병사들이 전하를 위해 죽기를 마다하지 않고, 도연과 같은 군사가 있으니 쉽게 무너지지는 않으실 겁니다. 그동안 왕자님도 그에 걸맞는 기량을 키우십시오. 그리하면 후일 좋은 날이 있을 것입니다. 이 목풍아가 자신하겠습니다.”

주고치는 목풍아를 바라보았다.

“나는 내가 무능한 돗자리 장수라고 생각하였다. 그런데 너를 만난 후에 나는 희망을 얻었다. 나는 너를 믿는다. 반드시 공을 세우고 돌아와 나를 지켜다오.”

돗자리 장수라면 소열제인 유비를 말하는 것이다. 유비는 큰 뜻은 있었지만 비천한 신분과 재력 때문에 늦게 빛을 본 사람이니, 주고치가 자신을 그렇게 빗대어 말했다는 것은 지금 자신의 처지를 가장 단적으로 표현한 것이었다. 목풍아를 믿는다는 것은 그가 목풍아를 제갈공명처럼 생각하고 있다는 말이니, 목풍아가 없다면 자신의 뜻도 이루어질 수 없어 죽을 때까지 목풍아를 믿겠다는 표현이기도 하였다.

목풍아를 바라보는 주고치의 까만 눈동자는 흔들림이 없었다. 그 눈가에 눈물이 이슬처럼 어려 있었다. 목풍아는 가슴이 뭉클하였다. 이해득실을 떠나 목풍아를 알아주는 사람은 주고치밖에 없었다. 만약 자신이 와룡 선생처럼 초야에 묻혀 있더라도 자신을 위해 수십 번은 찾아올 수 있는 그런 사람이 주고치였으리라. 그런 점으로 보면 주고치는 소열제처럼 사람을 다스릴 줄 아는 그릇이었다.

“왕자님, 걱정 마십시오. 이 목풍아는 왕자님을 위해 목숨을 바칠 각오가 되어 있습니다. 반드시 천하를 가져다 드릴 것이니 염려 마시고 이 목풍아를 기다려 주십시오.”

목풍아는 고개를 꾸벅 숙여 읍하고는 마차에 올랐다. 그 뒤를 따라 오괴와 독돈, 일도가 돈 궤짝을 들고 마차에 올랐다.

마차가 떠나자 주고치가 손을 흔들었다.

멀어지는 주고치를 바라보다가 목풍아는 일산안경을 꼈다. 푸른 세상

속에서 덩치 큰 주고치가 아직도 손을 흔들고 있었다.

주고치가 완전히 보이지 않게 되자 목풍아는 고개를 돌려 일도에게 말했다.

"일도야, 돈은 얼마나 준비했느냐?"

어느새 이별의 감정은 사라지고 냉정한 목풍아로 돌아와 있었다.

"금전 열 관은 현찰로 준비했고, 지전으로 은전 삼천 냥을 가지고 왔습니다. 지전은 연자루에서 가져왔고, 금전은 국고에서 가져온 것입니다."

"음. 이번에 남경으로 가게 되면 너희 세 명의 활약이 필요하다. 조기가 남경에서 미리 자리를 잡았지만, 조기의 힘을 빌리기에는 사안이 너무 크단 말이다. 조정의 체계를 흔들어놓지 않으면 천하를 바꿀 수 없으니 그리 알란 말이다."

일도가 눈치를 보며 말했다.

"그럼 대장과 저희 세 사람이 천하를 바꾼단 말씀입니까?"

목풍아가 고개를 끄덕끄덕하였다.

"천하, 천하라……."

일도는 기분이 좋은지 어깨를 으쓱거리다가 품속에서 일산안경을 꺼내어 코에 걸었다. 그동안 받은 월급으로 어저께 성시에서 하나 만들어놓은 것이다. 목풍아는 기가 막혔다.

"이 자식이, 여기가 어디라고 나와 같이 놀려고 해?"

"대장, 오괴 형님과 독돈 형님도 하는데 저는 왜 못합니까? 저도 천하를 바꿀 사람인데요. 이렇게 같이 일산안경을 끼고 있으니 정말 기분이 남다르네요."

목풍아는 끓어오르는 노기를 참으며 한숨을 내쉬었다.

오괴와 독돈의 시선이 그들의 가운데 앉아 있는 일도에게 집중되었다.

“갸울~”

난데없는 비명 소리와 함께 마차 밖으로 부서진 일산안경 하나가 떨어져 바닥에 뒹굴었다.

다음날 아침, 목풍아 일행은 천진(天津)에서 출발하는 상선에 몸을 싣고 해로를 따라 내려가 엿새 후 장강 하구에 도착하였다. 다시 장강을 거슬러 올라가 이틀 후 장가항(張家港)에 도착한 목풍아 일행은 객잔에서 정난군의 패보를 다시 듣게 되었다.

목풍아가 배를 타고 장강으로 내려오는 동안 정난군이 위현(威縣)에서 오걸(吳傑)과 평안(平安)에서 패하고, 다시 심주(深州)에서 패배하여 마침내 북평(北平)으로 되돌아가게 되었다는 것이다.

그렇다면 처음으로 돌아간 것과 다름없었다. 아니, 정난군이 일어났을 때의 요동치던 기세가 꺾였으니 정난군의 존폐가 달린 심각한 위기 상황이었다.

그러나 목풍아는 태연히 장가항의 객잔에 죽치고 앉아 사람들이 나누는 이야기를 경청하고 있었다.

천하를 넘나드는 장사꾼들의 이야기는 대세를 바라보는 시각에 가장 근접한 부분이 있었다. 그러므로 천하에서 몰려드는 장사꾼들의 이야기를 듣기 위해서는 그들이 몰려드는 항구가 가장 적당하였던 것이다.

목풍아와 오괴, 독돈이 함께 주루와 다점을 돌아다니며 한가하게 장사꾼들이 나누는 이야기를 듣는 동안, 일도는 사탕 장사로 변장하여 장가항을 누비며 아이들에게 목풍아가 가르친 동요를 부르도록 하였다.

일도가 얼굴에 수염을 잔뜩 붙이고 목풍아가 가르친 노래를 따라 하면 사탕을 주는 식으로 보름가량을 돌아다니자, 장가항의 아이들치고 용과 구슬의 노래를 모르는 아이가 없었다.

구슬은 하나, 용은 두 마리.
북쪽의 용이 구슬을 가졌네.
구슬은 하나, 용은 두 마리.
북쪽의 용이 큰바람을 탔네.

장가항을 떠돌던 노래가 한 달이 되기도 전에 상숙(常熟)과 강음(江陰) 현으로 번져 나가기 시작하였으며, 일이 이렇게 되자 장가항의 현령은 사탕 장사를 현상 수배하기에 이르렀다.

일도는 객잔 위 성시에서 사탕을 파는 사람들이 관군에게 잡혀가는 것을 바라보다가 목 멘 목소리로 목풍아에게 말했다.

"대장, 정말 너무하십니다. 한 달 내내 저한테는 온갖 굳은 일을 다 시켜놓고, 대장과 형님들은 놀러만 다니시고. 정말 저한테 이러셔도 되는 겁니까?"

"네놈이 겁없이 나를 따라 한 벌이야."

"일산안경 하나 가지고 너무하십니다. 그때 맞아 생긴 상처가 아직도 욱신욱신거린다구요."

일도는 얼굴을 만지작거리며 시큰둥하게 오괴와 독돈을 바라보았다. 그날 일도는 비 오는 날 먼지 나도록 두 사람에게 맞았었다.

"덕분에 비가 오는 날을 잘 알아맞히는 신통력이 생겼지 않느냐? 와하하하!"

목풍아가 크게 소리쳐 웃었다.

일도가 입을 삐죽 내밀어 목풍아를 바라보다가 다시 소곤거렸다.

"그건 그렇고, 대장. 저 때문에 애꿎은 사탕 장사들이 곤죽이 되게 생겼습니다. 어떡합니까?"

“저 사람들이 네가 아닌데 무슨 일을 당할라구?”

목풍아는 일도의 얼굴이 그려진 방문을 손에 들고 말했다.

“봐라. 이렇게 흉악한 얼굴은 아무나 가질 수 있는 것이 아니야. 그런데 관군이 무슨 수로 유언비어를 유포한 너를 찾을 수 있겠느냐?”

수염이 덥수룩한 일도는 실로 흉악한 얼굴이었다. 칼자국을 가리느라 산발을 하고, 구레나룻을 붙인 탓에 지금의 얼굴과는 너무나 차이가 났다.

“그놈 참 흉악하게도 생겼다. 그래도 본래 얼굴보다는 못한데?”

독돈이 방문을 바라보다가 낄낄거리며 웃었다.

“정말 대장과 형님들은 너무하십니다. 제가 막내라고 너무하시는 거 아닙니까? 정말 서럽습니다. 매일 구박만 주시구…….”

일도는 꺼내는 말마다 목풍아에게 구박을 당하자 길게 한숨을 내쉬며 고개를 푹 숙였다. 연자루에서는 다섯째 손가락 안에 들어가는 서열로, 그의 말 한마디면 백여 명이 넘는 건달들이 우르르 몰려들어 대형(大兄)이라고 따르던 일도였다. 옛일을 생각하고 지금의 현실을 생각하니 절로 한숨이 나왔다.

오괴가 말했다.

“대장, 장가항에서 머문 지 한 달이 지났습니다. 계속 이곳에서 머물 작정이십니까?”

“연왕께서 움직이신 모양이다. 우리도 슬슬 움직여야겠다.”

“정난군이 좋지 않다고들 하던데요?”

“아니. 정난군이 북평으로 물러갔을 때에도 장사꾼들은 반반의 확률을 이야기하고 있었다. 그것은 아직까지 연왕의 저력을 무시할 수 없다는 반증이지. 연왕은 쉽게 무너지지 않아. 장사꾼들에게는 결코 무시할 수 없는 대세를 보는 눈이 있단 말이다. 하긴 일도가 장가항에서 아이들에게 노래를 부르게 한 공도 크게 좌우하였지."

일도가 간만에 들어보는 칭찬에 어깨를 으쓱거렸다.

목풍아의 이야기는 계속되었다.

"장사치들은 연왕이 남하하였다는 이야기를 듣고 장기전을 예상하고 있을 거야. 주고치 왕자가 후방에서 든든하게 지원을 하고 있다는 것도 알았을 테지. 이경륭의 삼십만 대군을 막아냈다는 사실도 무시할 수 없는 요인이야. 아마 이번 일로 왕자님은 전하에게 큰 인상을 남겼을 것이 분명해. 내 예상대로 되었으니 이제는 그 장기전에 우리가 끼어들 차례다. 우리는 두더지처럼 야금야금 파고들어 천자의 둑을 무너뜨리면 되는 것이란 말이다."

"그럼 이제 남경으로 가십니까?"

"아니. 그전에 해야 할 일이 있다."

일도가 고개를 번쩍 쳐들고 말했다.

"도박장에 가시게요?"

"일도야, 그러니 네가 구박을 받는 거야. 가만히 있으면 알게 될 것을 왜 그리 나서서 구박을 받느냐구, 왜?"

목풍아가 일도의 이마를 쿡쿡 눌렀다. 일도는 이런 현실이 서러울 따름이다.

잠시 후 일산안경을 쓴 목풍아가 객잔을 나왔다. 누런 수달피 가죽 모자를 쓰고, 호피 가죽 옷을 차려입은 목풍아의 뒤에 검은 장포를 입고 일산안경을 쓴 오괴와 독돈이 따르고, 그 뒤에 금전 궤짝을 등에 진 일도가 땀을 뻘뻘 흘리며 따랐다.

장가항 성시에 가득하던 인파가 둘로 갈라지며 네 사람은 위풍당당하게 걸어나갔다.

커다란 성시를 제 마음대로 활개 치며 걸어가던 목풍아는 성시 끝편에 위치한 크지만 허름한 포목점 앞에서 걸음을 멈추었다.

구룡상회(九龍商會)라는 현판이 걸린 이 상점은 비단과 양탄자가 가득한 포목점인데, 파란 비단옷을 입은 중년의 사내가 목풍아를 반겨 맞았다.

"어서 오십시오. 비단 사러 오셨습니까, 양탄자를 사러 오셨습니까? 저희 비단과 양탄자는 소주와 멀리 페르시아에서 들어오는 품질 좋은 제품입니다. 왕궁에까지 들어가는 물건입니다. 싸게 드릴 테니 사가십시오."

"내가 사려는 것이 좀 많아."

목풍아가 성큼성큼 안으로 들어가니 사내가 그 뒤를 따랐다. 목풍아는 물건은 본 체 만 체하며 가게 안에 있는 의자에 앉았다.

"차를 가져오너라."

종업원에게 차를 시킨 주인이 목풍아의 옆에 서서 손을 비비며 물었다.

"얼마나 사실 겁니까, 대인?"

"구룡방을 사고 싶은데?"

사내의 얼굴색이 갑자기 창백해졌다.

"그, 그런……."

사내가 말을 하기도 전에 목풍아가 고개를 까닥거리며 중얼거렸다.

"하긴 행수와 이야기하기는 그렇고, 구룡방의 방주를 만나고 싶은데. 어떤가, 상단의 방주를 만나게 해줄 수 있는가?"

사내가 목풍아를 이리저리 살펴보더니 재빨리 집 안으로 들어갔다.

일도가 눈치를 살피더니 재빨리 말했다.

"대장, 설마 장사를 하시려는 건 아니죠? 지금 잘못 생각하시는 거예요. 천하를 구하자면서 뜬금없이 장사는 무슨 장사예요. 어서 가세요, 예?"

일도는 애가 달아 발을 동동 굴렀다.

오괴와 독돈 역시 목풍아의 의도를 알 수 없어 서로의 얼굴을 바라보았다.

본래 그들이 목풍아의 깊은 속내를 알아맞춘 적이 없었지만, 연왕을 도우려고 남경으로 가려는 마당인데, 갑자기 장가항에서 구룡방이라는 상단을 수중에 넣으려고 하는 목풍아의 의도를 더 더욱 알 길이 없었다.

"형님들, 대장을 말려보세요. 형님들이 권법의 명수라서 무공이 대단하시지만 이건 아니에요. 장사는 아무나 합니까? 이까짓 작은 상단을 사서 뭐 하게요? 그냥 도박이나 하러 가자구요. 아니면 남경으로 가시던가."

목풍아를 봐온 두 사람은 방방 뛰는 일도의 말을 들은 체도 하지 않았다. 믿는 바가 있었기 때문이다.

목풍아는 천연덕스럽게 앉아 다리를 까닥거릴 뿐이요, 오괴와 독돈은 얼굴에 흐뭇한 미소를 가득 담고 있었다. 간만에 몸을 푼다는 생각이 두 사람의 기분을 즐겁게 만든 것이다.

잠시 후 사내가 덩치 좋은 사나이들을 이끌고 돌아와 쌀쌀한 말투로 말했다.

"방주님은 아무나 만날 수 없단 말이다. 장난치지 말고 썩 꺼져라."

"나는 아무나가 아니야. 구룡방을 사러 왔다고 분명히 말했는데, 못 들었나?"

일산안경을 긴 얼굴로 삐딱하게 사내를 바라보았다. 노려보고 있는지는 알 수 없지만, 검은 안경을 끼고 있는 목풍아의 기세에 눌린 사내가 한 걸음 물러나며 말했다.

"그, 그럼 어디에서 온 누군지 밝히시지?"

턱을 괴고 잠시 생각하던 목풍아가 말했다.

"이봐. 연경의 여자들을 떡 주무르듯이 한다는 팔난봉을 모른단 말이냐?"

심각하던 사내의 얼굴에 갑자기 미소가 나타났다가 사라졌다. 사람의 감정을 마음대로 조정하는 재주가 뛰어난 목풍아였다.

"이봐. 남의 이름 가지고 웃지 말라구. 장사를 해볼까 하고 장가항을 기웃거렸더니, 마침 구룡방이 망해가고 있더군. 그래서 이곳을 찾았지."

"뭐, 뭐라고?"

"아, 아, 흥분하지 말라구. 내 말이 사실이잖아. 괜히 고집 피우지 말고 어서 안내하라구. 지금 나를 잡지 않으면 너희는 손가락을 빨 수밖에 없다구. 알겠어?"

목풍아는 고개를 돌려 일도에게 말했다.

"일도야, 가져온 것을 보여줘라."

일도가 낑낑거리며 탁자 위에 궤짝을 올려놓고 문을 열었다. 그 안에 밥그릇만한 금전 열 관이 덩그러니 놓여 있었다.

사내와 건장한 사내들의 눈이 휘둥그레졌다.

"이건 내가 가진 돈의 일부밖에 안 되는 금액이지. 굳이 자존심을 내세우겠다면 동업 정도도 괜찮지. 이 정도면 흥미가 동하지 않을까?"

"자, 잠시 기다려 주시오."

사내는 얼른 뒷문으로 나가 잠시 후 다시 들어와 숨을 헐떡거리며 말했다.

"방주님이 허락하셨습니다. 가시죠."

일도는 기가 막혔다. 아무리 장사를 하는 사람이지만 금전을 보는 순간 말투가 바뀌다니, 실로 돈의 위력이 실감나는 순간이었다.

목풍아는 장가항에 머무르는 동안 세 가지 일을 하였다. 첫 번째는 장사치들의 이야기를 들으며 대세를 판단하였으며, 두 번째는 일도를 시켜 참언이 될 수 있는 동요를 퍼지게 한 것이다. 마지막 세 번째 일은 망해 가는 상단을 찾는 일이었다. 그 상단이 바로 구룡방이었다.

정난군이 전쟁을 일으킨 후부터는 시장에도 많은 변화가 있었다. 군수 물자인 미곡과 무기, 마초를 거래하는 상단은 큰 재미를 보고 있었지만, 상대적으로 비단이나 양탄자 같은 값비싼 물건은 거래가 뜸하였다.

구룡방은 포목을 거래하는 큰 상단으로, 작년 여름에 비단과 양탄자를 실은 상선이 침몰한 후부터 자금난에 허덕이고 있었다. 상단을 보유한 구룡방에 딸린 식구들의 수가 적지 않았으므로 전쟁이 장기화되자 적자 가 커지고, 빌린 돈의 이자가 산더미처럼 늘어나 구룡방은 파산 일보 직 전이었던 것이다.

구룡방이 살아남기 위해서는 목풍아의 제의를 받아들일 수밖에 없다. 언제나 한 가지 길밖에 제시하지 않는 목풍아였다.

목풍아는 자리에서 일어나 천천히 그들의 뒤를 따랐다.

상점의 뒤편은 좌우로 창가(槍架)가 늘어서 바닥에 전돌이 넓게 깔린 연무장이었으며, 그 뒤에 이 층 기와집이 있었는데 좌우로 높은 담벼락 이 감싸고 있었다.

연무장 가운데 난 문으로 들어가니 넓은 집 안에 건장한 사내들이 무 기를 들고 서 있었다. 목풍아가 그들의 모습에 신경 쓰지 않고 안내하는 사내를 따라 이층으로 올라가니, 가운데 비단으로 발을 친 방으로 안내 하였다.

빨간 숯불이 피어오르는 화로 앞에 앉으니 발 뒤편에서 말소리가 들려 왔다.

"호호호. 구룡방을 사러 오셨다구요?"

목풍아의 귀가 솔깃하였다. 하얀 비단 발 뒤편에서 들려오는 웃음소리는 여자의 앳된 목소리가 분명하였다.

구룡방의 대방이 여자라면 방 안 가운데 발을 친 이유가 충분하다. 목풍아의 얼굴에 웃음이 피어났다.

'생각보다 재미있는 거래가 이루어지겠군.'

"연경에서 오신 팔난봉이시라구요? 호호호."

목풍아가 보드라운 은빛 비단 발을 바라보며 말했다.

"연경의 미녀를 떡 주무르듯 한다는 팔난봉 대인을 잘 모르시는 모양이군?"

"호호호. 호색대인 팔난봉의 이름은 들어본 적이 없지만, 연경 대로를 검은 안경을 끼고 제멋대로 활보하며 다닌다는 목풍아 목 대인의 이야기는 들어본 적이 있지요."

전국에 유통망이 있는 상단답게 정보가 빨랐다. 목풍아는 단번에 자신을 알아보는 방주의 이야기를 듣자 섬뜩한 기분까지 들었다. 만약 관원이었다면, 자신은 벌써 황제에게 잡혀 갔을 것이 틀림없었다. 목풍아는 담담히 웃으며 말했다.

"나를 잘 알고 있다니 찾아온 보람이 있군. 이야기하기 편하겠어."

"호호호. 그런데 뜻밖입니다. 저희 상회를 대인께서 찾아주시다니요."

"이봐, 잔소리 말고 발이나 걷으라구. 나는 갑갑하게 벽을 보고 이야기하는 성질이 아니란 말이야."

"호호호. 그럼 대인께서도 검은 안경을 벗어주시죠. 그럼 공평할 것 같은데요?"

"좋아, 좋아."

목풍아가 안경을 벗어 소매 윗단에 걸었다. 그러자 발이 올라가며 작은 책상 앞에 단아하게 앉아 있는 미녀의 모습이 나타났다. 계란처럼 갸름한 얼굴선에 쏘아보는 듯한 까만 눈빛이 육감적인 미인이었다.

"와, 정말 대단한 미인이군. 이 팔난봉의 간담이 서늘할 정도인데?"

"호호호. 대인께서는 농담도 잘하시는군요. 저희 상회를 찾아주신 용건이 무엇인지 궁금하군요."

"그전에 통성명이 예의 아닌가?"

"호호호. 알고 있으리라 예상했는데, 아닌 모양이군요. 제 이름은 화옥(華玉)입니다. 작년부터 구룡방과 상회를 맡고 있습니다."

화옥은 다시 한 번 머리를 숙였다.

목풍아는 객잔에 떠도는 이야기를 통해 포목 거상인 구룡방의 방주 철산판 화대마(華大媽)가 작년 여름에 비단을 싣고 서역(西域)으로 가던 중 폭풍으로 배가 침몰하여 죽었으며, 그 후임으로 그 딸이 상단의 방주 자리를 맡고 있다고 얼핏 들었던 것이 생각났다. 이제 화옥의 이야기를 들으니 모든 일이 논리 정연하게 제자리를 찾았다.

"헤헤헤. 얼굴만큼 목소리도 아름다운지 알아보려고 그랬지."

목풍아는 일산안경을 슬그머니 썼다. 화옥은 다시 발을 내리지 못하고 목풍아를 노려보며 물었다.

"저희와 거래를 하시겠다면, 비단을 구입하시겠다는 건가요?"

목풍아는 고개를 내저으며 짤막하게 말했다.

"동업."

"동업이라구요?"

"구룡상회가 나에게 필요한 일을 몇 가지 해주면, 나는 구룡상회가 엄청난 돈을 벌 수 있도록 해주지."

잠시 생각하던 화옥이 까만 눈으로 목풍아를 보며 말했다.

"제가 대인을 어떻게 믿고 동업을 한단 말인가요?"

목풍아와의 거래는, 연왕과의 거래를 의미한다. 연왕이 패배한다면 거

래는 그것으로 종료가 되는 것이며, 자칫 상단에 큰 화를 불러일으킬 수
도 있는 것이다.

"상단을 사버리려다가 그대가 아름다운 미인이라서 동업 정도로 봐준
거라구."

되려 큰소리이다. 그것은 연왕이 천하를 거머쥘 자신이 있다는 말처럼
들렸다. 그러나 지금의 상황은 연왕이 천자에게 밀리고 있으니 납득할
수 없는 이야기였다.

"이해할 수 없군요. 전황이 좋지 않다는 이야기를 들었습니다."

"승패는 병가(兵家)에 흔한 일이야. 한고조는 항우에게 연전연패하고
도 한 번 승리하여 천하를 얻었지. 일시의 상황으로 전체를 판단하지 말
라구."

"그렇다면 제가 납득할 만한 이유를 말씀해 주시죠."

"자네는 장사꾼이 되려면 멀었군. 책상 앞에 있는 산판을 잘 두드려보
란 말이야. 천하가 둘로 갈라져 싸우기 시작한 지가 일 년. 그 덕분에 쌀
과 무기, 생필품의 장사는 잘 되고 있지만, 비단과 보석 같은 사치품을
파는 상단은 파리가 날리게 되었지. 자! 구룡상회가 살아남기 위해서는
어떻게 해야 할까? 방법은 한 가지야, 전쟁이 빨리 끝나는 것. 전쟁이 종
식되려면 누군가가 이겨야 하는데, 그대 생각은 어떤가? 누가 이기고, 언
제쯤 전쟁이 끝날지 추측할 수 있겠나?"

반반의 상황이었다. 연왕은 평생을 전장에서 살아온 무장으로 지금은
성용의 군사들에게 밀리고 있지만, 저력을 무시할 수 없는 사람이었다.
누구보다 정치 상황에 민감한 상인들이 그것을 모를 리 없었다. 목풍아
의 말은 그 가운데를 정확하게 찌른 것이었다.

"……"

화옥은 전쟁이 언제 끝날지 짐작할 수 없어 입을 다물고 목풍아를 바

라보았다.

"모르겠지, 모를 것이야. 그런데 나는 잘 알고 있지."

"그럼 언제 누가 이길지 대인이 안단 말입니까?"

"그럼, 그럼. 그보다 구룡방이 문제인데……."

목풍아가 손가락 세 개를 펴며 말했다.

"내가 보기에 구룡방은 석 달을 넘기지 못해. 설마 석 달 안에 전쟁이 끝날 것이라 생각지는 않겠지? 자! 어떤가, 나와 손을 잡는 것이? 망해가는 구룡방에게 재기의 기회가 될 것 같은데, 어떻게 생각하는가?"

더 이상 생각할 여지가 없었다. 아버지 화대마가 죽은 후 빚이 눈 더미처럼 불어나 구룡방을 압박하고 있었다. 빠져나갈 구멍 하나 없는 곳에서 목풍아는 희망이 틀림없었다.

"하는 수 없군요. 좋아요. 동업을 하죠."

"좋아, 좋아. 그럼 당장 빚을 갚을 수 있도록 금전 열 관을 주지."

목풍아가 손을 번쩍 치켜들자 일도가 궤짝을 화옥의 앞에 내려놓았다.

"그럼 저희가 해야 할 일이 무엇이죠?"

"그대와 비슷한 직종에 있는 상인들을 모아줬음 좋겠어. 전쟁 때문에 어려움에 직면한 상인이나 상단을 말이다. 아무래도 그대가 구룡방의 대방이니 이웃 상인들에게 연락을 취하기 편하겠지?"

"네."

"그럼 연락을 하라구. 모두에게 나쁜 일은 아니니 말이야. 그럼 사흘 후에 이곳에서 다시 만나기로 하지."

목풍아는 자리를 털고 일어나 문을 나가려다가 화옥에게 말했다.

"상인은 신용이 없으면 살아남을 수가 없어. 그건 잘 알고 있겠지?"

화옥이 고개를 끄덕였다.

"그대가 지금부터 내 편에 섰으니 거부가 되려면 끝까지 나를 믿는 수밖에 없어, 알겠나? 연락하려는 상인들에게 어떤 말을 해야 할지는 그대가 잘 알고 있으리라 생각하고, 나는 그냥 가지. 사흘 후 정오에 보자구."

목풍아는 유유히 구룡상회를 나왔다. 금전 열 관을 한번에 날려 버리고도 목풍아는 콧노래를 부르고 있었다.

일도는 돈이 아까워 튀어나온 입술을 실룩거리며 말했다.

"대장, 대장은 돈이 아깝지도 않습니까? 한꺼번에 열 관을 망해가는 상단과 동업하는 데 날려 버리다니……."

"너는 항상 앞서 나가는 것이 문제다. 투덜거리지 말고 사흘만 기다려 보거라. 돈 더미에 묻히게 해줄 테니 말이다."

일도는 머리를 갸웃거리며 목풍아의 뒤를 따랐다.

목풍아의 좌측 편에서 따라가던 오괴는 목풍아가 구룡방의 방주와 이야기를 나누는 과정에서 그가 실권(實權)을 잡아가는 것을 보고 감탄을 금치 못하였다.

처음에는 비슷비슷한 느낌이었지만, 잠시 후에는 목풍아가 실권을 가진 사람으로 방주에게 명령을 하고 있었기 때문이다. 구룡방은 금전 삼십 관 이상의 가치가 있는 포목 상단으로, 목풍아에게 기세가 눌릴 정도로 빈약한 상단은 아니었다. 그러나 이야기를 하는 과정에서 목풍아가 슬그머니 안경을 쓴 것처럼, 구룡방의 방주 화옥이 목풍아의 기세에 눌리고 있었던 것이다.

어떻게 돌아가는 영문인지는 알 수 없지만 이미 목풍아는 구룡방을 손에 넣었으며, 오괴는 앞으로 목풍아의 의도대로 일이 벌어지리라 추측하며 사흘 후를 기다렸다.

사흘 후 목풍아는 다시금 구룡상회를 찾았다. 행수가 구룡상회 앞에서 기다리고 있다가 정중하게 그를 맞이하여 인도하였다. 그 상냥한 모습이 이틀 전과는 딴판이었다.

상회 뒤편으로 들어가니 연무장이 험상궂은 사람들로 빼곡하였는데, 모두 목풍아를 보고 정중하게 인사를 하고 있었다. 덩치들로 봐서 각 상단의 호위무사들 같았다.

목풍아가 그 가운데를 위풍당당하게 들어가니 화려한 비단옷을 입은 사람들이 집 안에 모여 있다가 인사를 하였다. 젊은 사람들이 많은 것으로 보아 중간의 위치에 있는 행수쯤 되어 보였다.

계단을 올라가니 마루에서부터 화려하게 차려입은 사람들이 목풍아에게 인사를 하였다. 대부분 나이가 지긋한 사람들이니 앞서 이야기하였던 상단의 대방들이 틀림없었다.

목풍아가 일산안경을 벗고 상석에 마련된 자리에 앉았으니, 일전에 화옥이 앉았던 바로 그 자리였다. 목풍아의 옆에 화옥이 아리따운 자태로 곱게 읍하고 자리에 앉았다.

"아, 모두 자리에 앉으세요."

목풍아가 손을 내리며 말하니 사람들이 일제히 자리에 앉았다. 방 한가운데 있던 늙은이 하나가 입을 열었다.

"대인의 명성은 들은 적이 있습니다. 주고치 왕자님을 도와 이경륭의 군사들을 물리치신 것이 대인의 공이 아닙니까? 연경 성시에 장사를 하는 행수들과 상인들치고 대인을 칭찬하지 않는 사람이 없습니다. 이렇게 뵙게 된 것이 영광이옵니다."

작년에 목풍아가 세금을 적게 물리고, 상인들이 활발하게 활동할 수 있도록 편의를 제공한 까닭이었다. 그리한 까닭에 연경이 전쟁의 소용돌이 속에서도 연왕의 전쟁 지원에 무리가 없었던 것이다.

목풍아가 손을 저으며 말했다.

"과찬입니다. 과찬입니다. 모두 현명한 주고치 왕자님의 덕이지요. 그렇지 않아도 이번에 제가 전하의 밀명을 받고 장가항으로 내려온 것은 여러분처럼 힘든 상단을 생각해서입니다. 지금 천자의 상업 정책은 몇몇 간신들의 농간과 탐관오리들의 불법으로 무너져 내리고 있습니다. 가만히 곱게 있던 친왕들을 숙청하며 전쟁의 불씨를 일으킨 것이 누굽니까? 백성들이야 죽든지 살든지 저희만 잘사는 세상을 만들기 위한 것이 아니겠습니까? 이번에 전하께서 정난군을 일으킨 것은 바로 그러한 불의를 바로잡기 위해서입니다. 전쟁이 일어나자 도적들과 수적들이 곳곳에서 일어나 사람들을 해치고 재물을 강탈하고 있습니다. 백성들은 불안에 떨고, 상인들은 도적이 두려워 움직이지 않는데, 나라에서는 수수방관하고 있지 않습니까? 모두 다 정부가 무능하기 때문에 그리된 것입니다. 전쟁이 종식되면 도적들과 수적들이 없어질 것이요, 그렇게 되면 백성들도 편안히 잘살게 되고, 상업 역시 활성화되어 상인들은 돈을 많이 벌게 될 것이 아니겠습니까? 그렇지 않습니까?"

"그렇습지요."

"지당한 말씀입니다."

상인들이 목풍아의 말에 공감하며 고개를 끄덕끄덕하였다.

"지금 천하에 구슬은 하나, 용은 두 마리라는 노래가 아이들의 입을 통해 불려지고 있습니다. 여러분도 이미 들으셨겠지만, 이것이 무엇을 의미하는 말이겠습니까? 남방의 용이 누구며, 북방의 용이 누구란 말입니까? 남방의 용이 천자라면 북방의 용은 바로 전하가 아니겠습니까? 전하께서 마침내 천하를 장악하리라는 노래가 천하에 퍼지고 있습니다. 민심은 이미 전하에게 있다는 것입니다. 이것은 하늘이 정한 운명이요, 계시입니다. 어느 누가 아니라고 부인할 수 있겠습니까?"

문 앞에 근엄하게 서 있던 오괴가 일산안경 사이로 힐끔 목풍아를 바라보았다.

장가항에 동요를 퍼뜨린 것은 목풍아이다. 그런데 뻔뻔스럽게 장사꾼들에게 하늘의 계시 운운하며 떠들어대고 있는 것이다. 아니나 다를까, 상인들도 그 노래에 담긴 의미는 알고 있었으므로 목풍아의 말에 동조하며 머리를 끄덕거렸다.

세상에 퍼지고 있는 동요는 연왕이 끝내 천하를 차지한다는 의미가 담겨 있었다. 그런 까닭에 나라에서 기를 쓰고 아이들이 노래를 부르지 못하게 하고 있었지만, 철없는 아이들의 입을 막을 수는 없는 일이었다. 그것은 백성들의 소리를 뜻하는 것이니, 이러한 세상의 흐름을 보지 못할 상인들이 아니었다.

장사꾼들은 돈이 될 수 있는 기회를 놓치지 않는 사람들이다. 이번에 목풍아의 편에 들면 후일 연왕이 천하를 얻었을 때 많은 덕을 볼 수가 있으므로, 화옥의 전갈을 받기 무섭게 발 빠르게 달려와 목풍아에게 동조하고 있는 것이다. 그리고 보면 목풍아가 한 달 동안 객잔에 머무르며 일도에게 동요를 열심히 퍼뜨리게 한 것은, 바로 이러한 복안이 깔려 있었던 것이다. 알아갈수록 목풍아는 알 수 없는 존재가 틀림없었다.

목풍아는 열변을 토하고 있었다.

"여러분이 사는 길은 전하가 이기는 길입니다. 전쟁이 끝이 나면 혼란도 일어나지 않을 것이며, 장사도 예전처럼 활성화될 것입니다. 저는 그때 여러분의 공을 잊지 않을 것입니다. 그리고 물심양면으로 여러분의 상업 활동을 도와드리겠습니다."

목풍아는 모인 사람들을 찬찬히 바라보다가 갑자기 무릎을 꿇었다.

"여러분! 천하 백성들을 생각하십시다. 간신히 명나라가 기틀을 잡고 백성들이 안정을 찾으려는 이때에 전쟁은 무의미합니다. 이 쓸데없는 전쟁이 빨리 끝날 수 있도록 저를 도와주십시오."

목풍아는 꾸벅 머리를 숙여 큰절을 하였다.

연왕의 명을 받고 온 관리가 상인들에게 무릎을 꿇고 절을 하는 초유의 사태가 눈앞에서 일어나고 있었다.

당당하게 말을 하던 목풍아가 갑자기 무릎을 꿇고 절하는 것을 보자, 오괴와 독돈도 뜻밖의 일이라 몸이 움찔거렸다. 그 뒤에 있던 일도의 입이 쩌억 벌어졌다.

중원에서 사내가 무릎을 꿇는다는 것은 보통 일이 아니다. 더구나 상대가 상인들보다 높은 신분의 관리이니 더 말할 것도 없었다. 체면없고 비굴한 짓이라 놀림받을 만한 일이지만, 이것은 그와는 차원이 달랐다. 그 가운데 절실한 진심이 느껴졌던 것이다.

상인들 가운데 있던 노인 하나가 재빨리 달려가 목풍아를 일으켜 바로 앉게 하고 말했다.

"대인, 대인의 진심을 알겠습니다. 저희도 전쟁이 빨리 끝나기를 기원하고 있으니 대인을 물심양면으로 도와드리겠습니다."

모인 사람들이 모두 그러겠노라고 무릎을 꿇으며 포권을 취하였다. 상인은 높은 계급이 아니었다. 그들은 관리들에게 착취의 대상이 되었기에 천성적으로 벼슬아치를 싫어하였다. 그러나 벼슬아치와 공생의 관계가 되지 않으면 살아갈 수가 없기에, 울며 겨자 먹기 식으로 그들에게 뇌물을 제공하며 살아가는 것이다. 그런데 이 벼슬아치는 천하 백성을 위해 자신들에게 무릎을 꿇고 진심으로 도움을 요청하고 있다.

한 번도 이런 대접을 받아본 적이 없는 상인들은 목풍아의 모습에서 감동을 받고 말았다.

"저희가 어떤 일이라도 할 테니 대인께서는 말씀만 하십시오."

"전쟁이 없어지고, 저희가 돈을 많이 벌 수 있게 되는데 무얼 못하겠습니까? 시켜만 주십시오."

상단의 상인들이 서로 한마디씩 목풍아에게 말했다.

무릎을 한 번 꿇었을 뿐이다. 건성으로 대하던 사람들의 표정이 달라진 것을 확인한 오괴는 어리둥절할 뿐이었다. 독돈과 일도 역시 마찬가지였다.

상인들도 나름대로 사람을 보는 기준이 있고, 가치관이 있을 것이다. 세상을 보는 눈이 넓은 상인들이기에 그들을 감동시키는 일은 쉬운 일이 아니었다. 그런 상인들을 쉽게도 설득시키는 목풍아의 매끄러운 수단이 놀라울 따름이다.

목풍아는 정색을 하며 말했다.

"감사합니다. 여러분의 성원에 힘이 납니다. 제가 여러분에게 도움을 청하고자 하는 것은 어려운 것이 아닙니다. 각 상단에서 관리들에게 지불한 뇌물의 목록과 액수가 기록된 장부가 필요합니다. 그것을 만들어주십시오."

오괴는 순간 머리에 망치를 맞은 것 같았다. 목풍아는 상단을 사기 위해 구룡방을 찾아왔던 것이 아니라, 그들을 통해 관리들의 약점을 잡아내기 위해 상단의 사람들과 만나려 했던 것이다.

명나라를 세운 홍무제가 농민 출신이었던 만큼 모든 정책이 농민들을 중심으로 기획되었다. 그 덕에 농민들을 수탈해 왔던 관리들에게는 쥐꼬리만한 녹봉이 주어졌으며, 청렴한 관리는 생활에 곤란을 겪을 정도였다. 그 때문에 관리들은 상인들의 뇌물에 의지하지 않으면 안 되었다.

상인들의 권한 또한 축소시켜 상인들과 관리들이 결탁하여 뇌물을 조장하지 않으면 안 되게끔 만들어놓았던 것이다.

장강에 연한 수군과 수로의 길목에 위치한 모든 관리들, 그리고 조정의 대신들에게까지 상인들은 뇌물을 바치고 있었다. 그렇지 않으면 살아남을 수 없는 것이 상인들의 현실이었다.

목풍아가 요구한 뇌물 목록은 관리들의 목줄을 잡는 포승줄이 분명하였다. 그 목록이 있다면 관리들을 협박하거나 조종하는 데 큰 수단이 될 수 있으므로 반은 성공한 것이나 마찬가지였다. 오괴는 알면 알수록 목풍아의 치밀한 두뇌가 놀랍게만 느껴졌다.

상인 가운데 있던 노인이 자리에서 일어나 빙그레 웃으며 말했다.

"염려 마십시오, 대인. 각 상단에서 뇌물 명부를 베껴 올리도록 하겠습니다. 그리고 약소하지만 저희가 전하를 위해 준비한 것이 있습니다."

문이 열리고 몇 사람이 금괴가 든 상자를 들고 목풍아 앞에 나타났다. 문 앞에 서 있던 일도의 입이 쩌억 벌어졌다.

밥그릇만한 금괴가 삼십 개 가까이 되었으며, 커다란 은괴도 삼십 개가 넘었다. 은괴를 치지 않고 금괴 하나가 일 관이라 보더라도 삼십 관이 넘는 거금이었다.

열 관을 날린 지 사흘만에 삼십 관이 넘는 거금이 들어왔으니, 하루에 열 관을 벌어들이는 대박 장사를 한 것이라 할 수 있었다.

사흘 후에 돈더미에 묻히게 해줄 거라는 목풍아의 말은 이것을 두고 한 말이었던 것이다.

'그럼 그렇지, 우리 대장이 어떤 사람인데?

거금을 바라보는 일도의 얼굴에 흐뭇한 미소가 피어올랐다. 그때였다. 목풍아가 황급히 손을 내저으며 말했다.

"모두가 어렵고 힘든 상황에서 이런 거금은 받을 수 없소. 천부당만부당한 것이오. 나는 받을 수 없소."

"저희가 십시일반으로 뜻을 모은 것입니다. 전하의 군비에 도움이 될 것이니 받아주십시오."

상인들이 몇 번을 청하자 마침내 목풍아가 입을 열었다.

"정히 주신다면 받겠습니다. 그렇지만 전하에게만 이득이 있어서는 안 되겠지요. 제가 한 가지 제안을 하겠습니다."

화옥이 물었다.

"어떤 제안인가요?"

목풍아가 화옥을 바라보며 눈을 찡긋하곤 고개를 돌려 말했다.

"돈을 주신 분들의 명부를 이 자리에서 작성했으면 합니다. 후일 전하께서 천하를 잡았을 경우, 여기 계신 분들에게 후한 혜택이 돌아가도록 하기 위한 것입니다. 반드시 몇 배의 이득이 돌아가도록 만들어 드릴 것이니, 저를 믿고 서명해 주십시오. 만약 그렇지 않고서는 이 돈을 받을 수 없습니다."

교묘하게 상인들을 얽어매고 있었다. 오괴는 감탄이 절로 나오는 것을 꾹 참으며, 문 앞에서 살기를 띠고는 상인들을 노려보며 근엄하게 서 있었다.

이들이 명부를 작성하게 되면 상인들은 꼼짝없이 목풍아의 손아귀에 들어오게 되는 것이다. 역적은 삼족을 멸하는 국법에 비추어보더라도, 연왕에게 자금을 준 것은 영락없는 역적질이 틀림없었다. 이들은 명부에 서명을 하는 순간 역적이 되는 것이다.

상인들이 서로의 얼굴을 바라보았다. 난감한 일이었다. 목풍아는 그들에게 목숨이 달린 한 판의 도박을 제의한 것이다. 성공한다면 부귀가 보장되지만, 실패하면 모두 죽는 것이다. 상인들은 자기들도 모르는 사이에 도박판 안으로 들어오게 된 것이었다.

"어차피 전쟁이 끝나지 않으면 망하게 될 판입니다. 저는 애초의 생각대로 전하게 모든 것을 걸겠습니다. 제가 먼저 서명을 하지요."

구룡상회의 방주 화옥이 붓을 들어 가지고 온 명부에 자신의 이름을 써 넣었다. 구룡방이 목풍아와 동업을 한 줄은 까맣게 모르는 상인들이었다. 화옥이 서명을 하자 용기를 얻은 상인들이 한 사람씩 나와 자신의 이름과 상회명을 쓰기 시작하였다.

서명을 하지 않는다면 살아나갈 수 있다는 보장을 할 수 없었다. 문 앞에 서 있는 검은 안경을 낀 두 사람의 괴인은 물론이거니와, 서명을 한 상인들이 자신의 안전을 위해 서명하지 않은 사람을 살해할 수밖에 없으리라 생각했기 때문이다. 살길은 하나밖에 없었다. 명부에 이름을 쓰는 수밖에는…….

그런 점에서 보면 목풍아와 화옥은 장단이 아주 잘 맞았다. 도박판에서 목풍아가 천재적인 도박꾼이라면, 화옥은 재주있는 바람잡이였다.

잠시 만에 일사천리로 서명부는 작성되었다. 장강 하구의 상인들 가운데서 연왕을 지지하는 세력이 간단히 만들어졌으며, 이들은 운명을 걸고 연왕이 천하를 차지하도록 돕지 않으면 안 되게 되었다. 한 달 사이에 거둔 성과로, 정말 기가 막힌 성공이 아닐 수 없었다.

이때 목풍아가 서명부를 치켜들며 말했다.

"이제 우리는 결맹의 서약을 맺었습니다. 이제 전하와 여러분은 같이 살고 같이 죽을 수밖에 없는 운명에 처하게 되었습니다. 천하가 바뀌게 되면 반드시 이 서명부에 이름이 오른 상인들에겐 큰 혜택이 돌아갈 것을 이 목풍아가 보장하겠습니다."

"저희도 목숨을 다하여 돕겠습니다."

상인들이 결연한 얼굴로 포권을 취하며 말했다. 그들에게 선택은 하나밖에 없었다. 이제 역적으로 죽지 않으려면 연왕의 편에 서서 천자와 싸워야 하는 방법밖에 없는 것이다.

목풍아는 손을 들어 말했다.

"좋습니다. 이제 각자 가게로 돌아가셔서 아무 일도 없었던 것처럼 생활해 주십시오. 이 자리에 있었던 일은 철저하게 비밀로 하는 것을 잊어서는 안 됩니다. 결맹의 술이라도 마셔야겠지만, 사안이 중대하다 보니 실수가 생길지 몰라 생략하도록 하겠습니다. 여러분의 충심은 전하께 반드시 전하겠으니, 제 마음을 알아주시고 이제 그만 돌아가 주십시오.”

상인들이 목풍아의 말에 고분고분 따랐으니, 잠시 만에 구룡상회 안채에 모였던 상인들이 모조리 떠나가 버렸다.

상인들을 바깥까지 배웅하고 돌아온 화옥이 일산안경을 끼고 방 안에 드러누워 콧노래를 부르고 있는 목풍아의 옆에 다소곳이 앉았다.

“대인은 듣던 것보다 더욱 대단하신 분이군요. 대인께서 장사를 하셨으면 단번에 중원 제일의 거부가 되셨을 겁니다. 저는 진심으로 탄복하였습니다.”

“이봐, 나는 천하 백성들을 생각하는 사람이라 돈 같은 데에는 관심이 없는 사람이란 말이야. 그리고 상단의 방주가 나를 두 번 보고 탄복한다면 너무 재미없는데? 나는 알아갈수록 매력이 넘치는 사람이거든…….”

목풍아가 슬쩍 화옥을 바라보았다. 자신을 바라보는 화옥의 얼굴이 빨갛게 상기되어 있었다.

일산안경을 끼고 있으면 눈동자의 위치를 상대방이 알 수 없다는 장점이 있었다. 목풍아가 일산안경을 애용하는 이유가 그것이다.

‘이 여자가 나한테 반했나?

딴은 자신을 바라보는 눈빛이 그런 것 같았다. 추파를 던지듯 목풍아를 살금살금 바라보는 화옥의 눈빛.

‘한번 시험해 볼까?

목풍아가 슬며시 말을 걸었다.

“화옥이라고 했지?”

“예.”

“올해 나이가 몇이지?”

“스물둘입니다.”

“어이쿠. 스물둘이라면 제법 나이가 들었군. 보기 드문 미인인데, 머리를 올린 것을 보면 시집은 갔겠지?”

“…….”

화옥의 얼굴에 근심이 어리었다. 빼꼼히 화옥의 얼굴을 바라보던 목풍아가 다시 한 번 물었다.

“시집을 가지 않았나?”

“사실 시집을 두 번 갔었습니다.”

목풍아의 눈이 휘둥그레졌다.

“시집을 두 번 갔었다고?”

“예, 송구하게도 그렇습니다.”

“거참, 대단하구먼. 지금 서방님은 어디에 있는가?”

“작년에 아버님과 함께 서역을 갔다가 그만…….”

알고 보니 화옥은 나이 스물둘에 두 번이나 지아비를 잃은 불쌍한 과부였다.

“첫 번째 혼인은 어찌 되었소?”

“양주의 작은 포목상의 막내 아들과 혼인을 올렸습니다만…….”

“그 다음을 어서 말해야지.”

“폐병에 걸려 초야도 치러보지 못하고 죽었습지요.”

“저런, 저런.”

“그 후로 아버님에게 돌아와 장사를 배우다가 아버님이 신임하는 행수와 작년 가을에 혼인을 약속하였습니다만 그 역시…….”

“저런, 그렇다 하면 혼인을 두 번 한 것이 아닌데?”

“정혼을 하였으니 혼인을 한 것이나 마찬가지입지요.”

“음. 그렇다면 아직 처녀겠구려.”

화옥은 희미하게 웃으며 말했다.

"부끄러운 일이지요."

"운수가 그런 걸 어떡하겠소. 모두 떨쳐 버리고 다시 좋은 남자 만나서 혼인해 살면 되지 않겠소?"

"사내 잡아먹는 운수를 타고났다고 소문난 기박한 년에게 좋은 사람들이 오겠습니까?"

그렇게 생각할 만도 하였다. 나이 스물둘에 서방이 될 두 사람을 저승에 보내 버렸으니, 무지한 시각에 그렇게 생각하고도 남음이 있었다.

"재산을 노리고 간간이 찾아오는 사람이 있습니다만……."

말이 떨어지기 무섭게 연무장에서 요란한 소리가 들려오고 있었다. 목풍아가 창문을 살짝 열고 바라보니 한 떼의 관군이 우르르 들어오고 있었다.

'누가 밀고를 하였나?

가슴이 쿵쾅거리며 뛰었다. 머리에서 여러 가지 생각들이 맴돌았다. 만약 상인들이 관군에게 밀고를 하였다면, 천하고 나발이고 여기서 목풍아는 끝장이 나는 것이다. 그때였다.

"여봐, 화옥이. 나랑 이야기를 좀 하지!"

연무장 가운데에 수염이 덥수룩한 무관 하나가 고래고래 소리를 지르고 있었다. 화옥이 목풍아에게 말했다.

"걱정 마세요. 저놈은 장가항의 수군 장교로 있는 왕구마(王九媽)라는 자인데, 제 재산에 욕심이 있어 저에게 수작을 거는 놈이랍니다."

화옥이 미닫이 문을 열고 연무장을 내려다보며 말했다.

"무슨 일이죠?"

"흐흐흐. 잘 있었어? 그렇지 않아도 오늘 구룡방에 강음현과 양주에서까지 상인들이 찾아왔다기에, 무슨 좋은 일이라도 있나 해서 찾아왔지."

왕구마가 음흉한 미소를 지으며 화옥을 바라보았다. 그때였다. 안경을 벗은 목풍아가 화옥의 옆에 불쑥 나타났다.

왕구마의 음흉한 웃음이 싹 가시었다.

"넌 누구냐?"

"나는 화옥의 신랑 목난봉이다."

"뭐라고? 화, 화옥의 신랑이라고?"

"그렇다. 상인들이 찾아온 것은 오늘 나와 이 사람이 혼인을 올렸기 때문에 축하해 주러 온 것이다."

"그, 그럴 리가……."

왕구마가 주변을 돌아보더니 다시 말했다.

"그럴 리 없어. 혼인을 했다면 뭔가 그럴듯한 무언가가 있어야 할 것 아니냐? 잔치를 벌였다던지 하는……."

"바보 같은 소리 하는군. 이봐, 화옥이 몇 번째 혼인을 하는지 아는가? 세 번째야, 세 번째. 어느 사람이 그걸 자랑이라고 다른 사람들에게 떠들어대며 알리겠느냐구?"

그동안 화옥에게 공들인 것이 아까운 왕구마였다. 부글부글 화가 치밀어 올랐지만, 딱히 꼬투리 잡을 것이 없었다. 양주와 강음현의 상인들이 구룡상회에 모였다는 말을 듣고 화옥을 보러온 왕구마는 뜻밖의 상황에 어안이 벙벙할 뿐이었다.

이때 목풍아가 연무장에 서 있는 일도에게 소리쳐 말했다.

"일도야, 이분들이 우리 혼인을 축하해 주러 오신 것 같으니, 밖에서 술이나 드시도록 돈이나 몇 푼 드리거라."

일도가 허리춤에서 주섬주섬 은전을 꺼내 졸개들에게 쥐어주었다. 왕구마가 갑자기 일도의 뺨을 때리려 하자 일도가 재빨리 손을 뻗쳐 그의 손목을 잡았다.

"이 자식이! 감히 관원에게 대들어?"

왕구마가 눈을 부라리자 일도가 슬며시 손을 놓았다. 그러자 왕구마의 큰 손이 일도의 뺨을 세차게 때렸다.

"아이쿠!"

일도가 얼굴을 잡고 바닥에 나뒹굴었다.

왕구마는 고개를 들어 목풍아를 노려보았다.

"오냐. 그래, 두고 보자. 내가 가만 있을 줄 알고……."

왕구마는 일 년 반 동안 착실하게 공을 들였기에 그냥 물러가기에는 석연치 않았다. 이를 뿌드득 갈던 왕구마가 박차듯이 나가 버리자 졸개들이 뒤따라 사라졌다.

관원들이 보이지 않게 되자 화옥이 목풍아를 바라보며 말했다.

"목 대인, 그런 말씀은……."

그 얼굴에 기쁨과 난처함이 동시에 어려 있었다. 목풍아가 자신의 신랑이라고 말한 것에 대하여 화옥의 얼굴에 나타난 감정이었다.

화옥은 사흘 전에 불쑥 나타나 동업을 하자하곤, 사흘 후에 나타나 상인들을 휘어잡는 목풍아의 모습을 보고 한눈에 반하고 말았다. 그러나 두 번이나 혼인을 하고, 남자를 잡아먹는 귀신이 붙었다는 불운한 과부에게 영민하고 신분이 높은 목풍아는 꿈도 꾸지 못할 인연이었다.

목풍아의 첩이라도 될 수 있다면 구룡방을 그에게 맡기고 의지하며 살고 싶은 마음은 있었지만, 감히 목풍아에게 과거가 있는 자신이 그러한 이야기를 차마 할 수 없었던 것이다.

그런데 목풍아가 스스로 자신의 신랑이라 말하였으니, 화옥은 기쁨과 난감함을 동시에 느낄 수밖에 없었다.

목풍아 자신에게 마음이 있다는 의미가 담긴 말이기에 그 기쁨은 한이 없었지만, 자신의 처지를 생각하면 당치않은 이야기였기 때문이다.

"남자는 약한 여자를 지킬 줄 알아야 멋있는 남자 아닌가? 그 자식 너무 마음에 들지 않더군."

궁색한 변명인 줄은 화옥이 더 잘 알고 있다. 하지만 그 말에 자신을 생각하는 목풍아의 마음이 담겨 있음을 더 잘 아는 화옥이었다. 화옥은 목풍아를 똑바로 바라보며 말했다.

"대인, 저는 남자를 잡아먹는다고 소문이 난 여자입니다. 불운이 제 곁을 따라다닌다고 말입니다. 저와 인연을 맺게 된 남자들은 불행해집니다. 저는 대인께서 불행해지시는 것을 원치 않습니다."

"와하하하! 이봐, 뭔가 잘못 생각하고 있는 것 같은데, 나는 운이 상당히 강한 사람이란 말이야. 어디 누구의 운이 더 센지 한번 시험해 볼까?"

화옥의 눈에 수정 같은 눈물이 맺혔다. 목풍아가 자신을 받아준다는 말이었다. 과거가 있는 자신을 받아준다니, 화옥은 꿈이라도 꾸는 듯했다. 한동안 목풍아를 바라보던 화옥은 자리에서 일어나 큰절을 올렸다.

"저를 그렇게까지 생각해 주신다니 소녀는 감사할 따름입니다. 하지만 저를 가까이 하신다면 대인께서 화를 입으실……."

목풍아가 화옥의 손을 끌어당겨 더 이상 말하지 말라는 듯 손가락으로 입을 막았다.

"거부하지 마라. 내가 마음에 있으면 그뿐이지, 더 무슨 말이 필요한가. 너의 불운이 천하를 감당할 만큼 운이 좋은 나 같은 사람에게 통하리라 생각하는가? 걱정하지 마라."

목풍아는 창문을 닫고 화옥을 넘어뜨렸다. 목풍아가 넘어뜨렸다기 보다 화옥이 순순히 바닥에 몸을 뉘었다가 옳았다.

분홍빛 비단옷을 벗기자 백옥처럼 투명한 살결이 나타났다. 복숭아 같은 봉긋한 가슴과 깨끗한 보랏빛 유두에 목풍아는 침을 꿀꺽 삼켰다.

화옥은 눈을 꼭 감고 있었다. 미지의 세계를 처음으로 경험한다는 두려움에 파르르 경련이 일어나는 화옥의 얼굴에는 긴장감마저 감돌고 있었다. 한 송이 흰 들꽃이 바람을 맞아 떨고 있는 것처럼, 화옥은 그렇게 목풍아를 기다리고 있었다.

목풍아는 처음에는 산들바람처럼 화옥의 몸을 더듬었다. 은은한 남실바람이 계곡을 거쳐 둔덕을 지났다. 그 바람이 다시 건들바람이 되었다가 흔들바람이 되기고 하고, 된바람이 되었다가는 다시 산들바람이 되어 몇 번인가 여인의 언덕을 스쳐 지났다. 처음으로 느껴보는 열락의 기쁨에 빠져 있던 화옥이 갑자기 짧게 신음하였다.

"아."

산들바람이 갑자기 돌풍이 되어 계곡을 몰아쳤기 때문이다.

화옥은 입을 꼭 다물었다. 계곡을 넘나드는 돌풍은 더욱 거세어지기 시작하였다. 거센 바람과 함께 꽃도 바람을 따라 흔들리고 있었다. 그렇게 잠시 후 마침내 바람이 멎었다.

목풍아는 천장을 바라보며 생각에 잠기었다.

동상이몽(同床異夢)이라 했던가? 목풍아는 주소천 자매를 생각하였다. 질투심 많은 두 사람이 자신에게 여자가 생긴 것을 알면 가만히 있지 않을 것이다. 확실히 두 여자는 목풍아가 상대하기에 벅찬 상대가 틀림없었다. 권력의 절대점에 있는 왕의 딸, 아니, 후일 황제의 딸이 된다면 그 기세는 지금보다 더 할 것이 분명하였다.

주소천이 자신을 알 없는 목풍아로 만들기 위해 일을 꾸몄던 것을 생각하면, 질투심에 눈이 멀어 강민과 화옥 같은 첩실에게 잔악한 일을 저지르지 않으리라 장담할 수 없는 일이었다.

자유로운 바람처럼 거칠 것 없이 살고 싶은 목풍아에게 두 사람은 바람의 길을 막는 장벽이 틀림없었다.

'그것들을 어떻게 처리하지? 내가 건드렸으니 책임은 져야겠는데, 첩실들의 안전을 생각하면 감당이 안 되네. 그렇다고 이 목풍아가 그것들

에게 고분고분하게 고삐 잡힌 망아지처럼 살 수도 없는 노릇이고 말이야.'

천하를 얻기 위한 계책을 생각하는 것보다 여자들을 단속하는 일이 더욱 어려운 일 같았다.

그때 두 뺨이 잘 익은 복숭아처럼 붉게 상기된 화옥이 목풍아의 가슴을 더듬으며 말했다.

"서방님."

"왜?"

"저는 몇 번째 여자입니까?"

"그건 알아서 뭐 하게?"

"궁금해서 그렇습니다. 연경에서 여자를 떡 주무르듯이 하던 팔난봉 서방님께서 도대체 몇 여자를 건드리셨는지 궁금합니다."

"너는 이제까지 먹은 밥공기 수를 헤아릴 수 있겠느냐?"

"피."

"와하하하! 그렇지만 걱정 마라. 나는 아무 여자나 건드리는 사람이 아니야. 여자를 무척이나 좋아하지만, 재미로 건드리거나 하는 무책임한 사람은 아니란 말이다."

"황송합니다, 서방님."

화옥은 마음이 든든하였다. 그녀는 목풍아의 정실이 되길 바라지 않는다. 다만 가까이서 모실 수만 있다면 그것으로도 족하다 생각하고 있는 화옥이기에, 목풍아가 자신에게 일말의 책임감을 가지고 있다는 것이 든든하게만 생각되었다.

자신에게 찾아든 갑작스런 행복에 취해 있던 화옥은 갑자기 불안해졌다. 불행한 과거를 안고 살아왔던 화옥이었다. 호사다마(好事多魔)라 하였던가. 그 불안의 가운데에 왕구마의 모습이 떠올랐다.

"서방님, 왕구마란 자가 앙심을 품고 갔으니 어찌합니까? 그자가 무슨 짓을 저지를지, 행여 서방님을 다치게 하지는 않을까 걱정이 됩니다."

"이곳에서 그놈의 평판이 어떻지?"

"장가항에서는 악명이 높지요. 뇌물받는 것을 좋아하고, 워낙 악바리처럼 지독스러운 놈이라 상인들이 그놈 때문에 고생이 많답니다. 상인들에게 돈을 걸어 윗사람에게 상납을 하기 때문에 윗사람도 그놈을 잘 봐주고 있어 건드릴 수도 없답니다."

"상인들의 피를 빨아먹는 나쁜 놈이군."

"예. 그놈이 저와 저의 재산이 마음에 있어 그동안 저희 상회가 크게 피해를 입지 않았지만, 이제부터가 걱정입니다. 꼬투리를 잡아 저희 상회를 괴롭힐 것이 분명해요. 상단이 배를 이용하려면 반드시 수군의 허가를 받아야 하는데, 꼬투리를 만들어 괴롭힐 것이 분명하니 어쩌죠?"

목풍아가 씽긋 웃으며 말했다.

"걱정 말라구. 그런 자식이라면 이 세상에서 없어지는 것이 낫지. 기다려 보라고. 사흘 안에 그 자식을 이 세상에서 사라지게 만들어줄 테니 말이야."

화옥이 놀란 눈으로 목풍아를 바라보았다.

"설마 그자를 죽일 생각을 하시는 것은 아니겠지요? 그는 뒤를 봐주는 이들이 많은 관원이라, 만약 그런 일이 일어난다면 장가항이 발칵 뒤집힐 겁니다. 애꿎은 상인들이 피해를 볼지도 모른답니다."

"하하하. 아직도 나를 모르겠나? 그깟 조무래기 빈대 한 마리 잡는데 요란스럽게 집을 태울 필요까지는 없지."

"그, 그럼……."

"두고 보라구. 내가 그 후환거리를 어떻게 처리하는지……."

목풍아는 낄낄거리며 웃다가 다시금 화옥을 끌어당겼다.

다음날 목풍아는 명부에 서명을 한 상인 예닐곱 명과 일도를 데리고 수영(水營)으로 향하였다. 인파가 바삐 움직이는 대로를 위풍당당하게 걸어가던 목풍아는 옆에 따르는 일도에게 말했다.

"일도야, 내가 오늘 무엇 때문에 수군영으로 가는지 아느냐?"

"잘 모르겠습니다."

"잘 들어라. 나는 오늘 너의 복수를 하기 위해 수군영으로 간다."

"제 복수라니요?"

"이런, 벌써 잊어버렸단 말이냐? 어제 네 뺨을 때린 왕구마 말이다. 감히 내가 가장 신임하는 부하를 건드리고도 무사할 수 있을지 두고 보자구."

"대, 대장."

그렇지 않아도 어제 왕구마에게 당한 것 때문에 잠도 오지 않던 일도였다. 그 역시 싸움에는 일가견이 있는 까닭에, 왕구마가 관원만 아니라면 벌써 묵사발을 만들었을 것이다.

왕구마에게 억울하게 맞은 것 때문에 목풍아에게도 약간은 서운함을 가지고 있던 일도는, 목풍아의 말을 들으니 오괴와 독돈에게 빼앗겼던 이인자의 자리를 다시 찾은 것 같아 얼굴에 흐뭇한 미소가 피어올랐다.

"어떻게 하실 겁니까?"

목풍아는 손으로 목을 그었다.

"아니, 저를 때린 벌로 그렇게까지?"

"너를 때린 벌, 화옥을 넘본 벌, 나를 위협한 벌, 그리고 상인들을 괴롭힌 벌. 그 정도면 충분하지 않느냐?"

"대, 대장."

"감동은 왕구마가 처리된 후에 하거라. 나를 건드린 대가가 어떤 것인지 보여줄 테니 너도 잘 보고 있거라.”

일도가 눈치를 살피며 귓속말을 하였다.

“하지만 대장은 천자의 적이잖아요. 이곳은 적진인데, 더구나 수군영으로 그냥 막 가서도 되는 건가요? 저는 걱정이 되어서…….”

“헤헤헤. 등잔 밑이 더 어두운 법이다. 수군영까지 찾아와서 큰소리치는 사람을 설마 연왕부의 목 대인이라 의심하지는 않을 것이다.”

연왕과 담판을 벌일 때부터 목풍아의 담대함을 알고 있는 일도였지만, 적진에서 태평스럽게 나다니는 것을 보니 너털웃음이 절로 나왔다. 아마 저 뱃속에 남들의 수십 배는 되는 커다란 간이 차지하고 있으리라 생각하는 일도였다.

잠시 후 수군영으로 들어가자 목풍아는 수군도독과 면담을 청하였다. 상단과 수군과는 뗄레야 뗄 수 없는 금전적인 유착 관계가 얽혀 있으므로, 수군의 우두머리이지만 상인들의 면담을 거절할 수 없는 것이다.

잠시 후 장가항의 수군도독(水軍都督) 동준(童俊)이 밀실로 상인들을 불러들였다.

“너희가 떼 지어 나에게 면담을 청하다니, 도대체 무슨 일인가?”

목풍아가 포권을 취하며 말했다.

“저는 구룡상회의 신임 행수 목난봉이온데, 왕구마의 횡포를 참을 수 없어 이렇게 상공 대인을 찾아왔습니다.”

“왕구마의 횡포라니?”

“왕구마가 하루가 멀다 않고 찾아와 뇌물을 요구하니, 저희가 장사를 할 수 있어야지요. 대인께는 저희가 따로 바치는 것이 있는데도 자꾸 요구를 하시면 저희는 어떻게 먹고살 수 있겠습니까? 제발 선처를 해주십시오.”

동준이 모르는 일처럼 머리를 갸웃거렸다.

"그게 무슨 말이냐? 왕구마가 매일 찾아와 뇌물을 요구한다고?"

"예. 이번 달에만 저의 상회에 와서 은전 삼십 냥을 가져갔습니다. 여기 함께 온 상인들도 저와 비슷한 처지를 당하고 있습니다. 대인께서 돈이 부족하시면 일정액을 다시 정해주십시오. 매달 일정량을 바치고 있는데 그것이 적다고 자꾸 찾아와 장사를 방해하시면, 저희가 어떻게 살 수 있겠습니까? 제발 선처를 부탁드립니다, 상공 대인."

목풍아가 간절하게 손을 흔들며 포권을 취하였다.

수군도독 동준이 가만히 목풍아의 말을 들어보니 뭔가 이상하다. 그는 왕구마를 통해 매달 한 상회에 열 냥씩을 받아 챙기고 있었다. 열 냥이라 하더라도 장가항은 연안에 접하여 커다란 상단이 많이 들어선 곳이라, 매달 천 냥 이상의 거금이 수중에 들어오는 것이다. 그런데 상인들의 말을 들어보면 왕구마가 자신을 팔아 스무 냥이라는 거금을 몰래 빼돌렸다는 말이었다.

'말 잘 듣는 고양이가 아니라 머리 위로 기어올라 와 뒤통수를 치는 호랑이를 키우고 있었구나.'

울컥 화가 치밀었다. 자신을 팔아 야금야금 부를 챙기고 있는 왕구마에게 당했다는 것이 분하고 괘씸하였다.

"좋아. 내가 당장 알아보지."

동준은 당장 정청으로 나가 소리쳤다.

"여봐라, 왕구마를 당장 잡아들여라!"

잠시 후 왕구마가 포박당하여 정청으로 끌려 들어왔다. 그는 정청의 좌우에 상인들과 목풍아가 늘어서 있는 것을 보고는 고리눈을 뜨고 노려보았다.

왕구마가 정청에 무릎을 꿇고 엎드리자 동준이 소리쳤다.

"이 방자한 놈, 네가 매일 상단에 찾아가 뇌물을 요구하였다는 것이 사실이냐?"

"아, 아닙니다. 제가 어찌……."

목풍아가 손가락을 가리키며 말했다.

"상공 앞에서 거짓말 하지 마라. 네가 매일 매일 찾아와 우리의 돈을 강탈해 갔지 않느냐?"

일도가 손가락질하며 소리쳤다.

"이 자식아, 어제 네놈이 내가 준 돈이 적다고 나를 때렸지? 그깟 잔돈 몇 푼 가져가려고 무고한 상공 대인을 팔아? 흉악한 놈 같으니."

목풍아와 함께 갔던 상인들이 한목소리로 왕구마를 욕하였다. 어느 누가 들어도 왕구마가 한 일이 틀림없었다.

왕구마는 무릎걸음으로 동준에게 다가가 말했다.

"아닙니다, 아닙니다. 제가 어찌 상공을 팔아 그런 짓을 할 수 있겠습니까? 이것은 모함입니다, 모함."

동준은 화가 치솟았다. 자신을 팔아 뇌물을 받아먹고도 아니라고 변명을 일삼는 왕구마가 죽이고 싶도록 미웠다.

"그 말이 진실인지 아닌지는 네 집을 조사해 보면 판가름나겠지."

동준이 시립한 병사들에게 소리쳤다.

"여봐라, 당장 가서 왕구마의 집을 수색해 보거라!"

병사들이 우르르 왕구마의 집을 수색하러 가자 왕구마가 미소를 띠며 말했다.

"좋습니다, 대인. 집 안을 수색해 보시면 제 결백이 입증될 것입니다."

"좋아."

동준은 이를 갈며 병사들이 돌아오기를 기다렸다.

"이놈들! 나를 모함해? 어디 두고 보자. 내 결백이 입증된다면 네놈들을 가만 놔두지 않을 테다."

잠시 후 병사들이 돌아왔을 때 왕구마의 얼굴은 흙빛이 되고 말았다. 왕구마의 집에서 가져온 돈이 두 궤짝을 가득 채울 정도였던 것이다. 은전과 지전을 합하여 오천 냥이 넘는 양이었다.

"이, 이것은 모함입니다, 상공. 이것은 정말 모함입니다."

동준은 화가 치밀어 올랐다. 이런 것을 믿고 뇌물을 수금하게 한 자신이 어리석게 생각되었다.

"뻔히 증거가 있는데도 이렇게 잡아떼다니, 네놈은 정말 용서가 안 되는 놈이로구나. 여봐라, 이놈을 데려가서 당장 목을 쳐라."

"상공, 상공! 저는 억울합니다!"

동준은 다리에 붙어 억울함을 호소하는 왕구마를 차 쓰러뜨리고 소리쳤다.

"어서 이 자식을 데려가지 못해?! 꼴도 보기 싫다."

병사들이 왕구마를 달랑 들어 바깥으로 데리고 나갔다. 바깥에서 억울함을 호소하는 왕구마의 목소리가 잦아들고 있었다.

왕구마의 목소리가 들리지 않게 되자 동준이 상인들을 바라보며 말했다.

"내가 불민하여 너희에게 폐를 끼치게 되었구나."

목풍아가 재빨리 나서서 포권을 취하며 말했다.

"아닙니다. 상공께서 흉악한 왕구마를 공명정대하게 처벌해 주셨으니, 그저 감사할 따름입니다."

"이 돈은 어찌하지?"

"헤헤헤. 그것은 저희가 감사의 표시로 상공께 드리고 싶습니다."

"아이쿠. 그렇게까지?"

"앞으로도 저희 상인들을 잘 봐주십사 하는 뜻으로 봐주십시오."

동준의 얼굴에 미소가 감돌았다.

"어허. 이거 성의를 받아들이지 않을 수도 없고……."

상인들이 포권을 취하며 받아달라고 한목소리를 내었다.

"좋아, 좋아. 소원이 그렇다면 할 수 없지. 대신 나 역시 무언가를 해주지. 앞으로 일 년 동안 상인들에 대한 편의를 제공하도록 하겠다. 왕구마와 같은 자가 너희에게 돈을 뜯는 일이 발생하면 나에게 말하도록 하라. 내가 본보기를 보여줄 테니 말이다."

"감사합니다. 상공의 은혜가 태산과 같습니다."

목풍아는 동준의 기분을 한껏 좋게 만들어준 후 상인들과 함께 수영을 나왔다. 어느새 왕구마의 목이 수영 앞 공터에 있는 장대 끝에 매달려 있었다.

왕구마에게 많이 당했던 상인들은 장대 앞에서 침을 뱉으며 욕을 퍼붓다가 목풍아에게 감사의 인사를 하곤 뿔뿔이 흩어져 버렸다.

장대 앞에 서 있던 목풍아가 일도에게 말했다.

"일도야, 어떠냐?"

"마음 같아서는 저놈이 죽기 전에 마음껏 주먹질이나 했음 좋았을 텐데 아쉽습니다."

목풍아는 구룡상회를 향해 걸음을 옮겼다.

일도는 기분이 좋은지 연신 목풍아의 옆을 가벼운 발걸음으로 따르며 소곤거렸다.

"그런데 대장, 도대체 어떻게 된 것입니까? 저는 당최 어리둥절할 따름입니다요."

"뭐가 어리둥절하단 말이냐?"

"그 자식의 집에 받은 뇌물이 많다는 것을 어떻게 아셨습니까? 대장이 꾸민 일 아닙니까?"

"너는 아직도 몰랐느냐? 왕구마가 잡혀가자마자 오괴와 독돈이 돈 궤짝을 그 집 창고에 넣어두었지."

"아! 그래서 형님 두 분이 오지 않은 것이었군요. 대장이 왕구마 자식을 모함할 때 얼추 짐작은 하고 있었지만, 그렇게 감쪽같이 일을 벌이신 줄을 몰랐습지요. 그런데 대장, 왕구마를 잡기 위해 은전 오천 냥은 너무 큰 돈 아닙니까?"

"허허허. 너는 아직도 나를 모르겠느냐?"

"예?"

목풍아가 머리를 내저으며 말했다.

"그것이 바로 너의 한계다. 은전 오천 냥은 왕구마를 잡기 위한 것이 아니라, 수군도독을 잡기 위한 미끼란 말이다. 너는 설마 내가 한 가지만 생각하고 일을 벌이는 단순한 사람이라 생각하고 있는 것이냐?"

"아! 그건 아니지만……. 저 같은 놈이 대장의 머리를 어찌 따라가겠습니까? 안 그렇습니까?"

목풍아는 길을 걸어가며 말했다.

"일도야, 네가 나를 알게 된 것이 몇 년이냐?"

"대장이 열두 살 때였으니 오 년이지요."

"그래, 오 년이다. 내가 그동안 네 덕을 많이 보았다. 그 시간 동안 너는 나를 믿고 잘 따라주었지. 네가 나를 위해 목숨을 걸어주었던 것처럼 나 역시 너를 누구보다 가까운 부하라고 생각하고 목숨까지 걸 수 있단 말이다. 내가 너에게 어려운 일을 시키거나 구박하는 것은 모두 네가 그만큼 가깝기 때문에 그러는 것이고, 네가 더욱 크게 자랐으면 하는 마음에서 그러는 것이다. 천하는 넓고 인재는 많다. 승평현과 같은 작은 마을에서 네가 대단한 사람이었을지는 몰라도, 넓은 천하에서는 그저 그런 인물에 불과할 뿐이다. 큰 사람들과 어울리기 위해서는 큰 사람이 되어야 한다. 나는 네가 지금에 머물러 있지 말고 더욱 크게 되길 바란다. 왜 냐하면 너는 이 목풍아의 심복이기 때문이다. 그러니 앞으로도 사소한 일에 너무 마음 상하지 않았으면 한다. 사람이 작아 보인단 말이다, 알겠느냐? 목풍아의 부하답게 큰 사람이 되란 말이다.”

“대, 대장.”

일도는 걸음을 멈추었다. 갑자기 가슴이 찡하더니 눈물이 주르르 흘러내렸다. 스스로 가벼운 사람이 아니라고 생각하였다. 속이 좁은 사람도 아니며, 담이 작은 사람도 아니라 생각하였다. 그러나 목풍아와 함께 연경으로 올라온 후 상상할 수 없을 만큼 커져 가는 목풍아를 바라보며, 일도는 점점 작아져 가는 자신의 크기를 실감하였다. 그것은 목풍아에게 투정 아닌 투정으로 나타났고, 스스로도 자신답지 않다고 자문하게 만들었던 것도 사실이다.

목풍아는 자신감을 잃어가는 일도를 묵묵하게 바라보고 있었던 것이다.

자신에게 마음이 떠났다고 생각하던 일도는 여전히 가장 신뢰하는 심복으로, 함께 커나가기를 바라는 목풍아의 마음을 알게 되자 감정이 복받쳐 눈물이 흘러나온 것이다.

‘약한 사람이 되지 말자.’

굳게 다짐하며 눈물을 보이지 않으려 소매로 재빨리 눈가를 닦으니, 벌써 목풍아는 저만치 앞서 가고 있었다.

“대장, 같이 가요. 이 일도와 함께 가서야죠.”

일도는 가벼운 발걸음으로 목풍아에게 달려가 그의 앞길을 가로막는 사람들을 물리치며 길을 트는 것이었다.

다음날 아침 일찍 목풍아는 남경으로 출발하였다. 장가항에 들리는 이야기로 연왕의 전황이 심각할 정도로 나빠져 장가항에서 머물 수 없다

판단했기 때문이다.

목풍아는 떠나기 전에 화옥에게 앞으로 해야 할 일을 명하였다.

상인들에게 받은 금전 삼십 관 중 열 관은 양곡을 사서 연경으로 보내도록 하고, 열 관은 연경의 국고로 환수되도록 하였으며, 연왕에게 협력한 상인들의 이름을 적은 명부는 따로 하나를 더 만들어 주고치 왕자님에게 건네도록 명하였다.

남은 열 관은 목풍아가 남경에서 쓸 자금으로 충당하기로 하였으니, 각 상단의 뇌물 장부가 입수되는 대로 구룡상회의 행수를 남경으로 올려보내도록 명하였다. 그리고는 아침 일찍 남경으로 올라가는 구룡상회의 배를 타고 장강을 거슬러 올라갔다.

상선을 타고 간 까닭으로 강음(江陰)과 태홍(泰興), 양주(揚州) 등을 둘러보느라 엿세 만에 남경에 도착한 세 사람은, 즉시 성안에 위치한 조기의 주루로 찾아갔다.

남경의 성문 남쪽에 위치한 조기의 주루는 소요루(逍遙樓)라는 편액이 걸린 팔각으로 된 큰 삼 층 누각이었다.

목풍아가 일행과 함께 소요루로 들어가 사람들로 북적대는 삼층 난간 가에 앉아 있으니 점소이는 꾸벅 인사를 하고 주문을 받았다.

"이 주루의 주인을 만나고 싶은데?"

"예?"

"대장이 왔다고 말하면 아니까 그렇게 전해주게."

점소이는 머리를 갸웃거리며 꾸벅 인사를 하고는 주루 아래로 내려갔다.

목풍아는 천천히 누각 좌우로 펼쳐진 경관을 바라보았다. 누각은 제법 위치가 좋은 곳에 자리를 잡았다. 멀리 동쪽에 자금산(紫金山)이, 남쪽에는 우화대(雨花臺), 서쪽의 청량산(淸凉山)이 호위무처럼 남경을 에워싸고 있었다. 이런 지형적인 이점에 북쪽의 양자강이 합세하여, 남경은 말 그대로 철벽의 요새가 틀림없었다.

이곳은 과거에 금릉(金陵)이라는 이름으로 불리었으나, 진시황이 이 땅에 왕기(王氣)가 있다는 것을 알고 왕기의 맥을 절단하기 위해 구릉을 절단하고 말릉(秣陵)이라 이름 붙였다 한다.

삼국시대 유비의 진언에 따라 건안 십칠 년 손권이 이곳에 돌로 만든 성을 쌓고 건업(建業)이라 이름하였으니, 삼국시대 위나라 낙양(洛陽), 촉의 성도(成都)와 나란히 오의 건업(建業)은 천하의 중심지가 되었다.

그 후 오(吳), 동진(東晋), 송(宋), 제(齊), 양(梁), 진(陳) 여섯 왕조가 건업에 수도를 정하였으니, 이곳이 지형적으로 얼마나 중요한 자리인지는 역사를 통해서도 알 수 있었다.

목풍아는 장가항을 거슬러 올라가면서 장강 곳곳에 배치된 수군의 병선을 바라보며 착잡한 심정을 누를 길이 없었다.

연왕의 주력은 요동 지역에서 선발된 기마병이었다. 원나라 군사들을 상대하기 위해 만들어진 기마병이 승승장구하여 장강까지 왔다 할지라도 넓은 장강을 건너지 못하면 소용이 없는 것이다. 장강을 건너기 위해서는 수군이 필요하겠지만, 기마병이 주력인 연왕이 장강의 물길에 익숙한 수군과 상대가 될 수 있느냐란 문제가 있었다. 설사 수군의 벽을 넘더라도 천혜의 요지인 남경을 함락해야 한다는 부담도 있었다. 삼십만의 대군이 북경을 함락하지 못하였다. 성벽을 함락하는 일은 쉬운 일이 아니다. 더구나 지금은 연전연패의 상황. 끝이 보이지 않는 설상가상(雪上加霜)의 연속이었다.

얼마 전 동창의 대패는 연왕에게 상당한 타격이었음이 틀림없다. 모여든 병력들이 기세를 쫓아 흩어질 수도 있었다. 병력이 없다는 것은 연왕의 패배를 의미하는 것이다. 시급하게 전세를 바꿀 만한 계책이 필요하였다.

전세가 역전되어야만 목풍아가 생각했던 계책이 먹혀들 수 있는 것이다. 그때였다.

조기가 누각 위로 올라와 목풍아의 얼굴을 보고 깜짝 놀라 재빨리 다가와 머리를 굽혀 인사하였다.

"대, 대장께서 어쩐 일이십니까? 사전에 말씀을 해주시지……."

"일이 급하게 돼서 내가 내려올 수밖에 없었다. 그동안 맡은 일은 잘하고 있었나?"

"아… 그동안 열심히 하긴 했습니다만……. 이곳에 계실 것이 아니라 저의 거처로 가시죠."

"그럴까?"

조기는 소요루 뒤편에 위치한 이 층 집으로 목풍아를 안내하였다. 이곳이 조기가 거처하는 집이다.

넓은 마당 한가운데에서는 젊은 사내들이 열심히 무술을 연마 중이었다. 주루를 운영하기 위해 만들어놓은 사병들이 틀림없었다. 그들은 조기를 보자 꾸벅 인사를 하였다.

조기가 인사를 받는 둥 마는 둥 회랑을 따라 앞서가며 목풍아를 내실로 안내하였다.

훈훈한 온기가 도는 내실에 들어서자 목풍아가 일도의 안내로 상석에 앉았다.

"그동안 남경에서 터전을 일구느라 수고 많았다."

"별말씀을 다 하십니다. 그보다 상황이 생각보다 심각해 보입니다. 동창의 대패가 크게 작용한 듯합니다. 이대로 간다면 연왕에게 승산이 없어 보이는데, 어떡합니까?"

"그 때문에 내가 직접 남경에 오지 않았느냐?"

"생각하신 계책이라도 있으십니까?"

목풍아는 고개를 끄덕이며 말했다.

"일도야, 가져온 돈을 조기에게 주거라."

일도가 재빨리 등에 진 궤짝을 풀어 바닥에 내려놓고 상자을 열었다. 조기의 입이 쩌억 벌어졌다.

"이, 이건……. 이렇게 큰돈을……."

"반은 그동안 열심히 일을 잘해준 네 몫이다. 반은 조정의 벼슬아치들에게 들어갈 뇌물이지."

"대, 대장, 감사합니다."

"감사할 것 없다. 나는 내 부하가 나를 위해 해주는 만큼 확실하게 챙겨주는 사람이니까. 그것보다도 조정 내부의 공기는 어떤가?"

"동창에서 성용이 크게 이기고 나자 제태와 황자징을 다시 복귀시키려 하는 움직임이 일고 있습니다."

"그래?"

목풍아는 탁자를 두드리며 생각에 잠기었다. 조정의 실권은 사실 제태와 황자징이 잡고 있는 것이나 다름이 없었다. 패장인 이경융을 대장군으로 선임한 책임을 지고 물러난 것이지만, 조정 내에 그들의 세력이 이미 구석구석 자리잡고 있으며, 천자의 신임이 깊은 만큼 다시 복귀하는 것은 시간문제나 다름이 없었다.

생각보다 천자의 귀가 얇고 강단이 없는 것이 약점으로 생각되었다. 자신이 보낸 상소와 이경륭의 패보에 흔들려 제태와 황자징을 파면했던 천자가 상황이 좋아져 다시 두 사람을 복직시키려는 것을 보면, 그 점이 천자의 약점이 분명하였다.

"상소를 하나 올려야겠는데, 이름을 빌려줄 사람이 없을까? 명문가 출신의 몰락한 집안 사람이라면 적격인데……."

한동안 생각하던 조귀가 입을 열었다.

"적당한 사람이 하나 생각났습니다. 하원길(夏元吉)이라는 자인데, 진사에 합격하였지만 벼슬길에 오르지 못하고, 세상을 한탄하며 간간이 저희 가게에 찾아오는 사람입니다. 제가 그 사람의 재주를 높이 봐서 항상 술값을 공짜로 해주고 있는데, 이 사람이 적당하지 않을까 생각됩니다."

"그렇다면 그 사람을 데려와 보게."

조기가 하인을 시켜 하원길을 데려오게 하였다.

잠시 후 하원길이 하인과 함께 들어왔다. 허름한 옷을 입고 있으나 이목구비가 반듯하고, 눈빛이 반짝거렸다.

"저를 뵙자고 하셨다면서요?"

살짝 머리를 구부리며 포권을 취하는 하원길은 흔들림이 없었다. 과연 보는 안목이 있었다. 하지만 이 사람을 어떻게 자신의 편으로 만드느냐가 문제였다.

"예. 반가운 손님이 오셨기에 술자리에서 이야기를 하던 중에 하공이 생각나 소개를 시켜 드릴까 하여 이렇게 불러들였습니다."

목풍아가 자리에서 일어나 포권을 취하였다.

"반갑습니다. 저는 장가항에서 온 목난봉이라고 합니다."

"아, 저는 하원길이라 합니다. 이렇게 뵙게 되어 반갑습니다."

하원길은 까만 안경을 낀 소년이 뜻밖이라 신기하게 생각하며 자리에 앉았다.

"자, 자. 오늘은 특별한 손님이 찾아오셔서 가장 상등주를 내왔습니다."

조기가 얼른 하원길에게 술을 따라주었다. 하원길이 넙죽 술 한 잔을 마시고 말했다.

"아이구, 오늘 술이 참 맛있습니다."

술이 몇 순배 돌아간 후에 목풍아가 술병을 들어 하원길에게 따라주며 말했다.

"하 공, 남경에 존경할 만한 선비로 누가 있습니까?"

"방효유(方孝孺)가 있지요."

"한림원시강으로 있다는 방효유 말입니까?"

"예. 학문이 높고 행실이 바르기 때문에 많은 선비들이 그를 모범으로 삼고 있답니다."

"하 공께서도 그를 존경하십니까?"

"저도 별 볼일 없는 선비이니 그를 모범으로 삼고 있습지요."

목풍아는 갑자기 입 안에 머금은 술을 바닥에 뱉으며 조기에게 소리쳤다.

"뭐냐, 조기! 이따위 인물을 나에게 데려온 것이냐?"

하원길과 조기는 뜻밖의 행동에 어안이 벙벙하여 서로를 바라보았다.

"왜, 왜 그러십니까, 대장?"

하원길은 소요루의 주인 조기가 벌벌 떠는 모습을 보고 어리둥절하였다. 오괴와 독돈, 그리고 일도는 이 영악한 주인이 또 무슨 일을 벌이려나 보다 생각하며 말없이 지켜보았다.

"내가 언제 이따위 썩어빠진 선비를 데려오라 하더냐? 이런 작자는 필요없으니 어서 보내 버려라."

목풍아가 방방 뛰며 소리를 치니, 조기가 하원길의 얼굴을 보며 당황하여 어쩔 줄을 몰랐다.

하원길은 글줄깨나 읽고 기개가 있는 사람이라 자리에서 일어나 허리를 꼿꼿이 세우고 말했다.

"이보시오, 목 대인. 정말 황당하구려. 초면에 이렇게 모욕을 주시다니 기가 막힐 따름이오. 나도 이 자리가 좋은 것만은 아니지만, 내가 어째서 썩어빠진 사람인지 그 이유나 알고 봅시다.”

“좋아. 그렇다면 내가 이야기를 해주지. 잘 들어보라구. 자네는 맑은 물이 좋은가, 흐린 물이 좋은가?”

“맑은 물이 좋소.”

목풍아는 냉소를 하며 말했다.

“자네는 큰 물이 좋은가, 작은 물이 좋은가?”

“큰 물이 좋소.”

“이런 썩어빠진 인간 같으니라구. 조기에게 들으니 네가 벼슬 자리에 오르지 못하여 세상에 원망을 하더라는 이야기를 들었는데, 과연 네가 벼슬하지 못한 이유를 알 것 같구나. 퉤, 퉤.”

하원길은 얼굴이 새빨갛게 상기되어 말했다.

“이보시오, 목 공. 도대체 무슨 까닭에 나를 그렇게 매도하는지 알고 나 봅시다.”

“잘 들어라. 옛말에 선비는 하나를 보면 열을 안다고 하였다. 너는 방효유가 존경할 만한 선비라 하였는데, 내가 보기에 그는 발가락의 때만큼도 존경할 만한 사람이 아니다. 어째서 그런 것이냐? 선비의 본분이 무엇이냐? 힘들여 배운 학문으로 백성들에게 이득을 주는 것이 아닌가. 그런데 명이 세워지고 얼마 되지 않아 백성들이 안정해야 할 시기에 전쟁을 일으킨 죄, 수많은 백성들을 전장에서 죽인 죄, 생민들이 전쟁을 피해 다니는 난민이 되게 만든 죄. 그 죄가 하늘에 사무칠 만큼 큰데 선비랍시고 존경받는 것이 더욱 가증스럽다.”

“하지만 그것은…….”

목풍아가 하원길의 말을 끊었다.

“너는 금방 맑은 물이 좋다고 하였다.”

“그렇소.”

“큰 물이 좋다고 하였다.”

“그렇소.”

“선비는 일관된 마음이 있어야 하는데, 너는 그렇지 못하지 않은가? 큰 물은 맑은 물이 될 수 없다. 맑은 물은 또한 큰 물이 되지 못한다. 네가 큰 물이 되려면 흐린 물이 되어야 하고, 맑은 물이 되려면 작은 물이 되어야 한다. 그것이 백성을 이롭게 하는 것이다. 방효유는 나라의 큰 선비이면서, 백성을 이롭게 하지 못하는 작은 선비일 따름이다. 그것을 존경하는 너는 그보다 작은 선비일 따름이다. 그런 네가 어떻게 관직에 나가 백성을 이롭게 한단 말인가? 나는 너의 몇 마디에서 너의 그릇을 읽었다. 너는 나와 함께 이야기를 나눌 부류가 아니니 그만 물러가거라.”

듣고 보니 하나 틀린 말이 없었다. 작은 그릇이 큰 그릇을 바라고 있었던 것이다. 자신도 알지 못하던 자신의 실체를 단 몇 마디로 알아내 버린 목난봉이라는 사람이 대단하게 생각되었다.

“대인의 말이 구구절절 맞습니다. 생각해 보니 저는 뱁새 같은 인물이었군요. 그런데 대인은 도대체 무엇을 하시는 뉘신가요?”

“알 것 없소. 자신을 알았다면 이제 그만 물러가 보시오.”

목풍아가 차갑게 손을 내저었다.

“가기 전에 물어볼 것이 있습니다.”

“뭐요?”

“제가 큰 선비가 되려면 어찌하면 되겠습니까?”

목풍아가 고개를 돌려 하원길의 눈을 바라보며 말했다.

“내 밑에서 배워라. 그럼 백성들을 이롭게 할 선비가 될 수 있을 것이다.”

“내가 그대의 무엇을 믿고 배운단 말이오?”

"호호호. 조기도 내 밑에서 배우고 있는데, 네까짓 잡스러운 선비 나부랭이가 자존심을 세운단 말이냐? 자존심을 세운다는 것부터 글러먹었다. 나가라."

하원길이 조기를 바라보았다. 조기 같은 거상이 이 소년의 밑에서 배운다는 것부터 믿을 수 없는 일이었지만, 대장이라고 부르는 것하며, 그의 한마디에 쩔쩔 매는 것을 보면 틀림없는 사실이 분명하였다.

'도대체 이 소년이 무엇이기에……'

그러고 보니 그 뒤에 서 있는 세 사람도 보통 사람은 아닌 것 같았다. 까만 안경을 쓴 키가 큰 괴인과 얼굴에 칼자국이 난 사나이는 무심하게 팔짱을 끼고 목풍아의 등 뒤에 석상처럼 움직이지 않고 서 있었다.

"네가 백성들의 고통을 치료할 수 있는 선비가 되고 싶다면, 내 부하가 되어 배워라. 학문이란 백성을 위해 존재하는 것. 방효유는 사리사욕을 위해 학문을 배운 사람이다. 네가 그런 사람이 되고 싶다면 돌아가라. 아마 평생을 방효유 같은 썩은 선비에서 벗어나지 못할 것이니 말이다. 하하하!"

목풍아가 앙천대소를 하였다.

하원길은 목풍아를 노려보며 입을 앙다물었다. 하지만 그 말이 나쁘게만 와 닿지는 않았다.

한림원시강의 자리에 있으면서도 천자에게 제대로 된 정책을 내놓지 못하는 것이 방효유였다. 백성들에게 인망은 드높았지만, 그것이 정책과는 연결되지 못한다. 그리 보자면 방효유가 배운 학문은 쓸모없는 것일 수도 있는 것이다.

"나는 제대로 된 선비가 되고 싶소."

"그렇다면 나에게 배워라. 배움의 대가는 충분히 지불되도록 약속하겠다."

"좋소, 배우겠소. 그전에 그대가 나에게 어떤 대가를 지불할 것인지 먼저 알고 싶소."

"장사꾼처럼 말하는군. 그전에 네 재주를 먼저 보여주는 것이 도리가 아닐까?"

"어떤 재주를 보여주면 되겠소."

"진사 시험에 합격하였다니 글재주를 한 번 보여다오."

"좋소. 어떤 것으로 보여주면 되겠소?"

"소문(疏文)으로 하지. 한 장의 상소를 써보라."

목풍아는 탁자 위에 종이를 펼쳐 놓고 입을 열었다.

"주제는 역사에 어떤 이름을 남길 것이냐, 하는 것이다. 첫 번째 주제는 제태와 황자징을 복귀시킬 문안, 두 번째 주제는 천자와 연왕이 싸움을 그만두게 할 만한 문안이다. 할 수 있겠느냐?"

"좋소."

하원길은 굳은 표정으로 목풍아를 바라보았다.

잠시 후 그는 붓에다 먹물을 듬뿍 찍어 글을 쓰기 시작하였다.

초야에 묻혀 살고 있는 진사 신 하원길은 삼가 엎드려 두 번 절하옵고, 죽음을 무릅쓰고 천자 폐하께 아뢰나이다.

대체로 뜻이 있는 인군은 반드시 존경하고 신임하는 신하가 있어 서로 친함이 부자(父子) 같고, 서로 얻는 것이 고기와 물과 같고, 서로의 조화가 음률의 궁상 같고, 서로 맞는 것이 계부(契符)와 같이 된 연후에는 말이 쓰이지 않음이 없고, 도(道)가 행하지 않음이 없으며, 일이 이루어지지 않음이 없으니, 요가 순에게, 순이 우·고요에게 탕이 이윤에게, 무경이 부열에게, 문왕이 태공에게 한 것이 이것입니다.

한고조(漢高祖)가 빈천한 한신(韓信)을 굳게 믿은 끝에 한나라를 세울 수 있었던 것이니, 이는 임금과 신하의 지극한 정이 드러난 것입니다. 병가에 흔히 일어날 수 있는 일로 제태와 황자징 두 사람을 물리친 것은, 실로 군신 간의 정이 소원해지는 일이 아니겠습니까. …중략… 엎드려 생각하면 신은 사리에 어두운 선비인데다 산과 들판에서 자라나 천지간의 큰 이치를 모릅니다. 하지만 훗날 역사에 상고될 폐하의 모습을 생각하면 붓을 들지 않을 수 없었기에, 신은 감히 어리석음을 무릅쓰고 엎드려 상주 하나이다.

하원길이 쓴 상소를 읽어본 목풍아는 흡족한 얼굴로 조기에게 상소문을 넘겼다.

"좋아, 잘 썼어."

조기가 상소를 접어 품속에 넣었다.

"글재주는 되었지만, 대세를 보는 눈을 배워야겠어."

하원길이 말했다.

"목 대인께서 나를 놀리는 게요?"

목풍아는 머리를 내저었다.

"아니, 자네의 실상을 보여주려는 것뿐이야. 자네는 정치가 무엇이라고 생각하는가? 이런 글 나부랭이라고 생각하는가?"

"아니오. 정치란 백성들의 삶과 연관되는 것이 아니겠소."

"그럼 정치를 배우려면 무엇을 먼저 배워야 하겠소?"

"……"

정치를 하기 위해 글을 배운다 하면 분명 목 대인에게 욕을 얻어먹을 것이 분명하였기에, 하원길은 말없이 목풍아를 바라보았다.

"보라, 모르지 않는가?"

"그대는 안단 말이오?"

“내가 찬찬히 가르쳐 줄 테니 잘 듣게. 백성들이 살아남기 위해 무엇을 먹어야 하는가?”

“밥을 먹어야 합니다.”

“밥만 먹는가?”

“고기도 먹고, 술도 먹고, 옷도 입고, 신발도 사 신어야 하겠지요.”

“그럼 그 모든 것을 돌아가게 만드는 것이 무엇인가?”

“돈이오.”

목풍아가 탁자를 치며 소리쳤다.

“그렇지! 그대가 정치를 알기 위해서는 먼저 돈을 알아야 하는 거요. 돈이 돌아가는 방향과 흐름을 알 때 비로소 백성들에게 유익한 관리가 될 수 있는 거요. 지금 관리들은 어려서부터 글만 읽어 문장이나 쓸 줄 알았지, 백성들의 삶과 직결되는 돈의 흐름에 대해서는 문외한들이지. 그러니 백성들의 삶이 어려워지는 거야.”

하원길이 고개를 끄덕하였다.

“그도 그렇군요.”

“이런 젠장. 그렇군요가 아니라 그런 거야. 아무래도 자네는 더 배워야겠어. 더 배운 후에 내가 말했던 배움의 대가를 가르쳐 주도록 하지.”

하원길은 이를 앙다물고 목풍아를 바라보았다. 이것은 자존심의 문제였다. 여기서 물러난다면 방금 전에 자신이 하였던 소문의 시험이 산산이 날아가는 것이다. 더불어 자신에게 막말을 마구 해대는 목난봉이라는 자가 얼마나 대단한 사람인지 자신의 눈으로 확인해 보겠노라는 결심이 생겼다.

“좋소. 내가 무엇을 먼저 배우면 되겠소?”

“장사를 배워라.”

“장사를 배우란 말이오?”

“장가항에 가면 구룡상회란 포목점이 있다. 그곳에 가서 내 이야기를 하고 장사를 배우도록 하란 말이야. 아마 돈의 흐름을 아는데 큰 도움이 될 거야. 그곳에 가는 경비는 조기가 마련해 줄 테니 가족이 있다면 모두 데리고 가도록 하라구.”

진사 출신의 선비에게 장사를 배우라 하는 것이다. 장사꾼은 돈이 있다뿐이지 실제 농민보다 신분이 높은 것도 아니었다. 홍무제의 농본주의 정책은 농민들에게 우선권을 부여하고, 상업인들의 권한을 상당 부분 박탈하였으므로 농민들도 입을 수 있는 비단옷을 상인들은 입을 수 없게끔 만들어놓았던 것이다.

홍무제가 죽은 후 상인들도 슬금슬금 비단옷을 입고 다니기는 하였지만, 상인들의 지위가 그리 좋은 것은 아니었다.

‘먼저 자신을 낮추라는 말인가? 하지만 목난봉을 어떻게 믿을 수 있단 말인가? 소요루의 주인인 조기의 주인이라는 것밖에는 아무런 정보도 없지 않은가. 정말로 내가 목난봉에게 많은 것을 배울 수 있을까?

마음속에서 수많은 생각이 교차하였다. 그때였다.

“선비들의 문제는 바로 이런 것이라니까. 이리 재고 저리 재다 보면 시간은 흘러가 버리지. 배가 떠난 후에 검을 찾으려고 강바닥을 뒤지는 것 또한 어리석은 선비들의 폐단이야. 쯧쯧쯧.”

마치 하원길의 마음속을 들여다보듯이 이야기를 하고 있었다.

“그뿐 아니야. 어리석은 선비들의 특징이 하나 더 있는데, 너무 머리를 많이 써서 배를 산으로 가게 한다는 거지. 개 코도 아닌 일을 이렇게 신중하게 생각한다고 꾸물거리다가 시기를 놓쳐 버리지. 그럼 그 탓을 상대방에게 돌려요. 참, 기가 막힌 일이지. 사소한 일을 처리하는데 그 정도이니, 큰일이 닥치면 허둥지둥 무엇을 할지 몰라요. 참, 도망은 잘 가더라. 와하하하!”

앞에 앉아 있는 목난봉이라는 자는 조정의 관료와 자신에 대해 거리낌 없이 신랄한 비판을 하고 있는 것이다. 화가 날 만도 하였는데, 이상하게도 화가 나지 않았다. 그만큼 목풍아의 말은 사리에 맞았다.

목풍아는 탁자를 두드리며 하원길을 바라보았다.

"이봐. 바다는 낮은 데 있기 때문에 천하의 물을 품을 수 있는 거라구. 높은 곳에서 잘난 체하고 있다고 천하의 물을 알 수 있는 것이 아니야. 차가운 바람만 맞을 뿐이라구. 선택하게. 그냥 몸을 돌려 나가든가, 아니면 내 말을 믿고 상인이 되어보든가."

절절히 가슴에 와 닿는 말이었다. 낮은 곳에 처하여 천하의 돈의 흐름을 알아가는 것도 나쁜 일은 아니라 생각하였다. 상인의 길로 들어서지만 사대부 신분은 어디로 날아가는 것이 아니다. 자신이 모르던 무언가를 배워 자신이 커질 수 있다면 그것으로 만족한다 생각하였다.

"좋소. 그대를 믿고 상인이 되어보겠소."

"좋아, 좋아. 그런데 나를 믿는다면 앞으로 나를 대장이라 불러야 돼. 그렇지 않으면 사부님으로 부르던가."

"좋습니다. 그럼 앞으로 대장이라 부르겠소."

"좋아. 그렇다면 내 술을 받아라."

목풍아는 술병을 들었다.

하원길이 두 손으로 술잔을 들어 목풍아에게 술을 받아 한입에 털어 넣었다.

"좋아, 좋아, 하원길. 마음에 든다. 앞으로 잘 배워라. 후일 좋은 날이 틀림없이 있을 것이니 말이다."

목풍아는 조기에게 명하여 하원길을 돌려보내도록 하였다. 조기와 하원길이 나가는 뒷모습을 바라보던 목풍아가 중얼거렸다.

"화옥이 장사꾼으로서는 수단이 없어 걱정하였는데, 뜻밖에 인재가 들어오게 되었으니 구룡상회는 머지않아 흑자로 돌아서겠는데? 좋아, 좋아. 그러고 보면 나는 참 운이 좋은 사람이란 말이야."

껄껄거리며 웃던 목풍아가 고개를 돌려 뒤편에 서 있는 일도에게 말했다.

"일도야, 너는 하원길을 보면서 배운 것이 없느냐?"

"……."

일도는 머리를 벅벅 긁었다.

목풍아가 다시 술잔에 술을 따르며 말했다.

"조기가 사람을 보는 눈이 틀리지 않았어. 하원길은 도량이 큰 사람이다."

목풍아는 일도에게 말했다.

"일도야, 큰 사람이 되기 위해서는 먼저 자신을 버려야 하는 거다. 끈기와 인내심으로 자신의 노기를 참으면서, 안으로 자신을 돌아봐 자신의 문제점을 찾아내는 것이지. 그리고 그 문제점을 찾았다면, 자신의 단점을 버리는 것을 어렵게 생각하지 않아야 하는 것이다. 그런 점에서 보면 하원길은 뭔가를 배우기 위해 기꺼이 자신을 버리는 것을 마다하지 않는 큰 사람이었다. 너도 내 수하의 한 사람으로, 하원길과 같은 사람이 되기 위해 노력해야 할 것이다. 알겠나?"

일도는 다시 한 번 숙연해졌다. 목풍아와 어울리는 사람들을 알아갈수록 점점 격차가 커져 가는 것을 실감하였다.

"대, 대장. 저는 글도 잘 모르고 한평생 싸움만 하였지만, 무예가 오괴나 독돈 형님처럼 출중하지 못합니다. 제가 큰 사람이 되기 위해서는 어떻게 해야겠습니까? 저는 도무지 모르겠습니다."

"너는 양옆에 훌륭한 스승을 놔두고 나에게 그 물음을 찾으면 어떡하느냐?"

일도는 오괴와 독돈을 흘깃 바라보았다. 오괴와 독돈 역시 일도에게로 고개를 돌렸다.

목풍아의 말은 오괴와 독돈에게 배우라는 것이다. 그러나 일도를 바라보는 두 사람의 인상이 좋지 않다.

"헤헤헤. 두 분 형님들, 저에게 무예를 가르쳐 주시지 않겠습니까? 대장께서 그렇게 하길 바라는 것 같습니다만……."

두 사람이 일제히 고개를 돌렸다. 오괴와 독돈은 중원에서 손가락 안에 드는 엄청난 고수였으며, 나름대로 자부심이 대단한 사람들이었다. 그런 까닭에 그들의 전인(傳人)이 단순한 머리를 가진 일도가 되는 것을 바라지 않는다.

'저 바보 같은 놈…….'

일도의 행동을 지켜보던 목풍아는 머리가 지끈지끈하다. 방금 전 하원길의 예를 들어 이야기해 주었건만, 수단도 없고 단순하기만 한 일도를 보자니 안타까울 따름이다.

일도는 두 사람과의 친함에 의지해 자신이 먼저 몸을 낮추는 것을 모른다. 그러니 어떤 사람이 일도에게 무공을 가르쳐 줄 것인가.

일도의 어리석은 행동을 지켜보던 목풍아는 답답한 마음에 술잔을 들어 훌쩍 마셨다.

그때 하원길과 함께 나갔던 조기가 허겁지겁 돌아와 자리에 앉았다.

"하원길이 쓴 상소를 줘보게."

조기가 품속에서 상소를 건네주니 목풍아가 상소를 펼쳐 보다가 붓을 들었다.

"교묘하지가 못해. 마음만 담았을 뿐 상대방을 설득하는 요령이 부족하다. 이 정도로는 안 돼."

목풍아는 글 가운데 한고조(漢高祖) 유방이 혈족들을 친왕으로 세워놓았다가 한나라가 흔들릴 때 친왕의 핏줄인 무제(武帝)가 나타나 후한을 세워 장수한 왕조가 된 것과 위(魏)나라 왕 조비(曹조)가 아우 조식을 핍박하여 물리쳤다가, 마침내 단명한 왕조가 된 고사를 비교하여 놓고, 역사에 불의(不義)한 이름을 남길 것인가 하는 물음을 써놓았다.

통속적으로 교훈적인 이야기보다 옛 고사의 인용은 상대방을 설득시키는 가장 큰 요소였다. 특히 상주문인 경우에는 천자를 설득시키는 가장 효과적인 방법이었다.

제태와 황자징을 복귀시키라는 내용이 주를 이루면서 살짝살짝 핏줄끼리 싸워 단명한 왕조가 될 것이냐? 그로 인하여 역사에 불의한 이름을 남길 것인가? 하는 원론적인 물음을 황제에게 물어 연약한 천자의 마음을 흔들고 있는 것이다.

제태와 황자징 세력들의 비위에 맞춘 상소문이므로 공론도 하원길의 편을 들 것이 틀림없었다. 귀가 얇은 황제가 공론에 맞추어 연왕에게 유리한 한마디만 해준다면 상황은 반전될 수 있는 것이다.

목풍아는 다시 수정한 상소문을 한 번 읽은 후 조기에게 건네주었다.

"이 상소는 자네가 책임지고 천자가 바로 볼 수 있도록 하게. 시간이 없어."

환관들을 이용하라는 말이었다. 조정으로 올라간 상소가 천자의 손에 닿게 되는 것은 하늘의 별 따기나 마찬가지였다. 한림원을 거쳐 조정의 고위 벼슬아치의 정책과 이해득실이 맞는 연후에 천자에게 갈 것이니 넉넉하게 잡아도 두 달 이상 걸릴 것이 틀림없었다. 그러나 조기가 가까이 한 환관들을 통하면 바로 내일 아침이면 목풍아의 편지가 천자의 집무실에 놓일 수 있을 것이다.

"예, 염려 마십시오."

조기가 목풍아의 상소를 품에 넣고 싱긋 웃었다. 일 년 반 동안 공들인 시간이 서서히 보상을 받기 시작하는 것이다.

연왕의 전황이 불리하지만 목풍아가 남경에 나섰으니 앞으로 급격한 변화가 일어날 것이 틀림없었다. 조기는 목풍아가 백만 대군 이상의 위력을 가지고 있음을 알고 있다. 이제 그가 남경에서 일을 벌이고 있으니 남경에 엄청난 변화가 일어날 것이라 예감하였다. 그 변화의 끝에는 남경의 중심가에 주루를 열고 있는 자신의 모습이 보이는 것이다.

다음날 조기의 발 빠른 처신으로 목풍아가 고친 상주문이 천자의 손에 들어갔다.

목풍아의 예상이 기가 막히게 맞아떨어져서 얼마 후에 제태와 황자징을 복귀하는 천자의 조서(詔書)가 내렸다. 그 가운데 이러한 내용이 있었다.

한집안까지 무력으로 싸움을 벌인다는 것은 매우 유감스럽고 상서롭지 못한 일이다. 짐에게 숙부를 죽였다는 악명을 씌우는 일이 없도록 할 것이니라.

목풍아는 이 조서의 내용을 보고 배를 잡고 웃었다. 사기가 하늘을 찌르는 조정의 군사들이 이 내용의 조서를 보면 어찌 되겠는가? 천자는 동창의 싸움으로 연왕의 기세를 꺾었다 생각하였을 것이다. 조정 내부에서도 이제는 전쟁이 끝났다고 앞 다투어 아부를 하며 천자의 위세를 한껏 부추겼을 것이 틀림없었다.

벌써부터 승부가 끝이 났다고 장담하는 신하들의 아부와 그 아부에 넘어간 우유부단한 천자. 구중궁궐 가운데 있는 천자는 그런 이야기를 들으며 마음이 약해졌을 것이다. 더구나 하원길의 상소를 보았다면 천자는 역사에 불의한 이름이 남느냐, 하는 명분의 문제로 고심을 하였을 것이 틀림없었다. 이틀 만에 내린 용단에서 천자는 실리보다는 명분에 무게를 두고 말았다. 그것은 목풍아가 바라는 의도의 조서로 나타난 것이다.

"와하하하! 정말 황제는 바보가 틀림없다. 이 내용이라면 연왕을 죽이는 자는 역적이 된다는 말이 아닌가. 천자의 군사들이 화살 하나라도 제대로 쏠 수 있겠는가? 하하하! 이제 상황은 반전이다."

목풍아의 장담대로 조서가 내려진 다음달 성용의 군사는 처참하게 대패당하여 덕주(德州)로 밀려나게 되었다.

성용이 이것을 불만으로 생각하여 상소를 올렸지만, 천자가 한 번 내뱉은 말을 번복하는 일은 없었으므로 무시되고 말았다.

천자가 내린 한 장의 조서로 전장의 상황은 거꾸로 돌아가고 있었으니, 따뜻한 봄이 찾아온 남경은 따사로운 햇살 아래 평화롭기만 하였다. 내실 앞에 있는 산수유꽃이 노란 잎을 터뜨리는 것을 보고 목풍아는 나른함을 참지 못하고 바깥으로 나왔다.

남경에 올라온 지도 어느덧 보름이 다 되어가고 있었다. 산천은 파랗게 물이 들고, 가녀린 수양버들이 바람에 하늘하늘거리는 것을 보고 있으려니 좀이 쑤셔 견딜 수가 없는 것이다.

천자의 조서로 연왕은 한시름 놓은 것이나 다름이 없었다. 이제 문제는 연왕이 파죽지세의 기세로 남하하는 일이었다. 그러나 오십만에 달하는 천자의 군사들을 차례차례 격파하며 오는 것이 그리 쉽지는 않으리라. 급할수록 돌아가라는 말이 있듯이 목풍아는 언제나처럼 느긋하게 조기가 경영하는 소요루에 올라가 차를 마시며 사람들의 이야기를 들었다.

대낮이라 술을 마시러 오는 사람은 드물고 대부분 차를 마시며 한담하는 사람들이라 크게 대단한 이야기도 없어 심심하던 차에, 남문 성벽 아래에 사람들이 와글와글 모여 있었다.

좀이 쑤신 판이라 일도에게 무슨 일인지 알아보고 오도록 하니, 쏜살 같이 다녀온 일도가 숨을 몰아쉬며 말했다.

"대장, 바깥에 절세미녀 하나가 자신을 팔고 있습니다요. 아버지의 시신을 장사 지낼 비용으로 은전 만 냥을 주면 자신까지 팔겠다 하네요."

"은전을 만 냥이나?"

"정말 대단한 미인입니다요. 그런데 너무 거금을 요구하기에 사람들이 구경만 하고 있을 뿐 선뜻 나서는 사람이 없습니다."

호기심이 동하였다. 따뜻한 봄날에 별로 할 일도 없고 좀이 쑤시던 터라 일도의 말에 목풍아는 몸을 일으켰다.

"그럼 만 냥짜리 미인의 얼굴을 구경하러 가볼까?"

목풍아가 자리에서 일어나 성큼성큼 걸음을 옮겼다.

따뜻한 봄날이라 목풍아는 금박이 수놓인 하얀 비단옷을 입고 부채를 하나 들었다. 까만 일산안경을 알아보는 사람이 있을 것 같아 오괴와 독돈은 조기의 집에 남겨놓고 일도만 데리고 남문 성벽 앞으로 어슬렁거리며 다가갔다.

과연 높은 성벽 앞은 사내들로 인산인해를 이루었다. 일도가 사람들을 떠밀어 만든 길로 가까이 가보니 아리따운 소녀 하나가 거적에 싸인 시신 옆에서 이를 앙물고 결연한 얼굴로 앉아 있다.

거적 위에 붙여진 종이에는 아버지의 장례를 위해 자신을 판다는 글과 함께 만 냥이라는 가격이 버젓하게 붙여 있다.

이십 냥만 있어도 남들보다 호화롭게 장례를 지낼 수 있을 텐데, 굳이 만 냥이나 필요한 이유가 궁금하였다.

"저년이 아버지를 팔아 팔자를 고치려고 하는 것이 분명해."

옆에서 사내들이 수군거리는 소리가 들려왔다. 누구나 그렇게 생각할 것이 분명하였다.

목풍아가 눈을 찡그리며 소녀를 자세히 바라보았다. 백옥 같은 피부와 날씬한 허리, 가늘고 긴 손마디가 먼저 눈에 들어왔고, 얼굴을 자세히 바라보니 계란처럼 동그란 얼굴에 마늘쪽 같은 콧날이 복스럽게 보인다. 꽉 다문 입술에서는 뭔가 알 수 없지만 굳은 의지가 엿보이는 것이, 뭔가 사연이 있는 것 같았다.

"헤헤헤. 어떻습니까, 대장? 정말 미인이 아닙니까?"

"미인이긴 하지만 누가 만 냥이나 되는 거금을 들여 저 여자를 사겠느냐?"

그때였다. 소녀가 옆에 있던 붓을 들어 일(一) 자 아래에 다시 일(一) 자를 써 붙였다. 순식간에 가격이 이만 냥으로 늘어났다.

"저런 미친년이 있나?"

"죽은 아버지를 가지고 떼돈을 벌 심보 아냐?"

사내들이 저마다 욕을 하고 침을 뱉으며 뿔뿔이 흩어지기 시작하였다. 빼곡하던 사람들이 하나둘 사라지고, 이제 그녀의 주위에는 구경하는 남자 몇 명과 목풍아만이 덩그러니 있었다.

목풍아는 그녀의 앞에 서 있다가 가만히 몸을 숙여 앉았다. 그리고 소녀를 빼꼼히 바라보았다. 호기심이 동하였다. 그러고 보면 이 소녀의 간담이 보통은 아닌 것이 틀림없었다. 쓸데없는 파리 떼를 쫓기 위해 이만 냥을 내건 것이 틀림없었다. 자신의 심기에 맞지 않는다면 일(一) 자를 더 쓸지도 모르는 일이다.

"이봐, 네 이름이 뭐냐?"

소녀가 목풍아를 힐끔 보다가 도도하게 고개를 돌렸다. 마치 네깟 게 자신을 살 수 있느냐고 말하는 것 같았다.

목풍아가 코웃음을 치며 말했다.

"헤헤헤. 좋아, 좋아. 말하기 싫다면 할 수 없군. 그렇다면 내가 제안을 하나 하지. 내가 묻는 말에 대답해 준다면 은전 백 냥을 주지."

소녀가 고개를 돌려 목풍아를 바라보았다. 말 한마디에 은전 백 냥을 준다는 것은 말처럼 쉬운 일이 아니다. 그만한 재력이 있다는 것을 반증하는 말이었다.

"그런 눈으로 보지 말라구. 다시 물어보지. 네 이름이 뭐지?"

굳게 다문 입술이 열렸다.

"하소선(荷小仙)."

"와하하하! 예쁜 이름이군."

목풍아는 일도를 바라보며 고개를 끄덕하였다. 돈을 건네주라는 의미를 깨닫고 일도가 재빨리 품속에서 백 냥 지전(紙錢)을 꺼내 하소선에게 주었다.

지전을 받아 든 하소선의 눈이 휘둥그레졌다. 정말로 백 냥짜리 지전이었다. 이름 석 자를 말했을 뿐인데, 정말로 백 냥을 지불해 준 것이다. 처음부터 믿지는 않았지만 정말 백 냥을 받게 되니 어안이 벙벙하였다.

"이만 냥이면 장례 비용으로 많지 않은가?"

"아니."

또다시 일도가 백 냥을 꺼내 주었다. 옆에 있던 사람들이 목풍아가 척척 거금을 꺼내 주는 것을 놀란 눈으로 바라보았다.

"네가 과연 이만 냥의 값어치가 있을까?"

하소선은 목풍아의 눈을 노려보았다.

"내가 보기엔 아닌데?"

"……."

목풍아는 자리에서 일어나며 부채를 펼쳤다.

"나는 네가 이만 냥을 받을 수 없다고 본다. 사람이란 가치를 끌어올릴 수 있지만, 지금의 네 상태로는 이만 냥의 가치를 받을 수 없을 것처럼 보이는데? 시간 낭비하지 말고 시신이 썩기 전에 잘 처리하거라. 파리 떼 몰려온다."

목풍아는 설렁설렁 걸음을 옮겼다.

"이봐요. 그럼 내 가치가 그대의 눈에 얼마만큼으로 보이나요?"

목풍아는 걸음을 멈추었다.

"글쎄. 내가 보기에는 가치의 문제가 아닌 것 같은데?"

"그, 그럼……."

"재력의 문제가 아니라 힘의 문제 같군. 맺힌 원한이 있는가? 와하하하! 내가 틀렸는가? 참, 날씨가 따뜻하니 시신이 빨리 부패될 거야. 냄새 피우지 말고 아버지 장례부터 치르라구."

목풍아는 하소선의 두 마디를 가격으로 쳐서 이백 냥을 치르곤 소요루로 돌아갔다.

"대장, 삼백 냥이 덧없이 날아갔습니다요."

"가만히 있어봐. 이만 냥이 날아올 테니 말이야. 삼백 냥 투자해서 이만 냥 건졌다면 수지 본 장사가 아니냐?"

일도는 목풍아의 말을 이해하지 못하여 고개를 갸웃거렸다.

소요루로 돌아오자 조기가 밝은 얼굴로 목풍아를 반겨 맞았다.

"대장, 반가운 소식이 있습니다."

"뭐냐?"

조기가 삼층의 한적한 난간 옆의 좌석으로 목풍아를 데려가 말했다.

"연왕께서 연전연승을 거두시고 계시다는 소식입니다. 고성(藁城)에서 오걸과 평안의 군사들이 크게 패하여 진정(眞定)성 아래까지 쫓겨내려 갔다 합니다."

"천자가 연왕을 설득할 신하를 보내지 않았나?"

"대리소향(大理少鄕) 설암(薛嵓)을 보내 전쟁을 그만두자고 제의하였다 합니다만, 연왕께서 거절하셨다 합니다."

"흐흐흐. 역시 전하는 강단이 있단 말이야."

"대장, 이제 상황이 어떻게 될 것 같습니까?"

"전하가 천자의 제의를 거절하였다는 건 이길 자신이 생겼다는 말이다. 확실히 천자의 조서는 상황을 반전시키는 계기가 되었다. 하지만 천자의 군사들이 적지 않으니 장강까지 남하하는 일이 쉬운 일은 아닐 게야. 우리는 남하하기를 기다리는 수밖에 없어. 일은 그 다음부터 시작될 테니 그동안 꾸준하게 환관과 줄을 만들어놓도록 하게."

"예."

"자, 자. 전세가 반전되었으니 밝은 앞날이 보이는 것 같다. 그런 의미에서 우리도 자축연을 열어야지?"

"그럼요. 제가 미리 준비를 시켜놓았습니다."

조기는 삼층 누각을 폐쇄시키고, 이곳에 술과 안주를 푸짐하게 가져오게 하여 자축연을 베풀었다.

서녘 하늘에 붉은 노을이 지더니 땅거미가 스멀스멀하게 깔리며 날이 서서히 저물었다. 누각 안에 화려한 등롱을 밝히며 산들바람을 맞으니 흥이 절로 났다. 문득 당대 말기 시인 두목(杜牧)의 '강남의 봄[江南春絶句]'이라는 시가 떠올랐다.

강남 천 리에 꾀꼬리 울고 꽃 화사하게 피었는데[千里鶯啼綠映紅(천리앵제녹영홍)],

강촌 산골 주막에 깃발 펄럭이네[水村山郭酒旗風(수촌산곽주기풍)].

남조 때 지은 사백팔십사찰엔[南朝四百八十寺(남조사백팔십사)]
수많은 누대들이 이슬비에 젖는구나[多少樓臺烟雨中(다소누대연우중)].

시 한 수를 읊고 있으려니 온갖 생각이 교차하였다. 육조(六朝) 당시 가장 전쟁이 적었던 양(梁)무제 때에 이 땅은 불교의 전성시대였다. 평화로운 시기에 이곳에는 화려한 불사가 창건되고, 사람들은 간만에 찾아온 따뜻한 봄과 같은 평화를 누리고 있었을 것이다. 그러나 그도 잠시, 양무제 말기에 나라는 혼란에 빠지고 후경(侯景)이 반란을 일으킨 후 남경은 철저하게 파괴되었다. 양의 뒤를 이은 진(陳)대에 다시 복구된 남경은 다시 수(隋)에 의해 파괴당하였다.

원대 이후 응천부로 불리던 이곳은 다시금 주원장에 의해 남경(南京)으로 불리어지며 번영의 기틀을 마련하였지만, 이 역시 전쟁의 화를 피하여 온전히 남아 있을지는 미지수이다.

'겨울이 가면 봄이 찾아오는 것이 이치이지만, 백성들이 평화롭게 살 수 있는 세상의 봄은 언제나 찾아올 것인가?

생각하니 한숨이 절로 나왔다. 아마 두목 역시 자신과 마찬가지로 처연히 누대의 난간에 기대어 눈물처럼 내리는 이슬비를 바라보며 천하 백성을 근심한 것이 아니었을까.

그때였다. 점소이 하나가 누각으로 올라와 꾸벅 인사를 하고 말했다.

"하소선이라는 여자가 목 대인을 찾아왔습니다. 그 여자가 말하는 인상착의가 대인과 흡사하기에 잠시 기다리라 하였는데, 맞습니까?"

일도는 목풍아의 말대로 하소선이 찾아오자 눈을 휘둥그레 떴다. 신통력이 있는 것도 아닌데, 예언한 말마다 딱딱 맞아떨어지는 목풍아의 재주가 봐도 봐도 신기할 뿐이다.

"그렇지 않아도 여자가 없어서 울적하던 참인데 잘되었네. 어서 불러 올려라."

잠시 후 곱게 차려입은 하소선이 누각 위로 올라와 목풍아에게 꾸벅 인사를 올렸다.

"무슨 일이냐?"

대뜸 목풍아가 큰 소리를 쳤다.

"저를 사십시오."

오괴와 독돈, 조기는 사정을 모르는 까닭에 예쁜 여자가 찾아와 목풍아에게 자신을 사라는 말이 황당하게만 들려 서로의 얼굴을 바라보았다.

"나는 별로 흥미없는데? 너에게 이만 냥은 너무 비싸."

"돈은 원치 않습니다. 아버지의 원한을 갚아주신다면 공짜로 저를 드리겠습니다."

목풍아는 씽긋 웃으며 말했다.

"장례는 잘 치렀느냐?"

"사람을 사서 묻기는 했습니다만, 원한을 갚기 전까지는 장례를 치르지 않을 작정입니다."

"처음부터 돈에 관심이 없었지?"

"예. 아버지의 원한을 갚아줄 수 있는 인물을 찾았던 것입니다."

"내가 그런 사람으로 보이던가?"

"저는 그렇게 보았습니다."

"호, 내 무엇을 보고?"

"하룻밤 하루 낮을 앉아 있었지만 선뜻 나서는 사람이 없었습니다. 대인께서 삼백 냥을 주신 것은 장례를 치르라 주신 것으로 생각하고 있습니다. 적어도 저보다는 생각과 배포가 큰 인물이라 생각했습니다."

"이만 냥을 요구할 정도라면 상대방이 거물이겠군."

"예, 그렇습니다."

"그게 누구지?"

"그전에 저를 사실지부터 먼저 대답해 주십시오."

목풍아가 씽긋 웃으며 말했다.

"이봐, 너는 홍정에 대해 너무 모르는군. 지금은 네가 제발 저를 사주십쇼, 하고 빌어야 하는 거야."

"무엇이든 할 테니 저를 사주십시오."

"너는 내가 너의 부탁을 들어줄 사람으로 보이느냐? 내가 네 원한을 갚아주지 않으면 어쩌려고?"

"제 눈이 나쁘지 않다면 대인께서는 제 원한을 갚아주실 분이 틀림없습니다."

목풍아를 바라보는 하소선의 눈빛이 매섭다. 그 모습이 연왕을 상대하던 자신을 보는 것 같았다.

"핫핫핫. 정말 웃기는 계집이군. 나는 단지 돈이 좀 많을 뿐이다."

"돈이 많은 사람과 그릇이 큰 사람은 다릅니다."

"네가 그걸 어떻게 아느냐?"

"돈이 많은 사람은 다만 돈이 많은 것뿐입니다. 돈을 어렵게 번 사람들은 돈을 헛되게 쓰지 않습니다. 부자라면 자신의 이득을 만들기 위해 돈을 사용하는 사람이지, 저 같은 계집의 한마디 대답을 듣기 위해 백 냥이라는 거금을 쓰지는 않을 테니까요."

"하하하. 나는 돈을 쉽게 버는 사람이라 돈을 펑펑 쓰는 거라구."

"돈을 쉽게 버는 사람은 그만큼 수완이 있습니다. 수완에 자신감이 넘치는 사람은 그릇이 크지요. 그러니 제가 저를 팔 만하지요."

보면 볼수록 맹랑한 계집이 틀림없었다. 요리조리 말을 돌려도 막힘없이 대답을 잘하는 것이, 여자이지만 머리가 좋은 것이 틀림없었다.

"너는 너를 자꾸 팔려고 하는데, 내가 너를 사면 어떤 이득이 있느냐?

그것부터 물어보자."

"……."

"이런 맹랑한 계집이 있나? 나보고 손해 보는 장사를 하란 말이냐? 사람들이 너를 사지 않는 이유가 바로 그것이다. 네 미색이 제법 반반하기는 하지만, 천하에 널린 것이 미인인데 미쳤다고 손해 보는 장사를 하란 말이냐? 너는 처음부터 잘못 생각하였단 말이야. 잘난 체는 그만 하는 게 좋아."

하소선은 풀이 죽어 고개를 숙였다. 제법 좋은 가문에서 훌륭한 교육을 받고 자란 것이 틀림없다. 머리가 좋은 까닭에 세상 무서운 줄 모르고 살았을 터이니 자존심을 미리 꺾어놓을 필요가 있었다.

하소선은 목풍아의 추측대로 어려서부터 지나치게 총명하다는 말을 들었고, 상대방과 이치로 겨루는 말싸움에서 한 번도 져본 적이 없었다. 그래 목풍아를 만나 반드시 설득할 수 있으리라 생각하였다가, 느닷없는 목풍아의 물음에 말이 막혀 기가 꺾이고 말았다.

자신을 사면 이득이 됩니다, 하고 말하기가 곤란하였다. 자신의 총명이 상대방에게 어떤 수치적인 이득을 주리라는 것은 딱히 말하기 힘든 것이었다.

목풍아가 웃으며 말했다.

"다시 묻겠다. 네 아버님의 원수가 누구지?"

"남경 좌도독으로 있는 서증수(徐增壽)입니다."

남경 좌도독 서증수라 하면 남경의 방위 책임자이다. 상상 이상의 거물이었다. 좌도독 서증수에게 복수할 생각을 한 것을 보면 생각보다 담이 큰 계집이 틀림없었다.

"와하하하! 만 냥, 아니, 이만 냥을 건 이유가 그것이었군. 너를 판 돈으로 자객을 살 생각이었나?"

“예.”

“어리석은 계집이군. 전시(戰時)에, 그것도 첩첩이 군사들로 둘러싸인 남경의 방어 책임자를 죽이러 가겠다는 자객이 있으리라 보는가?”

“아닙니다.”

잠시 생각하던 하소선이 돌연 싱긋 웃으며 말했다.

“생각해 보니 대인과 쓸데없는 말장난을 한 것 같군요. 대인께서 서중수를 잡을 수 없는 그릇이라면 제가 사람을 잘못 본 것이겠지요. 저는 그만 물러나겠습니다. 천하에 인재는 많을 테니까요.”

야유 섞인 하소선의 웃음에 목풍아는 갑자기 화가 치솟았다.

“뭐, 뭐라고?”

상황이 불리하니 목풍아의 자존심을 건드리기로 작정한 모양이었다. 목풍아는 고개를 젖혀 크게 웃었다.

“푸하하하! 네까짓 게 감히 나를 시험하기로 작정을 한 모양이구나. 좋아, 좋아.”

생각할수록 웃음이 나왔다. 이렇게 자존심이 강한 여자는 오히려 길들이고 싶은 목풍아이다. 미모에 머리까지 좋으니 일석이조였다. 서중수는 어차피 목풍아가 연왕을 위해 제거해야 할 대상이었으니, 이참에 처리한다면 일석삼조였다.

한 번의 돌팔매질로 세 마리를 잡는 것은 목풍아가 좋아하는 방식이다. 어려운 일일수록 이겨내고 싶은 승부욕이 생겨나는 목풍아에게 좋은 일거리가 아닐 수 없었다.

“와하하하!”

한참을 웃던 목풍아는 하소선을 바라보며 말했다.

“내가 네 뜻대로 움직여 주리라 생각하는가? 나는 너에게 흥미가 떨어졌다. 너를 사고 싶은 마음이 갑자기 사라졌으니 어떡하나?”

하소선이 목풍아를 노려보았다. 그 눈에 이슬 같은 눈물이 어려 있었다. 생각한 대로 움직여 주지 않는 목풍아가 눈엣가시 같았다. 이런 사람은 이전에 만나본 적이 없는 하소선이다. 하소선도 이제는 자존심이 관계된 문제가 되어버렸다. 이제 목풍아의 마음을 돌리는 일이 더욱 어렵게 되어버렸으니, 다른 수단을 강구하는 수밖에 없었다.

하소선은 생글 웃으며 꾸벅 인사를 하였다.

"그럼 이만 가보겠습니다."

"오. 좋아, 좋아. 그만 가보도록 해."

하소선이 참담한 심정으로 입을 꾹 다물고 누각을 내려갔다.

"와하하하! 그것참, 맹랑한 계집이구나."

일도가 조심스레 말했다.

"대장, 좀 전에는 이만 냥이 굴러온다 그러셨잖아요. 하소선을 포기하신 건가요?"

"이젠 하소선이 나를 포기하지 않을걸?"

"어째서요?"

"그렇게 머리 좋은 계집이 내 그릇을 알았으니 더욱 포기하지 않을 게야. 반드시 내 마음을 휘어잡기 위해 재미있는 수를 쓰겠지."

"그걸 어떻게……?"

"서중수는 쉽게 건드릴 수 없는 인물이야. 저 계집은 서중수를 쓰러뜨릴 만한 인물을 찾아다닐 것이 분명한데, 그 정도의 거물이 있을까? 이미 하소선은 내가 부자이며 수단이 좋다는 것을 알고 나에게 속을 털어놓았으니 나에게 매달릴 것이 분명해. 생각보다 똑똑한 계집이니 재미있는 일이 일어나겠지. 그냥 가만히 지켜보라구. 나를 꾀이는 수단은 보면 알게 되겠지."

목풍아는 조기에게 고개를 돌렸다.

"참, 믿을 만한 수하 하나가 필요한데?"

"예? 수하라 하시면……?"

"아무래도 연왕의 진지에 누군가 하나 보내야 할 것 같아."

일도가 나서서 말했다.

"대장, 제가 다녀오겠습니다."

"너는 안 돼. 나에 대해 잘 모르는 자가 필요하단 말이다. 도연이 나에 대해 꼬치꼬치 묻게 되면 너희의 신상이 파악된단 말이다. 적이 나를 아는 것만큼 골치 아픈 일이 없단 말이야. 아무것도 모르고 그저 성실하게 심부름을 잘할 수 있는 수하가 있으면 돼."

조기가 말했다.

"알겠습니다, 대장. 그런데 무슨 일로?"

"편지를 보낼 생각이다. 서중수를 잡아야지."

일도가 눈을 크게 뜨고 말했다.

"대장, 정말로 서중수를 잡으려 하십니까? 그럼 하소선이를 사시려구요?"

"하소선이는 둘째 문제야. 어차피 남경을 크게 한 번 흔들어줄 필요가 있어. 조정의 대신들이 겁이 나 정신을 못 차리도록 하기 위해 큰 바람을 한 번 일으킬 필요가 있단 말이다."

"어떻게 잡으려 하십니까?"

독돈이 나서서 말했다.

"대장, 제가 가서 죽여 버리고 올까요? 깊은 밤에 한 번 움직이면 그리 어려운 것도 아닌데."

목풍아는 머리를 좌우로 저었다.

"네 무공이 뛰어나지만 쉽지 않은 일이다. 더구나 자객이 그를 살해하게 된다면 남경의 방비가 더욱 강화될 뿐이다. 조정의 대신들과 천자가 한마음으로 협력하는 것은 내가 바라는 것이 아니야. 효과적으로 천자와 대신들이 서로를 믿지 못하도록 하는 것이 내가 생각하는 바란 말이다."

조기가 머리를 내저었다.

"아무리 생각해도 제 머리로는 묘안이 떠오르지 않습니다. 서중수는 천자의 신임이 높은 자입니다. 음해를 하는 것도 쉽지는 않을 듯합니다만……."

"조기, 너는 역시 내 생각을 조금은 읽고 있구나. 좋아, 좋아. 내가 어떻게 하는지 지켜보라고. 좋은 공부가 될 테니 말이다."

다음날 목풍아는 조기가 추천한 부하에게 서신 한 통을 보내고 삼층 누각으로 올라가니, 소요루 맞은편에 사람들이 와글거리며 모여 있었다. 목풍아가 난간 아래로 고개를 돌려 바라보니 하소선이 요염하게 화장을 하고 예쁜 비단옷을 입은 채 차양 아래 앉아 자신을 팔고 있었다.

하얀 비단에 써 붙인 금액은 은자 삼만 냥. 어제보다 만 냥이 더 불어났다. 목풍아가 준 돈으로 자신을 치장한 후 목풍아에게 보라는 듯 소요루 앞에서 자신을 팔고 있는 것이다.

"와하하하! 정말 재미있는 계집이구나."

목풍아는 유쾌하게 웃고는 난간 아래를 바라보며 차를 마시면서 시간을 보내었다.

틈틈이 일도에게 돌아가는 상황을 들으니, 삼만 냥이나 되는 거금이라 선뜻 나서는 사람이 없다는 것이었다.

"이런, 오전 동안 저렇게 애를 쓰고 앉아 있는데, 공을 치면 재미가 없지 않느냐?"

목풍아는 조기를 불러 수하들 중에 가장 못생긴 부하들을 데려오라 하였다. 잠시 후 불려온 사내가 목풍아의 앞에 일렬로 늘어섰다. 목풍아는 그 가운데 얼굴이 두꺼비같이 퉁퉁하고, 여드름이 두 뺨에 가득한 덩치 좋은 사내를 가리켰다.

"저놈을 화려한 비단옷으로 갈아입힌 후 수하 두 명을 시중들게 해 하소선 앞에 가서 삼만 냥에 사겠다고 하거라."

조기가 말했다.

"예? 그럼 하소선이 팔려갈 것이 아닙니까?"

"하하하. 보면 안다. 하소선이 심심한 것 같아 재미있게 해주려 하는 것이니 신경 쓰지 말고 내 말대로 하라."

"예."

잠시 후 목풍아는 화려한 비단옷에 금치장을 하고 나타난 부하를 누각 위에서 바라보았다.

"헤헤헤. 재미있겠는걸?"

목풍아가 싱글거리며 고개를 끄덕이자 사내가 사람들 틈을 비집고 들어가기 시작하였다.

"이봐, 내가 삼만 냥에 너를 사도록 하지."

하소선은 두꺼비 같은 사내가 싱글거리며 웃는 모습을 보고 기가 찼다. 흐리멍텅한 눈에, 몸을 움직이기도 어려울 것 같은 비대한 몸집. 자신이 바란 것은 이런 것이 아니다.

하소선은 화를 꾸욱 누르며 붓을 들어 금액을 적은 비단에 넉 사(四)자를 써 넣었다. 졸지에 삼만 냥이 사만 냥이 되었다.

"지금 생각해 보니 사만 냥이 적당할 것 같군요."

하소선은 고개를 들어 삼층 난간에서 차를 마시며 웃고 있는 목풍아를 노려보았다.

"와하하하! 정말 재미있구나, 정말 재미있어."

목풍아는 목청껏 웃다가 조기에게 말했다.

"보라구, 조기. 하소선은 나에게 마음이 있는 사람이라 다른 사람에게는 움직이지 않을 거라구. 소요루 앞에 떡하니 차려놓은 것을 보면 모르겠나?"

"과연 그렇군요."

"자, 그럼 돈을 자꾸 올려볼까?"

이번에는 키가 크고 이빨이 토끼처럼 튀어나온 삐적 마른 사나이를 가리켰다.

"이번에는 저놈으로 할까?"

잠시 후 그 사나이가 화려한 비단옷을 입고 하소선의 앞에 다가가 손가락을 활짝 펴며 말했다.

"사, 사, 사만 냥을 내면 너, 너, 너 너를 살 수 있나?"

심각한 말더듬이에, 키만 삐쭉하게 큰 사내의 참혹한 상판을 보니 하소선은 기가 막힐 따름이다. 어렵게 흥정을 하러 온 사람들마다 눈에 차지 않는 사람들이다 보니 하소선은 화가 치밀었다.

고개를 들어 삼층 누각을 보니 목풍아가 축하한다는 듯이 박수를 치고 있었다. 목풍아의 의도대로 행동하지 않기 위해서는 선뜻 사만 냥에 수락을 하면 그만이지만, 자신의 목표는 아버지의 원한을 갚는 것이지 돈에 있는 것이 아니다. 더구나 꿈에 볼까 두려운 추물에게 몸을 맡기는 것은 자존심이 용납하지 않았다.

하소선은 솟구치는 화를 꾸욱 눌러 참으며 붓을 들었다.

"지금 생각해 보니 사만 냥은 너무 싼 것 같군요. 육만 냥으로 올리겠습니다. 육만 냥을 가져오신다면 한 번 생각해 보죠."

"너, 너, 너무하지 아, 안, 않은가?"

"너무한 것은 당신이군요. 도대체 무슨 말인지 알 수가 있어야지."

"이, 이, 이…… 그, 그, 그만… 두자."

얼굴이 벌겋게 달아오른 사내가 마침내 말을 다 하고 슬그머니 자리를 뜨고 말았다. 구경하는 사내들이 욕을 퍼부었다.

"이런 몹쓸 년이 있나? 약속을 지켜라!"

"약속을 지켜라!"

"비겁한 년 같으니 혼을 내주마!"

바닥에 침을 뱉으며 사내들이 고래고래 소리를 질렀다.

그렇잖아도 화가 치밀던 하소선이 되려 소리를 질렀다.

"내가 내 몸을 내 맘대로 팔겠다는데, 무슨 상관이야! 나를 살 능력이 안 되면 여기서 죽치고 있지 말고 꺼지라구!"

"뭐얏?"

"이년이 죽고 싶어?"

성난 사내들이 팔을 걷으며 하소선에게 다가서자 갑자기 하소선의 앞을 커다란 덩치의 사나이 하나가 가로막았다. 독돈이었다.

독돈은 빠른 손속으로 어느새 가장 앞으로 달려나오던 덩치 좋은 사내의 멱살을 잡아 올리고 있었다.

"연약한 여자에게 시비를 거는 놈이 누구야? 한번 맛을 봐야겠나?"

번쩍 치켜든 사내를 독돈이 휙 하고 던지니 거구의 사내가 둘러선 사람들 위로 날아올라 소요루의 문 앞에 떨어지며 비명을 질렀다.

"넌 뭐야?!"

동료인 듯한 사내 하나가 비호처럼 달려들어 독돈의 가슴을 때렸다. 픽— 하는 둔탁한 소리와 함께 때린 사내가 비명을 지르며 뒷걸음질쳤다.

"악! 내 어깨, 내 어깨……."

사내는 창백한 얼굴로 자신의 어깨를 부여잡았다. 사내가 주먹으로 가슴을 때릴 때 살짝 어깨를 흔들어 강한 힘이 되려 사내의 주먹으로 파고들게 하였던 것이다. 처음부터 상대가 아니었다. 독돈이 조금만 더 힘을 썼다면, 팔과 어깨가 한꺼번에 부러졌을지도 모를 일이었다.

"죽고 싶지 않으면 시비 걸지 말고 꺼져라."

독돈이 차양 앞에 있는 탁자를 집어 살짝 힘을 주니 나무 탁자가 두부처럼 손가락에서 부서졌다. 놀란 사내들이 밀물처럼 흩어지기 시작하였다.

일도가 혀를 내두르며 말했다.

"와, 정말 대단한 무공이네!"

"저 자식이 발톱의 때도 안 되는 잔재주를 부리고 있네."

오괴가 팔짱을 끼며 중얼거렸다. 하소선을 구하러 가는 제비뽑기에서 독돈이 이겨 공을 세우러 나간 것이 못내 아쉬운 오괴이다. 매번 내기에서 독돈에게 당하니 골이 날 만도 하였다.

사내들이 사라지고 나자 독돈이 무표정한 얼굴로 몸을 돌려 하소선에게 말했다.

"대장께서 신경 쓰지 말고 장사를 하시라 하더군요. 그럼."

독돈은 한마디 말을 남기고 근엄한 표정으로 성큼성큼 소요루로 들어갔다.

하소선이 고개를 들어 바라보니 목풍아가 찻잔을 들고 미소 짓고 있었다.

"얄미운 사람. 좋아, 어디 두고 보라지."

하소선은 팔짱을 끼고 다시 차양 안으로 들어가 자신을 팔기 시작하였다.

이때 바람처럼 삼층 누각으로 올라온 독돈이 목풍아에게 말했다.

"대장, 저 멋있었습니까?"

"좋아, 좋아. 아주 잘했어."

“들었냐, 까마귀? 대장이 나보고 잘했단다. 우헤헤헤.”

독돈이 능글맞게 웃으며 오괴에게 혀를 널름 내밀었다.

‘다음에는 제비뽑기에서 꼭 이기고 만다.’

오괴는 차마 대장 앞에서 시비를 걸 수도 없어 자신의 가슴을 쾅쾅 때리며 화를 참는 수밖에 없었다.

엿새 후 하소선의 가격은 무려 십이만 냥까지 늘었다. 목풍아가 심심하다 싶으면 꼽추, 곰보, 거지 등 온갖 추남들을 시켜 흥정을 하게 하고 하소선의 화가 난 모습을 지켜보았으니, 하소선은 목풍아의 농간에 놀아난 줄도 모르고 자신의 마음대로 되지 않는 불쾌감에 어쩔 줄을 몰랐다.

다음날 아침도 하소선은 다시 소요루 앞에 모습을 나타내었다. 시간이 지남에 따라 화장술도 늘다 보니 매일 매일 더욱 아름답게 꾸민 얼굴로 나타나는 하소선은 어느새 남경의 유명 인사가 되고 말았다.

이른 아침부터 하소선을 구경하러 온 사람들로 소요루 앞은 인산인해를 이루었으니, 그 덕에 소요루의 장사가 불티나게 잘 되었다.

조기는 하소선을 위해 차와 음식을 무료로 제공해 주었으니, 이것도 적지 않게 하소선의 약을 올리는 것이었다. 하소선은 목풍아가 주는 것이라 짐작하고 순순히 받아먹었으니, 조기는 하소선이 대단한 걸물임을 인정하며 남자로 태어나지 못한 것을 아쉽게 생각하였다.

이날도 목풍아는 아침부터 삼층 누각에 앉아 하소선의 모습을 바라보다가 오괴와 독돈을 잠시 물러가게 하곤 일도에게 말했다.

“일도야, 너는 하소선을 보고 무엇을 느꼈느냐?”

“여자는 독하다는 것을 느꼈습니다.”

목풍아는 설레설레 머리를 젓다가 입을 열었다.

“일도야, 일도야. 잘 들어라. 너는 하소선에게 근성을 배워야 한다. 하소선은 사람들의 시선을 부끄러워하지 않는다. 무언가를 얻기 위해 신념을 관철시킬 수 있는 용기를 하소선에게 배워야 한단 말이다. 나는 네가 오괴와 독돈에게 무예를 배웠으면 싶다만, 너는 그들에게 무엇을 보여주었느냐? 네가 배우고자 하는 마음이 있다면, 네 근성을 보여주란 말이다. 두 사람이 감동할 수 있도록 일도의 근성과 용기를 보여주란 말이다."

일도가 숙연하게 고개를 숙였다. 생각해 보니 목풍아의 말이 맞았다. 하소선은 아녀자인데도 자신보다 용감하고 근성이 있었다. 그러고 보면 얼마 전에 목풍아가 두 사람에게 무예를 배우라 하였을 때 두 사람에게 무턱대고 무예를 가르쳐 달라고 말한 자신의 말을 듣고 목풍아가 한숨을 쉬었던 속마음을 이제야 알 수 있을 것 같았다. 이제 자신이 무엇을 해야 할지 알 것 같았다. 목풍아의 심복이 되기 위해 스스로 커나가기 위해 자신을 버리고, 원하는 것을 얻기 위해 진심으로 노력하는 자세를 가져야 한다는 것, 그것이었다.

일도는 자신을 생각해 주는 목풍아의 마음을 다시 한 번 깨닫고 가슴이 찡하였다.

"대장, 제가 너무 어리석었습니다. 저도 보여 드리겠습니다. 그래서 대장에게 부끄럽지 않은 부하가 되겠습니다."

"좋아, 좋아. 네가 이제라도 깨달았으면 되었어."

목풍아는 일도의 귓가에 대고 조용하게 말했다.

"내일부터 너의 근성을 오괴와 독돈에게 보여주란 말이야."

"예, 대장. 이 일도의 근성을 보여 드리겠습니다."

"좋아, 좋아."

목풍아는 일도의 밝은 얼굴을 보니 기분이 좋아졌다. 차를 한 잔 마신 후 자리에서 일어나니 일도가 말했다.

"대장, 어디 가십니까?"

"여기 앉아 지켜보고만 있으려니 심심해서 말이야. 하소선을 놀려주러 간다."

목풍아는 부채를 활짝 펼쳐 부치며 누각 아래로 내려갔다. 연경에서와 마찬가지로 남경에서도 거창한 목풍아의 행차였다.

"비켜, 비켜. 비키란 말이야."

사람들이 갈라지고 목풍아가 부채질을 하며 들어서자 하소선의 얼굴에 생기가 돌았다.

"헤헤헤. 장사는 잘되나?"

"흠. 장사는 잘되는데 물건이 마음에 안 차네요."

목풍아는 부채를 탁 접으며 놀란 얼굴로 말했다.

"어이쿠. 십이만 냥이나 되었네. 이거 정말 엄청난 금액인걸?"

"호호호. 가치가 그 정도로 좀 올랐죠. 대인께서 관심이 있으신가 보죠?"

"미안하지만 관심없는걸? 십이만 냥은 너무 많아. 이만 냥도 많은데 십이만 냥이면 거품 아닌가? 그리고 그 가치는 스스로 올린 것 같은데, 아닌가?"

"이만 냥이면 사실 의향이 있으시나요?"

"나라는 물건은 마음에 드는 모양이지?"

"두말하면 잔소리죠."

목풍아는 머리를 흔들었다.

"그런데 어떡하나? 나는 공짜가 아니면 재미가 없어서……. 나는 그만 가볼 테니 계속 열심히 장사해 보라구."

목풍아는 어슬렁거리며 하소선과 마주 보이는 일층 난간에 자리를 잡았다.

하소선이 목풍아를 보고 있으려니, 자신을 가리키며 조기에게 무어라 소곤거리고 있었다.

'소요루의 주인에게 무슨 말을 하고 있을까? 나를 사려는 마음을 먹었나? 그래, 내가 이 자리에서 엿새 동안이나 정성을 보였으니, 그도 사람이면 이제 그만 나를 사겠다고 마음먹었을 거야. 자신이 나서기보다는 수하를 시키는 것이 나을 거야.'

태연하게 기다리고 있으려니 잠시 후 목풍아의 옆으로 아름다운 기녀 네다섯 명이 붙었다.

하소선을 바라보던 사람들의 시선이 목풍아에게로 돌아갔다. 기녀들은 목풍아의 옆에 찰싹 달라붙어 어깨를 주무르고 차를 따르며, 갖은 아양을 부리고 있었다.

목풍아는 손 하나 까닥하지 않고 보란 듯이 아름다운 기녀들의 시중을 받으며, 쾌활한 웃음으로 기녀들의 엉덩이를 다독거리다가 하소선을 힐긋 보곤 혀를 낼름 내밀었다.

'저, 저 인간이……'

화가 머리끝까지 치솟았다. 하지만 화를 낼 수도 없는 노릇이었다. 태연하게 앉아 있었지만, 자신도 모르게 두 손은 치마를 움켜쥐고 있었다.

사람들의 구경거리가 되는 것도 하루 이틀이지, 엿새 동안이나 소요루 앞에 앉아 있는 것은 보통 지겨운 일이 아니다. 하지만 소요루의 주인이나 무공이 강한 사나이를 부하로 둔 것이나, 설득시켰다 생각하면 빠져나가고, 다시 이야기를 만들었다 생각하면 풀어버리는 목풍아의 머리를 보더라도 분명히 보통 사람이 아닌 것은 틀림없다 생각하였다.

하소선으로서는 복수를 위해 필요한 조건을 구비한 사람은 목풍아뿐이다. 그 때문에 더욱 그를 놓칠 수 없는 것이다. 말로는 목풍아의 마음을 사로잡지 못하였기에 몸으로 노력을 보여주고 있었지만, 정작 목풍아는 관심조차 없는 것이다.

‘화를 내면 내가 지는 거야. 소선아, 진정해라.’

하소선은 호흡을 길게 내쉬고 목풍아를 노려보았다.

‘저 사람이 나에게 관심이 있다는 거야. 그렇지 않다면 저렇게 나를 놀릴 이유가 없잖아. 소선아, 조금만 더 기다리자. 기다리는 자에게 복이 찾아온다.’

소선은 아버님의 억울한 죽음을 생각하고 이를 앙 물었다.

목풍아는 여전히 희희낙락한 표정으로 기녀들의 아양을 받으며 하소선은 안중에도 없는 모습이었다.

마치 헛수고하지 말라고 자신에게 말하는 것처럼 생각되었다. 화가 치솟았다.

하소선은 자리에서 벌떡 일어나 소요루로 들어가 목풍아가 앉은 탁자 맞은편 의자에 털썩 앉았다.

“화주 한 병.”

목풍아는 하소선의 돌연한 행동에 기녀들의 아양을 받다 말고 멀뚱히 그녀를 바라보았다.

점소이가 독한 화주 한 병을 내놓자 소선이 병째로 벌컥벌컥 마셨다. 한 병을 통째로 마신 후 하소선은 화주를 탁자에 탁 소리가 나도록 내려놓고 목풍아를 바라보았다.

목풍아가 머리를 갸웃거리며 말했다.

“뭐냐? 나한테 용건이 있나?”

취기가 몰려오는 듯 하소선의 눈빛이 몽롱하게 변하기 시작하였다.

“대인, 제가 졌어요. 제가 졌다구요. 이제 그만 놀리시라구요.”

말이 끝나기 무섭게 하소선의 머리가 탁자 위에 떨어졌다.

화주 한 병을 통째로 마시고 취한 하소선은 어느새 도롱도롱 코를 골고 있었다.

멍하니 하소선을 바라보던 목풍아가 고개를 젖혀 웃었다.

"와하하하! 이것 정말 걸물인데? 와하하하! 좋아, 좋아. 이 정도 근성은 되어야지."

한동안 소리쳐 웃던 목풍아는 조기로 하여금 하소선을 내실로 데려가 잠을 푹 자게 하였다.

그날 저녁, 눈을 뜬 하소선은 방 안 탁자 가운데에 앉아 책을 보고 있는 목풍아를 발견할 수 있었다.

붉은 등잔 불 아래에서 꼼짝하지 않고 책을 보는 목풍아의 모습이 하소선의 마음을 흔들었다. 하소선이 좋아하는 학자의 모습이었다. 입을 다물고 단아한 얼굴로 책을 바라보는 눈빛이 등불처럼 반짝거렸다. 그 열중하는 모습이 너무나도 아름답게 생각되었다.

"저, 저기……."

하소선의 목소리를 듣고 목풍아는 책을 탁자에 내려놓고 씽긋 웃었다.

"일어났나?"

"예."

하소선은 얼른 침상에서 일어나 살포시 고개를 숙여 읍하였다.

"내가 너에게 물어보고 싶은 것이 있다. 도대체 서중수에게 어떤 원한이 있는가?"

하소선은 탁자 앞으로 다가가 말했다.

"저희 아버지는 하 노대라 하고, 병을 고치던 의원이었습니다. 어느 날 매를 맞아 목숨이 경각이 된 사람 하나가 찾아와 약을 달라 하기에 아버지가 약을 주었는데, 그날 밤 약도 한 입 먹지 못하고 목숨을 잃게 되었습니다. 다음날 아버지께서 그 죄로 관가에 끌려가게 되었는데, 제가 정황을 알아보니 그날 죽은 사람은 서중수의 아들이 주점에서 시비를 걸어 때린 사람이었습니다. 서중수의 아들이 살인죄를 쓰게 될 판이라 서중수가 그 책임을 아버지에게 돌린 것이었지요. 제가 몇 번이나 관가에 찾아가 정황을 설명하였지만, 남경 좌도독 서중수가 미리 손을 써놓았기 때문에 제 의견은 묵살이 되고 말았습니다. 아버님은 고문을 이기지 못해 죄가 있노라고 진술을 하셨고, 마침내 살인죄를 뒤집어쓰고 돌아가시고 말았지요. 아버님이 그렇게 돌아가시고, 집안의 가산도 몰수되어 홀로 된 저는 서중수에게 복수하기로 결심하였습니다. 하지만 남경 좌도독을 상대로 복수를 하기에는 제가 가진 것이 너무 없었습니다. 돈이 많고 수완이 좋은 사람을 만난다면 제 일을 수월하게 할 수 있을 것 같아, 인물을 찾기 위해 거액으로 제 몸을 파는 연극을 했던 것입니다."

"쯧쯧쯧. 그런 이야기를 먼저 했다면 내가 그냥 나서줄 수도 있었는데, 괜한 고생을 했군 그래."

"그럼 저를 사주시겠습니까?"

"이봐, 나는 사람을 사는 사람이 아니야."

"그, 그렇다면……?"

"네 아버지의 복수는 내가 해주마. 네 기백과 재주를 가상하게 생각하여 마음을 먹은 것이니, 너는 집으로 돌아가거라. 서중수는 열흘 안에 저 세상으로 보내주지."

목풍아는 손으로 목을 치는 시늉을 하였다.

하소선은 목풍아의 말이 믿어지지가 않았다. 남경 좌도독 서중수를 무슨 수로 열흘 안에 처리한단 말인가.

"어, 어떻게?"

"그것은 두고 보면 알 것이다."

"그럼 저도 대인과 함께 있겠습니다."

"네가 무엇 때문에 나와 함께 있어?"

"첫째로 저는 갈 곳이 없고, 둘째로 서중수가 어떻게 처리되는지 보고 싶기 때문입니다. 그리고 먼저 말씀드린 대로 대인께서 저의 원수를 갚아주신다니 저는 대인의 것입니다. 주인의 곁에 종이 있는 것은 당연한 일이니 허락해 주십시오."

목풍아는 눈빛을 반짝거리며 자신을 바라보는 하소선을 바라보았다. 예기는 많이 꺾이었지만, 여전히 고집이 세고 당찬 여장부가 틀림없었다.

"와하하하! 네 맘대로 해라."

목풍아는 자리에서 일어나 휘적거리며 문을 나섰다.

"그런데 대인, 정말로 열흘 안에 서중수가 처리됩니까?"

목풍아는 도사처럼 손가락으로 육갑을 세다가 고개를 끄덕거렸다.

"서중수의 명은 열흘 안에 끝이 난다. 너는 가만히 기다리다 보면 알게 될 테니 잠이나 푹 자거라."

말을 마친 목풍아는 방문을 나가 버리고 말았다.

"천기(天氣)를 아는 대인인가?"

목풍아의 말이 꿈같이 느껴지는 하소선은 두근거리는 가슴을 다독거리며 의자에 앉았다. 이 방에서 일어난 모든 일이 꿈만 같이 느껴졌다. 대가없이 원수를 갚아주겠다 말하는 목풍아에게는 협객의 풍모가 있었다. 목풍아의 말에 왠지 모르게 믿음이 갔다.

'내가 사람을 잘못 본 것이 아니다.'

문득 목풍아가 보던 책이 눈에 띄었다. 책을 읽던 목풍아의 차분한 모습이 떠올라 하소선은 가슴이 뛰었다. 목풍아를 생각하니 흐뭇한 미소가 입가에 머물렀다.

'무슨 책을 읽고 계셨을까? 육갑을 헤는 것을 보면 주역(周易)이 아닐까?

하소선은 가만히 책을 끌어당겨 책장을 펼쳤다. 갑자기 하소선의 얼굴이 일그러졌다.

"이, 이게……."

입 안에서 말이 나오지 않았다. 그것은 남녀가 성희(性戲)를 나누는 모습이 난잡하게 그려진 춘화(春畵) 책이었다. 하소선의 손이 부들부들 떨렸다. 환상이 무참하게 깨어지는 순간이었다.

"이 불한당! 호색한 같으니……."

치밀어 오른 화를 참지 못하고 들고 있던 책을 구석에 던진 하소선은 의자에 털썩 앉았다. 목풍아가 배를 잡고 웃는 모습이 눈앞에 선하였다.

'도대체 모르겠어.'

목 대인을 선택한 자신의 판단을 믿어야 할지 말아야 할지 어지럽기만 한 하소선이었다.

차림은 돈 많은 부잣집 아들인데 하는 행동은 불한당 시정잡배나 다름이 없었다. 매일 매일 소요루 난간에 앉아 차를 마시며 부하들과 한담을 나누는 것이 일과였다. 옆에서 목풍아의 행동을 지켜보던 하소선은 기가 막혔다. 약속한 열흘은 다가오는데, 서증수를 처치하기 위한 어떠한 기미도 발견할 수 없었기 때문이다.

목풍아에 대한 환상이 무너져 버린 하소선은 약속한 열흘이 될 때까지 참기로 마음을 먹었다. 열흘이 지나도록 서증수가 아무런 탈이 없다면 깨끗하게 목풍아를 포기하고 다른 사람을 찾아보리라 생각하였다. 그렇게 시간이 흘러 약속한 열흘째가 되었다.

그날도 언제나처럼 주루의 난간에서 차를 마시며 한담을 나누는 목풍아였다. 춘화 책을 즐겨보는 부잣집 불한당 도련님의 일과였다. 하소선은 그런 모습에 도저히 참을 수 없어 목풍아에게 다가가 소리쳤다.

“이봐요! 약속한 열흘이 되었는데, 이렇게 주루에서 죽치고 앉아만 있을 거예요?”

목풍아가 실실 웃으며 말했다.

“헤헤헤. 그렇게 말하니 화가 난 암고양이 같은데……. 헤헤헤.”

“그렇게 웃지만 말고 약속을 지키려는 노력이라도 보여 보란 말이에요.”

“아직 열흘이 지난 것도 아닌데 너무 성질내지 말라구. 자! 차 한 잔 마시고 기분 풀라구.”

목풍아가 차를 내밀었다.

“필요없어요.”

화가 머리끝까지 치솟은 하소선은 목풍아를 노려보다가 몸을 돌려 소요루를 나갔다.

일도는 멍하니 바라보다가 목풍아에게 말했다.

“대장, 괜찮으세요?”

“괜찮고 말고가 어디 있어.”

“헤헤헤, 대장. 하소선을 너무 많이 봐주시는 것 아닙니까?”

“조금만 있어봐라. 얌전한 암말처럼 대구도 못할 테니 말이다.”

“저 기운을 어떻게 누르려구요?”

“내 진가를 알게 되면 스스로 그렇게 되게 돼 있어.”

“에이, 대장두. 그년이 언제 대장의 진가를 알겠습니까? 육 년이 넘도록 모신 저도 모르는 대장의 진가인데 말입니다.”

“영리한 아이니까 금방 알 게 될 거야. 잠시 후면 그렇게 될 테니 두고 보거라. 내기를 걸어도 좋다.”

목풍아와 내기를 걸면 백전백패이다. 확실한 패가 있다는 말이었다. 그러나 그 확실한 패가 무엇인지는 알 수 없다. 그때였다. 조기가 누각 위로 성큼성큼 올라와 목풍아의 귀에 무어라고 소곤거렸다.

"잘되었군, 잘되었어."

고개를 끄덕이는 목풍아의 얼굴에 옅은 미소가 번졌다.

한편 소요루를 나온 하소선은 대로를 무작정 걸었다. 생각할수록 무책임한 목풍아였다.

'내가 눈이 삐었지. 어쩌자고 저런 한량이 마음에 들었을까? 바보, 멍충이 같은 하소선. 바보, 바보.'

식식거리며 대로를 걸어가던 하소선의 눈에 뻥 뚫린 남문이 보였다. 중화문이라는 편액이 걸린 남문을 향해 걸음을 옮겼다. 성밖을 나가 굽이치는 장강을 바라보면 기분이 풀릴 것이라 생각했기 때문이다.

높은 문이 첩첩한 중화문(中華門)을 나와 하소선이 찾아간 곳은 연자기(燕子磯)였다. 삼 면이 장강으로 둘러싸인 깎아지른 듯한 절벽 위에서 은회색으로 번뜩이는 넓디넓은 장강을 바라보며, 불어오는 따뜻한 바람을 쐬고 나니 기분이 한결 나았다.

"아무래도 내가 사람을 잘못 보았나 봐. 이 길로 소요루에 들어가면 목 대인에게 다른 길을 찾겠다 말하고 떠나야겠다. 이 사람이 아니더라도 천하에는 많은 사람이 있을 테니까."

마음을 정한 후 몸을 돌려 중화문으로 들어서니 성안의 기류가 이상하게 돌아가고 있었다. 남문 앞에 정연하게 서 있는 병사들의 수가 적지 않게 늘었는데, 그 표정이 또한 심상치 않았다. 중화문의 네 개 문마다 오십여 명의 병사들이 창을 들고 도열해 있는데, 그 모습이 위압감을 일으켰다. 성문 안에서 한 무리의 군사들이 먼지를 일으키며 어디론가 뛰어가고 있었다.

'무슨 일일까?

호기심을 가지고 중화문을 지나, 다시금 대로를 따라 소요루로 돌아오니 조기가 빙그레 웃으며 말했다.

"하 소저, 축하드립니다. 오늘 서중수의 목이 잘렸다 하는군요."

하소선의 입이 절로 벌어졌다. 도대체 어떻게 된 일인지 알 수 없었다. 멀쩡하던 서중수의 목이 잘리다니! 목풍아는 가만히 소요루에서 앉아 있었을 뿐 아무런 행동도 하지 않았기에, 더욱 조기의 말을 믿을 수 없었다.

"도대체 어떻게 된 거죠?"

"목 대인에게 물어보시죠."

조기가 빙그레 웃으며 손가락으로 윗층을 가리켰다.

하소선은 조기가 준비해 준 차를 들고 목풍아가 있는 삼층 누각으로 올라갔다.

언제나처럼 목풍아는 일도와 오괴, 독돈을 데리고 난간 옆에 앉아 한담을 나누고 있었다.

"대인, 차 한 잔 드시죠."

하소선이 탁자에 차를 놓고 목풍아에게 따라주었다.

"오늘은 인상이 좋군. 무슨 일이 있는가?"

"바깥에 무슨 일이 일어난 것 같더군요. 도대체 무슨 일이 일어났는지 대인께서는 알 것 같은데……."

"아직 모르고 있었나? 서중수가 이렇게 되었다 하네."

목풍아가 자신의 손으로 목을 치는 시늉을 하였다. 그 표정은 마치 모르는 일을 한 것마냥 태연하기 그지없었다.

"도대체 어떻게 하신 것인지 알고 싶어요."

"뭘 어떻게 해? 내가 한 것이 있나? 제가 스스로 그렇게 된 것이지."

목풍아의 말대로였다. 하루 종일 주루에 죽치고 앉아 시간을 보낸 것밖에 없으니 틀린 말이 아니다. 하지만 열흘 안에 서중수의 목이 떨어진다고 한 말이 사실로 되고 보니, 목풍아의 말을 더 더욱 믿을 수 없는 하소선이다.

“대인, 제발 말씀해 주세요. 어떻게 된 일이지.”

“푸헤헤헤. 그전에 내가 하나 물어볼까?”

“네. 뭐든지.”

“너는 내가 마음에 들지 않았지?”

“방금 전까지는 그랬어요.”

“너는 내가 어떤 사람처럼 보이지?”

“처음에는 지모가 뛰어난 공자으로 보았습니다. 조금 시간이 흐른 후에는 불한당처럼 보였습니다. 또 철없는 부잣집 한량처럼도 보였습니다. 그런데 지금은 잘 모르겠어요. 무엇이 대인의 진짜 모습인지 모르겠어요.”

목풍아가 고개를 젖혀 크게 웃으며 말했다.

“우헤헤헤! 소선아, 너는 장강의 처음과 끝을 볼 수 있느냐? 그 바닥을 볼 수 있느냐?”

“……”

소선은 갑자기 망치로 머리를 맞은 것 같았다. 하소선은 그제야 자신의 소견이 목풍아의 발끝에도 미치지 못함을 깨달았다. 목풍아는 장강과도 같은 사람이었다. 그 바닥을 알 수 없는 사람이었던 것이다.

그런 사람을 하소선의 머리로 그 속내를 알려고 하였으니 불가능한 것은 당연한 일이다. 이제까지 그 마음도 모르면서 제멋대로 생각하였던 하소선은 부끄러워 고개를 들 수 없었다.

“네 자신을 알았다면 앞으로 내 앞에서 잘난 체하지 마라. 알겠느냐?”

“예, 대인.”

기고만장하던 하소선의 기가 순한 암소처럼 꺾여들었다. 오괴와 독돈, 일도는 얼마 전 목풍아의 말한 바 대로 하소선이 고분고분해진 것을 보고 혀를 내둘렀다.

'과연 대장이다.'

목풍아가 자리에서 일어났다.

"따라 오너라. 자세한 이야기는 안채에서 해주마."

하소선이 순한 양처럼 목풍아의 뒤를 따라 안채로 들어가니 목풍아가 정청의 탁자 앞 의자에 앉았다.

하소선이 그 앞에 우두커니 서 있다가 목풍아의 명에 따라 의자에 앉았다.

목풍아가 정색을 하고 하소선을 바라보며 말했다.

"잘 들어라. 나는 연왕부에서 육조감찰어사를 맡고 있는 목풍아 목 대인이다."

"옛?"

연왕부의 관리가 천자가 있는 남경에서 태연하게 앉아 있는 것이다.

"나의 종이 되겠다고 하였으니, 이제 너에게 비밀을 거리낌없이 밝히는 것이다."

"예, 예."

의젓한 태도에 숨이 콱 막혀오는 것 같았다.

"그렇지 않아도 조정을 한번 흔들어놓을 필요가 있었다. 네 말을 듣고 서중수를 잡기로 마음을 먹었지. 내가 소요루 앞에서 판을 펼친 첫날, 조기가 알고 지내는 환관으로 하여금 천자의 귀에 서중수가 반역의 마음이 있는 것 같다고 이야기를 퍼뜨렸지."

"천자가 쉽게 믿지 않을 텐데요?"

"당연하지. 그건 밑밥에 불과한 거야. 하지만 귀가 얇은 천자는 거슬

렸겠지. 그날 나는 또 연왕에게 편지를 보내어 한 사람을 남경으로 보내
달라고 청했단다."

"한 사람이라면……."

"연왕이 신임하는 부하 중 한 사람. 고육지책(苦肉之策)을 실행할 수
있는 그런 사람으로 말이다. 천자와 조정 대신들을 속이려 하면 우리 살
도 벨 수밖에 없으니 어쩔 수 없는 일이지. 전하께서 고심을 하셨겠지만,
조정 내부를 크게 흔들기 위해서는 용단을 내리실 수밖에 없었을 것이
다. 그런 점으로 보자면 전하께서는 대세를 읽으실 줄 아는 분이지."

"그, 그래서요?"

"전하께서 무승(武勝)를 보내셨지. 무승이 남경으로 온 것은 사흘 전.
천자의 삼촌으로서 천자를 힐책하는 서신을 가지고 말이야. 노한 황제는
즉시 무승을 옥에 가두었지. 환관의 이야기가 문득 생각났을 것이야. 환
관이 그날 무승의 몸을 뒤져 보라고 귀띔을 했거든. 황제가 그 말을 좇아
무승의 몸을 뒤져 보았겠지. 군사로 있는 도연은 만만한 사람이 아니기
때문에 그 정도는 생각해 두었을 거야. 서중수에게 보내는 밀서가 무승
의 몸에서 나왔겠지. 상대방이 믿도록 하기 위해 일부러 은밀한 곳에 숨
겨놓았을지도 모르는 일이지. 증거가 나오니 천자는 서중수가 연왕과 내
통하고 있다는 환관의 말을 곧이곧대로 믿게 되었고, 어영군을 투입하여
서중수를 주살해 버리고 말았지. 제태는 서중수가 알게 되면 군사들을
이끌고 반란을 일으킬까 두려워 신속하게 그를 없애 버렸지. 내가 꾸민
일인지도 모르고 말이야. 아마 그 가족들도 연좌되어 처형될 것이니, 이
로써 네 복수는 깨끗하게 갚아버린 것이다."

하소선은 이가 덜덜 떨리었다. 자신이 모르는 사이에 엄청난 일이 일
어나고 있었던 것이다. 그것도 모른 채 목풍아를 한심하게 생각한 자신
이 부끄러웠다.

"대, 대인, 저는 그것도 모르고……."

"하하하. 어쩔 수 없는 일이지. 뱁새가 봉황의 구역을 넘볼 수 없는 것이 아닌가?"

하소선은 할 말이 없었다. 그러고 보면 자신이 사람을 보는 눈이 정확하였던 것이다.

"앞으로 하소선은 목 대인의 충실한 종이 되겠습니다."

"좋아, 좋아. 그런 의미에서 입맞춤 한 번 할까?"

목풍아는 입을 삐쭉 내밀었다. 순식간에 호색한이 되어버리는 목풍아였다.

그래도 그런 목풍아가 좋기만 한 하소선이었다. 하소선은 냉큼 다가가 목풍아의 입술에 입을 갖다 대었다.

"와하하하! 앞으로 이 목 대인의 말을 잘 들어야 한다. 알겠느냐?"

하소선은 부끄러움에 어쩔 줄을 몰라 하며 살포시 고개를 끄덕였다. 목풍아는 하소선의 아름다운 얼굴을 바라보며 통쾌하게 웃었다.

한차례의 반역 사건으로 조정은 극심하게 흔들리고 있었다. 남경의 방위를 책임지고 있는 좌도독 서중수가 연왕과 내통하고 있다는 것은, 조정 내부에 연왕과 내통하는 자들이 적지 않다는 것을 의미하는 것이다. 엎친 데 덮친 격으로 장강 하류를 떠돌던 '두 마리 용' 노래가 남경 저잣거리에서도 버젓하게 불리어지고 있었다.

내부를 휩쓸던 바람이 태풍으로 변하기 시작하고 있었다. 서중수가 처치된 후 조정 내부에서도 서로를 바라보는 눈이 변하기 시작하였다. 어떤 자가 변심을 할지 모르는 일이다. 서로를 의심하는 눈이 조정 내부에 반짝거리고 있었다.

아무것도 모르는 천자는 서중수를 잡을 수 있도록 도움을 준 환관을 더욱 신임하였으며, 조정의 대신들을 믿지 않으려 하였다. 환관은 조기의 정보를 신뢰하여 더욱 결속을 다지게 되었으니, 이것은 목풍아가 바라는 바였다. 이제는 연왕과 도연의 차례였다.

전황이 더욱 나아지기만을 기다리는 수밖에 없었지만, 하는 일없이 주루에 앉아 허송세월을 보내기가 좀이 쑤시기만한 목풍아였다.

그 날도 언제나처럼 소요루에 앉아 있으려니 매일 매일 곁에 있던 일도가 보이지 않는다.

"일도는 어디 갔나?"

앞에 있던 독돈이 퉁명스럽게 입을 열었다.

"그놈이 무공을 가르쳐 달라고 하도 조르기에 연무장에서 기마식(騎馬式)이나 하고 있으라 하였더니 미련하게 하고 있는 모양입니다."

"그래? 하하하. 이봐, 독돈. 웬만하면 일도에게 무공을 가르쳐 주지 그래?"

"어림도 없는 말씀입니다. 상승의 무공을 아무에게나 가르쳐 주는 법이 어디에 있습니까?"

"독돈, 너무한 것 아니냐?"

"절대 아닙니다. 상승의 무공을 거저 배우려는 놈이 나쁜 놈이죠. 모르는 놈이었다면 한 주먹에 저 세상으로 보내 버렸지요."

독돈의 말을 듣고 목풍아가 오괴를 바라보았다. 오괴도 은근슬쩍 눈을 피하며 천장을 바라보았다.

"도대체 왜 그러는데? 그깟 무공 하나 가지고 너무한 것 아니야?"

"대장, 무예를 너무 무시하지 마십시오. 무인은 무인 나름의 긍지가 있고, 주관이 있는 거라구요. 일도 같은 자질을 가진 위인에게 상승의 무공을 가르쳐 줄 수는 없다구요."

"도대체 그 자질이 뭐냐? 나도 한 번 알아나 보자."

"무공을 배우기 위해서는 세 가지 자질이 필요하지요."

독돈이 세 손가락을 펴며 말했다.

"첫째, 근성이 있어야 합니다. 근성이 없으면 뭐든 대성할 수 없지요. 둘째, 근골이 받쳐 줘야 합니다. 튼튼한 근골이 없이는 쉽게 고수가 될 수 없지요. 셋째, 영민해야 합니다. 머리가 좋아야 높은 경지의 무공도 쉽게 배울 수 있는 겁니다."

"그렇다면 일도는 뭐가 부족한 거냐?"

"머리가 없습니다."

"똑똑하지 못해 무예를 배울 수 없다는 말이냐?"

"예."

"웃기는군."

"뭐가 웃기다는 말씀입니까?"

"사람을 미리 단정 짓지 마라. 내가 보기에 너희 두 사람도 멍청하기는 매한가지야. 삼십 년이 넘도록 세상에 나갈 생각조차 않고, 어두컴컴한 동굴에서 독충이나 먹으며 싸우던 바보가 너희 아니냐? 사람의 가치는 스스로 만들어가는 것이기에 미리 단정 지을 수 없단 말이다. 그런 점에서 나는 노력하는 사람을 존경한다. 너희처럼 사람의 그릇을 단정 짓지 않는단 말이다. 싸움을 잘해서 너희가 무엇을 바꾸었느냐? 내가 보기에는 다 똑같아. 지금 이 순간에 안주해 있을 뿐이지 않느냐? 그에 비하면 일도는 너희에게 무예를 배워 나에게 도움이 되는 사람이 되려 하고 있으니, 너희 두 사람보다 일도가 낫다."

목풍아와 말로는 상대할 수 없는 두 사람이었다. 대구할 말이 생각나지 않아 두 사람은 멍하니 서로의 얼굴을 바라보았다.

독돈이 고개를 돌려 말했다.

"대장이 그렇게 말씀하셔도 제 뜻은 굳어졌으니까 저는 몰라요. 그 문제라면 오괴에게 말씀하십시오. 오괴는 가르쳐 줄지도 모르니까요."

오괴가 머리를 내저으며 말했다.

"대장, 저도 마찬가집니다. 저는 대무당파의 제자입니다. 독돈 같은 자식이 포기한 놈을 명문정파의 제자가 가리킬 순 없는 문제입니다. 이건 자질 이전에 자존심의 문제거든요."

오괴와 독돈의 눈이 마주쳤다.

"에이, 차 맛도 없다."

목풍아는 자리에서 일어나 누각을 내려갔다. 두 사람이 의기소침하여 그 뒤를 따라가니 목풍아는 내실로 걸음을 옮겼다.

소유루의 뒷문을 나서니 연무장 한가운데서 일도가 땀을 뻘뻘 흘리며 반마식을 하고 있다. 얼굴이 새파랗게 질린 일도는 목풍아의 뒤를 따르는 오괴와 독돈을 보고 더욱 근엄한 얼굴로 자세를 유지하였다.

긴 향의 끝부분이 타 들어가고 있으니 상당히 오랜 시간을 참고 있었던 것이다.

목풍아는 일도의 근성이 마음에 들어 씨익 웃으며 말했다.

"일도야, 참을 만한가?"

"예, 예, 대장. 사부님들이 시키는 일이라면 무슨 일이라도 참을 각오가 되어 있습니다."

"좋아, 좋아. 그런 각오로 해야 어떤 일이든 할 수 있는 거야. 이제 그만 하고 잠시 쉬도록 해."

일도는 오괴와 독돈을 바라보았다. 두 사람은 무심하게 고개를 휙 돌렸다. 일도는 힘없이 자세를 풀었다. 다리가 덜덜 떨려 한 발자국도 옮길 수 없을 지경이었다. 간신히 연무장 창가까지 걸음을 옮긴 일도는 자리에 털썩 주저앉아 길게 숨을 내쉬었다.

목풍아는 연무장 가에 있는 의자에 앉아 오괴와 독돈을 바라보다가 물었다.

“너희 두 사람 중에 누가 더 세지?”

독돈이 엄지손가락을 치켜들며 말했다.

“당연히 제가 세지요.”

오괴가 피식 웃으며 말했다.

“대장, 그건 물어볼 필요도 없어요. 독돈이 어디 저와 상대가 되겠습니까?”

“뭐라고?”

서로를 노려보는 오괴와 독돈의 눈에서 불꽃이 일었다.

“한 번 해볼 테냐?”

“흥. 내가 하고 싶은 말이다.”

목풍아가 손뼉을 치며 말했다.

“좋아, 좋아. 오늘 두 사람이 누가 이기는지 한 번 싸워보라구. 장소는 이 연무장 안에서 한 발자국이라도 움직이는 자가 지는 거라구.”

“좋아요.”

“좋습니다.”

그렇지 않아도 소요루 안에서 서로의 감정을 자극하여 화가 나 있던 두 사람이었다.

잡아먹을 듯 서로를 노려보던 두 사람의 신형이 갑자기 움직였다. 순간 연무장 한가운데에 큰바람이 일며, 두 사람이 두 팔을 번갈아 움직이고 있었다.

“이 자식, 각오해라!”

“네놈이야말로 각오해!”

두 발을 땅바닥에 붙인 채 소리를 지르며 싸우는 두 사람의 양손이 보이지도 않을 만큼 빨랐다. 발을 떼지 못하게 한 까닭으로 크게 몸을 움직이지 않았지만, 타격의 범위가 작아 간간이 두 손이 부딪칠 때마다 쾅—

쾅— 하는 큰 소리가 연무장을 울렸다.

장력이 맞부딪칠 때면 매서운 경풍이 몰아쳤는데, 스치기만 하여도 얼굴이 따끔따끔할 정도였다.

주먹을 쥐었다가 갈고리처럼 구부리기도 하고 다시 펼치며, 두 사람은 상황에 따라 자유자재로 싸우고 있었다. 두 발을 붙인 채 주먹과 상체만 사용하고 있었지만, 보기 어려운 대단한 싸움이 틀림없었다.

일도는 두 사람의 모습에 어안이 벙벙하여 멍하니 바라보고 있었고, 목풍아는 반짝이는 눈으로 뚫어질 듯이 그들을 노려보고 있었다.

저물녘이 다 되어가고 있었지만 승부가 좀체 나지 않았다. 삼십여 년을 싸워왔으니 서로의 장단점을 누구보다도 잘 알고 있었기 때문이다.

"이제 그만 싸워라!"

목풍아가 소리를 지르자 두 사람이 휘두르던 주먹을 멈추었다.

"안 되겠어, 안 되겠어. 승부가 안 나겠는데?"

"그럴 리가요? 다 이긴 싸움이었는데……."

독돈이 아쉬운 듯 중얼거렸다.

오괴는 그런 독돈의 모습이 기가 막히다는 듯이 콧방귀를 뀌며 말했다.

"웃기는 소리, 내가 승기를 잡았었는데……."

"해볼 테냐?"

"좋아. 해보자."

목풍아가 소리를 질렀다.

"내가 다시 기회를 줄 테니 오늘은 그만!"

두 사람은 서로를 노려보며 자리에서 물러났다. 목풍아의 얼굴에 미소가 감돌았다.

그날 밤 목풍아는 독돈을 불렀다.

"대장, 저를 부르셨습니까?"

"그래, 내가 물어보고 싶은 것이 있어서 불렀어."

목풍아는 두 손을 펼쳐 원을 그리며 가슴을 미는 듯이 행동을 하였다. 그것은 오괴가 처음에 독돈에게 공격을 하던 수법이었다.

"이것이 무슨 수법이지?"

목풍아의 모습을 뚫어지게 바라보던 독돈이 웃으며 말했다.

"아하하하! 그것은 오괴 놈이 펼치는 무당장권(武當長拳)의 초식 중에 청룡출수(靑龍出水)라는 초식입니다. 양손을 태극 모양으로 둥글게 휘감아 상대방의 공격을 막아내면서 내지르는 장권이지요."

독돈은 자신이 직접 동작을 보여주며 말했다.

"무당장권은 모두 열여섯 가지 초식이 있습지요. 그런데 열 가지는 기교만 많아 쓸모가 없고, 그 중 여섯 가지가 쓸 만하지요. 대표적인 것이 금방 보여준 청룡출수입니다. 그런데 이것은 무릎이나 정강이 같은 하반신에 약점이 생깁니다."

"그럼 그 다음은 뭐지?"

"그 다음이 백학량시(白鶴亮翅). 이것은 학처럼 두 팔을 펼쳐 상대방의 공격을 막으면서 몸의 중심을 흐트려 상대방을 공격하는 수법이지요. 하지만 이것은 얼굴에 약점이 생긴답니다. 두 손이 둥글게 회전해 얼핏 보기에는 가슴 가운데가 약점처럼 보이지만, 그것을 미끼로 상대를 속이는 허초이지요."

독돈은 두 팔을 크게 펼쳐 상대방의 공격을 막아내는 듯 공격하는 방법을 보여주었다. 그리고 자신이 공격하여 이길 수 있는 방법을 보여주며, 마치 자신이 오괴를 이긴 것처럼 좋아하였다.

독돈은 여섯 가지 무당장권의 초식을 모두 보여주고, 그 허점까지 상세하게 말해 주었다. 그도 성에 차지 않는지 장삼봉이 만들었다는 호조수(虎爪手)라는 금라법을 보여주고, 그 초식의 타개법까지 일러주었다.

"와하하하! 저는 무당파의 무공을 배우지 않았지만 이미 상대방의 무공을 모조리 알고 있는데, 어찌 오괴가 저의 상대가 될 수 있겠습니까, 대장?"

"음. 그도 그렇군."

"아직도 무당파 무술이 많은데 더 가르쳐 드릴까요?"

"됐어, 됐어. 나중에 하지 뭐."

"와하하하! 그렇게 하십시오. 나중에 물어보시고 싶은 것이 있다면 저에게 말씀만 하십시오."

"알았어, 알았어."

목풍아는 기고만장해진 독돈을 돌려보내고, 이번에는 오괴를 불렀다.

"부르셨습니까?"

"오늘 싸움은 잘 보았어. 무당장권이라면서?"

"그걸 누가……?"

"독돈이 잠시 다녀갔었는데, 내게 무당장권에 대해 이야기를 해주더군. 열여섯 개 중에 열 개는 별로라고 하면서 말이야."

목풍아는 백학량시를 흉내 내면서 말했다.

"이 수법은 머리가 약점이라면서?"

독돈이 자신의 무공을 비웃는 모습이 떠올랐다. 노기가 치솟았다.

"대장, 대장은 독돈의 무공이 나보다 낫다고 생각하십니까?"

경쟁심을 부추기면 어린아이처럼 단순해지는 두 사람이었다.

"그럴 리가 있나? 하지만 독돈이 무당파의 무공을 꿰뚫고 있는 것이 놀랍던데?"

"와하하하! 대장, 설마 제가 그 자식의 무공을 모르리라고 생각하시는 것은 아니겠죠?"

"그럼 오괴도 독돈의 무공을 모두 알고 있다는 말인가?"

"그럼요. 백학량시를 펼칠 때에 머리에 약점이 있습니다만, 그때는 그 자식이 쓸모없다는 사행단편으로 처리하면 간단합니다. 모든 권법은 철저하게 유기적으로 결합되어 있어 쓸모없는 초식이 없답니다. 그걸 모르는 독돈이 어리석은 거죠."

"그런 거군."

목풍아는 갑자기 생각난 듯 손바닥을 펼쳐 상하좌우를 여러 차례로 밀어내듯이 하며 말했다.

"이건 무슨 수법이지?"

"그건 백련교의 천수관음장(千手觀音掌)이라는 무공입니다. 모두 열한 가지 초식이 있는데, 천수라는 이름을 붙였으니 기가 막힐 일이지요."

오괴는 천수관음장법을 하나하나 보여주며 그 타계책을 이야기해 주다가, 홍이 나 야차공(夜叉功)이라는 금나법(擒拏法)까지 모두 설명해 주었다.

상대방이 상대방을 너무나 잘 알고 있었으므로 목풍아는 하루 저녁에 네 가지 무공을 모두 알 수 있었다.

오괴를 돌려보낸 후 목풍아는 종이를 펼쳐 놓고 하나하나 정리를 하기 시작하였다.

무공에는 관심이 없었지만, 불쌍한 일도를 생각하면 자신이 두 사람을 꾀어 무예를 가르쳐 주는 것밖에는 도리가 없었다.

따분하던 일과를 잠시 잊게 할 만한 일이었다. 일도의 무공 성취를 위하여 목풍아는 다음날부터 두 사람을 꾀어 싸움을 시키고, 하나하나 상대방의 무공을 연구하는 것을 일과로 삼을 수밖에 없었다.

몇 달 동안 계속되는 목풍아의 요구에 오괴와 독돈도 바보가 아닌 까닭에 그 목적을 알게 되었다. 그렇지만 두 사람은 개의치 않았다. 한동안 싸워보지 못한 두 사람이 정파와 사파의 자존심을 걸고 승부를 겨루는 것이 좋았기 때문이다.

두 사람은 그에 그치지 않고, 자신의 무공이 더욱 강하고 뛰어나다는 것을 피력하기 위해 목풍아에게 상대방의 무공을 경쟁하듯이 가르쳐 주었다.

목풍아는 반년이 넘게 두 사람이 싸우는 것을 보고 그들의 무공을 공부하였지만, 그것으로 끝이었다.

목풍아가 아무리 영민하다 하여도 몸을 사용하는 무공과 머리를 사용하는 학문은 별개의 문제라는 것을 두 사람이 더 잘 아는 까닭에 마음껏 가르쳐 주었던 것이다.

이론적으로 완성이 되어 있다 하더라도 내공이 받쳐 주지 않으면 일개 건달의 주먹에도 당할 수밖에 없기에, 무공을 모르는 목풍아에게 가르쳐 주어도 큰 탈이 없을 것이란 걸 두 사람이 더 잘 알고 있었다.

보름이 넘는 동안 목풍아는 무당파와 백련교 무공의 대부분을 기록하고 이론적으로 연구하였지만, 서툴게 흉내를 낼 수 있는 수준일 뿐 한 주먹에 사람을 쓰러뜨릴 수는 없었다.

내공의 문제라는 것을 알았을 때 목풍아는 또 다른 장벽을 만나게 되었다.

두 사람에게 내공을 배우기 위해서는 그들을 스승으로 모실 수 밖에 없는 것이다. 그런데 이미 두 사람은 자신의 부하이므로 가능한 일이 아니었다. 일도를 위해 부하인 이들을 스승으로 모시기에는 목풍아의 자존심이 용납치 않았기 때문이다.

목풍아도 그때에는 두 사람과 자신의 차이를 인정할 수밖에 없었다.

자신의 생각과는 다른 세계가 분명하였다. 독돈이 말한바대로 무인은 무인 나름의 가치관과 자존심이 있었으므로, 고수에게 무공을 배울 수 없는 일도가 불쌍하긴 하지만 포기하는 수밖에 없었다.

그렇지만 여전히 목풍아는 일도를 심복으로 생각하였으며, 다른 방식으로 그를 키우겠노라 생각하였다.

일도가 목풍아의 마음을 모르지 않기에, 자신도 다른 방식으로 목풍아의 부하로서 처지지 않는 사람이 되겠노라 다짐하였다.

생각이 바뀌어서인지 일도의 몸가짐은 차츰 달라졌다. 건달 적의 모습은 그대로였지만, 목풍아에 대한 충성심은 오괴와 독돈이 혀를 내두를 정도로 열성적이었다.

목풍아도 그런 일도를 좋아하여, 호위대의 일원으로 항상 자신과 함께 다니는 것을 허락하였다.

해가 바뀌는 동안 목풍아는 하소선에게 남경 안에 거처할 수 있는 제법 좋은 집을 사주고, 그곳과 소요루를 오가며 지내었다.

이 무렵 연왕의 전황은 눈에 띌 정도로 나아지고 있었다. 작년 오월에 패현(沛縣)을 공격하여 양식을 실은 수만 석의 배를 약탈하고, 점점 남하하기 시작하여 올해 사월에 서주(徐州)에 이르렀으니, 장강 최고의 항구인 양주(揚州)가 머지않았다. 양주를 함락하고 장강을 건너면 남경이니, 파죽지세의 공격과 잇따른 조정군의 패보에 천자와 조정은 술렁거렸다. 남경성 안에 살고 있는 사람들도 따라 흔들리고 있었다. 집값은 폭락하고, 재산이 있는 사람들은 화를 피해 미리 몸을 피하였다.

인심은 고약하게 변하여 화창한 봄날 소요루에 앉아 있으려니 몰락하는 남경의 모습이 손에 잡히는 듯하다.

차를 한 잔 마시고 있으려니 조기가 눈에 익은 사나이 하나와 함께 누각으로 올라왔다.

"대장, 구룡상회에서 하원길이 왔습니다."

하원길이 꾸벅 인사를 하였다.

"아핫핫핫! 자네를 구룡상회에 보낸 지가 벌써 일 년이 되었군 그래. 장사는 할 만한가?"

"예, 대장. 넓은 곳에서 돈이 돌아가는 곳을 보니 그동안 제가 우물 안에서 살아왔다는 것을 깨달았습니다."

대답을 하는 하원길의 얼굴이 밝았다. 그동안 하원길은 점소이에서 시작하여 구룡상회의 금전 출납에 관한 사무를 맡는 서기로 승진하여 있었다.

"그렇지. 선비 사(士)의 자의(字意)가 무엇인가? 하나(一)에 열(十)을 더한 글자 아닌가? 하나를 보면 열을 알아야 하는 것이 선비야. 책만 보고 있다고 선비가 되는 것이 아닌 것이야. 책만 보면 책에 얽히게 되니 경험이 필요한 것이지."

확실히 그러하였다. 장사는 어떤 사람이나 고객이 되기 때문에 몸을 숙이는 법부터 배워야 하는 것이다. 거지에게도 몸을 숙여야 하는 것이 장사꾼이므로, 진사 출신의 사대부에게는 처음부터 곤욕이었을 것이 분명하다. 모든 것을 잊어버리는 것이 중요하였다. 석 달 만에 몸을 숙이는 법을 배운 하원길은 그 다음에 고객의 마음을 읽는 법을 배웠다. 몸을 숙여 고객의 신용을 얻고, 고객의 마음을 읽어 마음에 드는 물건을 팔게 하는 수단을 다섯 달 만에 배웠다. 그 후에 배운 것이 서기였다. 서기는 물건의 물품과 수량을 계산하는 것으로, 돈의 흐름을 알 수 있는 자리였다. 취약한 문제점과 대비책까지 생각해야 하는 막중한 자리였는데, 원래 학문을 하던 사람이라 어렵지 않게 구룡상회의 흐름을 알아내고 적자에서 흑자로 방향을 바꾸는데 큰 몫을 하였다. 장사꾼으로서는 빠른 진급이었지만, 그 정도로 하원길은 수단이 있었다. 하원길은 그 모든 경험과 괄목할 만한 진보를 목풍아의 탓이라 생각하고, 그를 대장처럼 따르는 것이었다.

"대장께서는 나이도 어리신데 어찌 그리 잘 아십니까?"

"와하하하! 나는 나이는 어리지만 하나를 보면 백을 아니까 그런 거지. 와하하하!"

유쾌하게 웃던 목풍아가 입을 열었다.

"내가 시킨 것은 가져왔는가?"

하원길이 품속에서 조심스레 책 한 권을 꺼내어 목풍아에게 건네주었다. 그 책을 받는 목풍아의 입가에 웃음이 감돌았다.

"예. 관리들이 받아먹는 뇌물의 물목이 너무 많아 세세한 장부는 구룡상회에서 보관하고 있고, 전체적인 액수를 따로 적어 가져왔습니다. 그 때문에 시간이 약간 걸렸습니다."

"좋아, 좋아."

목풍아는 장부를 열어 보았다.

"우헤헤헤. 생각보다 거물들이 많군. 대부분 뇌물을 받아먹었으니 생각보다 일이 잘 풀리겠는걸?"

명단을 살피던 목풍아는 고개를 들어 조기에게 말했다.

"조기, 네가 신임을 얻은 환관 이름이 뭐지?"

"문서방(文書房)에서 일을 하고 있는 왕보(王甫)라는 자입니다. 서중수의 역심을 알아낸 공으로, 지금은 사례감의 병필수당태감(秉筆隨堂太監)이 되어 있습니다."

"그럼 제일 힘이 있는 환관은 누구냐?"

"물론 사례감(司禮監)의 수장인 장앙태감 진규(陳圭)라는 자입니다."

"좋아. 내가 장가항에 다녀오는 사이에 너는 진규라는 자를 만나보라."

“예? 제, 제가 장앙태감을 만난단 말입니까?”

“놀랄 것까지는 없다. 그자도 흥미있어 할 테니 말이다. 왕보에게 이 야기하면 어렵지는 않을 것이다.”

“정말 그럴까요?”

“왕보는 너에게 신세를 졌고, 사례감 태감은 너를 통해 공을 세우기 위한 정보를 얻고 싶어할 테니 너는 이 기회에 진규의 신임을 얻으란 말이다. 네가 신임을 얻는다면 우리 일도 쉬워지고, 네가 남경의 큰 주루를 소유할 수 있는 힘도 얻을 수 있단 말이다. 네 꿈은 네 노력으로 이뤄야 되는 거야.”

조기는 입을 굳게 다물고 잠시 생각하다가 목풍아를 바라보았다. 목풍아가 씨익 웃으며 말했다.

“명심하라, 조기. 너는 내 심복이다. 이 목 대인의 심복이 그깟 장앙태감 정도를 요리하지 못해서는 안 되겠지?”

조기의 입가에 웃음이 감돌았다.

“네, 대장. 제가 잘 구슬려 놓겠습니다.”

“좋아. 그럼 내가 좋은 정보를 하나 주지.”

목풍아는 조기의 귀에 무언가 소곤거리며 이야기를 해주었다. 고개를 끄덕이며 이야기를 듣던 조기의 입가에 미소가 어렸다.

다음날 아침, 목풍아는 구룡상회의 상선을 타고 남경을 떠났다. 끝없이 넓게 펼쳐진 장강을 따라 내려가던 상선은 용담(龍潭)과 하촉(下蜀)을 지나 진강(鎭江)에 이르렀다.

진강은 수군의 진영이 있는 곳이라 강가에 새까만 군선들이 모여 있었다. 이곳을 관할하는 사람은 도독첨사(都督僉使) 진선(陳瑄). 후일 연왕이 장강을 건너기 위해 그와 싸우지 않으면 안 된다.

　목풍아는 하원길을 시켜 은근슬쩍 조정에서 진선을 예의 주시하고 있다는 이야기를 흘렸다.

　그 다음날 장가항에 도착한 목풍아는 장가항의 수군도독(水軍都督) 동준(童俊)을 찾았다.

　남경으로 장사를 떠났던 구룡상회의 행수가 급한 일로 면담을 요청하자 동준은 기꺼이 목풍아를 만났다. 이미 한 번 얼굴을 익혀둔 일이 있었기에 만나기가 어렵지는 않았다.

　"나이 어린 행수가 무슨 일인가?"

　동준이 거들먹거리며 의자에 앉자 목풍아가 고개를 꾸벅 숙이며 인사를 하였다.

　"남경에 장사하러 갔다가 이상한 소문을 들었습니다."

　"이상한 소문이라고? 무슨 말인가?"

　"대인, 남경 좌도독 서중수가 주살된 일을 아십니까?"

　동준이 머리를 갸웃거렸다. 자신과 관련된 급한 일과 서중수가 무슨 상관이 있단 말인가? 어찌 되었든 뭔가 중대한 일임에 틀림없어 보였다. 하지만 내색하지 않고 말했다.

　"서중수는 연왕과 내통을 한 죄로 죽임을 당한 것으로 안다만……."

　"헤헤헤. 잘 아시는군요."

　"너는 나에게 무슨 말을 하려는 게냐?"

　"헤헤헤. 그 사건 때문에 지금 조정은 서로를 믿지 못하는 상황에 처해 있습니다. 누가 반역을 꾀하지나 않을까 전전긍긍하고 있으며, 천자께서는 사람을 믿지 못하고 있습니다."

　"그, 그럴 만도 하겠지. 연왕이 벌써 서주까지 내려왔으니 말이야. 하지만 장강을 건너기는 쉽지 않겠지."

"하지만 장사꾼들은 너도나도 연왕의 승리를 장담하고 있습니다. 남경 안의 높은 관리들과 무인들도 적지 않게 연왕의 편으로 돌아선 것을 보면 말입니다."

동준이 빤히 목풍아를 바라보다가 말했다.

"뭐냐? 네가 감히 나를 설득시키러 온 게냐?"

"헤헤헤. 저는 다만 장사꾼으로서 무엇이 이득이 되는가? 그것이 중요할 뿐입니다. 남경에서 그런 소리를 들었습니다. 한림원시강 방효유가 상공의 뇌물 장부를 입수하였다고요."

"뭐야?"

"지금은 상황이 상황이라 모른 척 두고 보고 있지만, 전장의 상황에 따라 상공은 서증수와 같이 될 수도 있다는 것입니다."

동준은 그 말을 듣고 고개를 끄덕였다.

홍무제 당시에는 뇌물을 받아먹거나 농민들에게 해를 끼치는 관리들은 살아남지를 못하였다. 홍무제가 빈농 출신이라 농민들을 괴롭히는 관리들의 폐해를 누구보다 잘 알고 있었고, 그 때문에 탐관오리를 엄단하였던 것이다. 홍무제가 명나라를 얻게 된 것도 그런 인기 정책이 있었기 때문이다.

홍무제가 붕어한 지 얼마 되지 않았으므로 강직하기로 이름 높은 방효유 같은 청백리의 손에 뇌물 장부가 입수되었다면, 머지않아 자신도 탄핵될 것이 분명하였다.

동준은 살아남기 위한 방법을 생각하지 않으면 안 되었다. 연왕이 남하하여 남경의 대신들조차 연왕의 편에 가담하는 이때에 자신도 뒤쳐질 수 없는 일이었다.

어차피 천자가 이긴다 하더라도 방효유의 손에 장부가 있다는 것이 사실이라면, 머지않아 서증수와 같은 종말을 맞을 것이 틀림없었으니 살아남기 위한 방법은 하나밖에 없었다. 그러나 문관도 아닌 무관으로서 이득 때문에 천자를 배신한다는 것은 꺼림칙한 일이 아닐 수 없었다.

심각한 표정으로 생각에 잠긴 동준을 흘깃 보곤 목풍아가 말했다.

"오늘 제가 찾아온 것은 무엇이 저희 같은 상인들을 위해 좋은 것인가? 장강 하구의 수백만이나 되는 무고한 백성들이 참화를 입어야 할 필요가 있는가? 상공께서 한 번 생각해 보시는 것은 어떨까 해서 이렇게 무례를 무릅쓰고 찾아온 것입니다."

동준의 눈이 번쩍 뜨였다. 자신의 고민에 대한 해답이 나왔기 때문이다.

천자를 배신하는 일은 무인으로서 수치스러운 일이었다. 그러나 장강 이남의 거대한 항구가 파괴되는 것을 막고, 상인들과 백성들의 안전을 위한다는 명분으로 연왕의 편에 돌아선다면 배신의 명분은 확실한 것이다.

동준은 고개를 끄덕이며 말했다.

"네가 좋은 정보를 가져다 주었다."

"헤헤헤. 저희는 그저 아무 탈 없이 장사를 하고 싶을 따름입니다. 저희의 뜻을 굽이 살펴주십시오."

"알았다. 네 뜻은 잘 알았으니 그만 가봐도 좋다."

"헤헤헤. 추후에 한 번 더 찾아뵙겠습니다."

목풍아는 동준에게 인사를 하곤 구룡상회로 휘적거리며 돌아왔다.

동준도 연안의 방비를 맡고 있는 수장이었으니 조정에 통하는 끈이 있을 것이 틀림없었다. 목풍아의 이야기를 들은 이상, 반드시 그 끈을 통해 뇌물 장부에 대해 알아볼 것이 틀림없었다.

이미 조기가 사례감 태감을 만나 동준과 진선 같은 수군도독들의 비리를 이야기해 놓았으니, 그들의 귀에 들어갈 것이 틀림없었다. 목풍아의 이야기가 틀림없다고 생각된다면 동준은 미련없이 연왕에게 돌아설 것이 틀림없었다. 그에게는 충분한 명분이 있으므로 어려울 것도 없는 일이었다.

'이제 머지않았다. 머지않았다.'

일도와 오괴, 독돈의 호위를 받으며 구룡상회로 가는 목풍아의 발걸음이 바람처럼 가벼웠다.

구룡상회로 돌아간 목풍아는 구룡방주인 화옥과 즐거운 시간을 보내면서 연왕의 소식에 귀를 기울였다. 동시에 발 빠르게 돌아가는 상황을 보아가며 수군도독들에게 불안감을 심어주는 것도 잊지 않았다.

얼마 가지 않아 연왕이 평안(平安)과 진휘(陳暉) 등 삼십칠 인의 장수를 생포하였으며, 사주(泗洲)에까지 내려왔다는 소식이 항구에 들려왔다. 상인들은 연왕의 승리를 장담하였고, 인심 역시 물 끓듯이 흔들리기 시작하였다. 인심은 바람개비와 같았다.

사주를 취했다면 다음 목표는 양주가 틀림없었다. 연왕의 성격상 속전속결로 일거에 내려올 것이 틀림없었다. 소문에는 벌써 사주를 내려오고 있다 하였으니, 아마 지금쯤 양주가 연왕의 손아귀에 들어가 있을 것이 틀림없었다. 유능한 장수들이 사로잡힌 마당에 누가 연왕을 막아설 것인가. 이제는 목풍아가 움직여야 할 차례였다.

목풍아는 세 사람의 호위를 받으며 수군도독 동준을 찾았다.

동준 역시 궁궐의 돌아가는 상황과 빠르게 진군해 들어오는 연왕의 기세를 보고 마음을 굳힌 상황이었다. 그는 목풍아를 반갑게 맞이하였다.

"그렇지 않아도 부르려던 참이었다."

"예, 그럴 줄 알았습니다."

목풍아는 좌우를 살피더니 동준에게 말했다.

"상공, 사람을 잠시 물려주시겠습니까? 긴히 할 말이 있습니다."

"그렇게 하지."

동준은 사람들을 물렸다.

사람들이 사라지고 넓은 정청에 두 사람만 남았다. 문 앞에는 오괴와 독돈이 시립하여 서고, 일도는 바깥에 자리하였다. 사람이 없는 것을 확인하고 나자, 목풍아는 천천히 몸을 일으키며 소매 속에서 까만 일산안경을 썼다.

동준이 고개를 갸웃거리며 말했다.

"무엇 하는 것이냐?"

"지금부터 내 말을 잘 듣기 바라오."

갑자기 반말을 시작하는 목풍아의 모습이 기가 차다는 듯이 동준이 말했다.

"네, 네 이놈. 미쳤느냐?"

"헤헤헤. 내가 상인이었을 때는 도독에게 말을 올려야 하지만, 내가 전하의 명을 받은 밀사라면 상황은 다른 것이 아니오?"

"뭐, 뭐라구?"

"나는 전하의 명을 받고 장가항으로 그대를 만나러 온 육조감찰어사 목풍아라고 하오. 내 이야기는 들어보셨겠지요?"

동준은 머리가 아찔하였다. 까만 안경을 쓰고 다니면서 주고치를 보좌하는 명망 높은 관리에 대해 들어본 적은 있었다. 그 사람이 자신도 모르는 사이에 장가항에서 활동을 하고 있었던 것이다. 그동안 아무것도 모르고 적에게 농락당했다고 생각하니 당황하는 것도 무리가 아니었다.

"놀라지 말고 잘 들으시오. 전하께서는 그대를 포섭하라는 명을 내리셨소. 이제 머지않아 전하께서 양주에 도착하실 것이오. 장강을 넘어 남경을 치는 일이 바로 코앞이란 말이오. 나는 전하의 명을 받들어 그대에게 기회를 주러 왔소. 이곳은 장강의 남안이라 그대와 전하가 싸우게 된다면 천자와 역적이라는 명분으로 만나게 될 것이오. 그럼 승부가 어떻게 되리라 생각하시오?"

동준은 침을 꿀꺽 삼키었다. 양주에서 장강을 건너면 남경이다. 남경을 쳐서 천자를 폐하고, 연왕이 천자의 자리에 오르면 명분으로나 세력으로나 살아날 방법이 없다.

"나는 이미 전하에게 승복하기로 마음을 먹었소."

"이런, 이런……. 그대는 너무 모르는 게 많군요."

"무엇을 말이오?"

"그대가 장강 남안의 장사꾼과 백성들이 천하의 대의(大義)를 위해 승복한다는 것쯤은 전하께서도 아시는 일이오."

"그럼?"

"뭔가 약하다고 생각지 않으시오?"

동준은 고개를 끄덕였다. 뭔가 찜찜한 구석이 있었다. 그러나 그것이 무엇인지는 명확히 꼬집어낼 수 없었다. 그때 목풍아가 말했다.

"옛 고사를 보더라도 전쟁터에서 승복한 장수는 반드시 공을 세워 충성심을 보여주더군요. 설마 그대는 다된 밥을 그냥 먹겠다는 것이오? 뭔가 공을 세워 그대의 마음을 전하에게 보여줘야 할 것이 아니오?"

동준은 꿀 먹은 벙어리가 되었다. 지당한 말이 틀림없었지만, 당장 무엇을 어떻게 해야 할 것인지 생각이 나지 않았다.

동준은 목풍아에게 포권을 취하며 말했다.

"대, 대인. 제가 어떻게 하면 공을 세울 수 있는지 가르쳐 주십시오."

목풍아는 정청을 휘적거리며 둥글게 돌았다. 동준은 생각에 잠긴 듯한 목풍아를 뚫어지게 바라보았다.

목풍아는 검은 일산 안경으로 힐끔힐끔 동준을 바라보았다. 목을 매듯이 자신을 바라보는 모습이 불쌍할 정도였다. 무인이라면 무인의 자긍심이 있게 마련이지만, 홍무제 당시 명나라를 건국하는 데 일조하였던 무인다운 무인은 모두 제거되어 조정에는 인물이 없었다.

이만으로 시작한 정난군에게 천자의 오십만 군사가 맥을 못 추는 것을 보더라도, 천자의 휘하 무인들이 얼마나 무능한 사람들인지 이해할 만하였다.

한동안 정청을 빙글빙글 걷던 목풍아가 걸음을 멈추었다.

"좋은 생각이 났소."

"어서 이야기해 주십시오, 대인."

꼬박꼬박 대인이라는 호칭을 붙이는 동준이었다.

"편지 두 통을 써주시오. 연왕 전하에게 승복하겠다는 편지와 진강 도독인 진선에게 투항하라는 편지를 써주시오. 진선이 투항한다면 모두 그대의 공이오. 그대는 편지 한 통으로 새 나라를 건국하는 큰 공을 세울 수 있으니, 내 생각이 어떻소?"

"아! 그것 정말 묘안입니다."

"진선에게 편지를 쓸 때 이 말은 반드시 쓰시오. 이미 천자의 해는 기울었다고. 인심이 이미 연왕에게 돌아섰으니, 만일 내 의견을 듣지 않는다면 자신과 싸워야 할 것이라고 말이오."

"알겠습니다. 진선이 저와 친분이 있으니 제 말을 들어줄 것입니다. 만일 들어주지 않는다 하여도, 연왕과 저의 협공에는 진선도 견뎌낼 수는 없을 것입니다."

"좋아, 좋아. 어서 편지를 써주시오."

"알겠습니다, 대인."

동준이 허둥지둥 편지를 쓰는 동안 목풍아는 흐뭇하게 웃으며 정청을 빙글빙글 돌았다.

빠져나갈 곳이 없도록 만들어놓고 몰아붙이는 수법에 동준이 맥없이 당하고 있는 것이다.

생각할 시간을 주면 다른 생각을 할지 모르는 위인이므로, 이러한 자들에게는 정신없이 만들어 혼을 빼는 것이 가장 좋은 묘책이었다.

잠시 후 동준은 두 통의 편지를 써 목풍아에게 건네주었다.

"감사합니다. 전하께서 그대의 공을 잊지 않으실 것이오. 나도 그대가 큰 상을 받도록 주선할 것이니 염려하지 마시오."

"대인, 저는 그저 대인만 믿겠습니다."

동준이 꾸벅 인사를 하였다.

"알았으니 염려 마시오."

목풍아는 서신을 품속에 집어넣고 휘적거리며 수군영을 나왔다.

수군영을 나온 목풍아는 곧장 항구로 향하였다. 준비된 배에 올라 장강을 거슬러 올라가던 중 태흥(泰興)에서 양주가 연왕의 손에 넘어갔다는 소식을 들을 수 있었다.

차근차근 계획대로 되어가고 있었다. 다음날 태흥을 떠난 배는 그 다음날 아침 무렵이 되어 진강(鎭江)에 다다랐다.

연왕이 양주를 손아귀에 넣은 까닭에, 그 맞은편에 있는 진강의 수군들은 손을 대면 터져 버릴 것 같은 긴장감에 휩싸여 있었다.

수군영으로 들어가는 것부터 쉽지가 않았지만, 목풍아는 장가항의 수군도독 동준의 명을 받고 왔으므로 어렵지 않게 수군첨사 진선을 만날 수 있었다.

"동준의 편지를 가지고 왔다며?"

"예. 그런데 기밀을 요하는 터라⋯⋯."

목풍아는 좌우를 돌아보며 사람을 물리길 청하였다.

진선이 신경질적인 얼굴로 사람들을 물리니, 목풍아가 품에서 동준의
서신을 보여주었다.

동준의 편지를 읽는 진선의 손이 부들부들 떨리며 얼굴이 밀랍처럼 창
백하게 변하였다.

"이, 이런……."

고개를 들어 목풍아를 바라보니 어느새 까만 안경을 끼고 진선을 바라
보고 있었다.

"그, 그대는……?"

"나는 전하의 밀명을 받고 온 육조감찰어사 목풍아라고 하오. 그대에
게 기회를 주려고 이렇게 찾아온 것이오."

"뭐라고? 나에게 기회를 주려 왔다고? 네놈이 죽고 싶은 것이냐? 나는
천자를 배신할 사람이 아니야."

"와하하하!"

큰 소리로 웃던 목풍아가 진선을 바라보았다.

"그대는 대의(大義)가 무엇인지 아는가?"

"나를 설교하려 하는 겐가?"

"와하하하. 설교라니……. 현실을 보라는 거요. 정난군이 일어난 지
삼 년. 천하는 피폐되고, 백성들은 갈 곳 없는 유랑민이 되었소. 전쟁으
로 죽은 사람은 수를 헤아릴 수 없는데, 앞으로도 명분없는 전쟁이 계속
되어야 하겠소? 대세를 보시오. 민심의 소리에 귀를 기울이란 말이오.
그대의 귀에 불쌍한 백성들의 한숨 소리가 들리지 않는단 말이오?"

"……."

진선의 기세가 한풀 꺾인 것을 보고 목풍아는 동준의 투항 문서를 꺼
내었다.

"이게 무엇인지 아시오? 나는 그대가 쉽게 돌아설 사람이 아닌 것을

잘 알고 있소. 무인으로서 자긍심이 있다는 것을 알기에, 공을 세우기를 바라는 마음에서 동준의 투항 편지를 가지고 왔소. 이 편지를 가지고 양주로 찾아가 전하께 투항한다면, 그대 역시 공을 세우는 것이오. 천하는 이미 천자에게서 멀어졌소. 쓸데없이 피 흘리지 말고 천하 백성들을 위해 현명한 판단을 하길 바라오."

목풍아는 동준의 투항 편지를 진선에게 건넨 후 몸을 돌렸다.

"이, 이보시오."

목풍아는 고개를 돌렸다.

"전하께서는 무장이기에 훌륭한 장수를 아낄 줄 아시오. 그대가 좋은 장수이기에 이렇게 직접 찾아와 투항을 권유한 것이오. 선비는 자신을 알아주는 주군을 위해 죽는 것이오. 남경에서 그대를 의심하고 있다는 이야기가 조정에 나돌고 있다고 들었소. 잘 생각하시오. 그대를 알아주는 사람은 전하밖에 없다는 것을……."

목풍아는 정청을 나가 버리고 말았다.

진강의 도독첨사 진선은 뇌물의 액수가 전무할 정도로 가장 적은 관리였다. 하원길로 하여금 조정에서 연왕과 밀통하고 있다는 이야기를 퍼뜨리게 한 것은 무관의 믿음에 관한 자존심을 건드리는 말이었다.

그런 상황에서 연왕이 자신을 알아준다는 것은 진선을 흔들기에 충분한 말이었다. 그만큼 자긍심이 강한 사람이었던 것이다. 동준의 투항 편지는 그 믿음에 대한 보답을 보여달라는 것이다.

만약 연왕을 거부한다면, 천자에게 밀고하여 반항의 깃발을 든 수군도독 동준과 싸워야 하는 것이다. 그러나 진선은 동준과 연왕의 연합군과 싸울 여력이 없다. 패배는 불 보듯 뻔한 일이었다.

신중한 사람이기에 잠시 생각할 시간을 주기로 한 것이다. 이 역시 도박이었다. 하지만 패색이 짙은 도박이니, 늦어도 내일 아침이면 결단이

서리라 생각하였다. 그런데 수군영을 나가기도 전에 병사 하나가 급하게
달려와 앞을 막아서며 말했다.

"첨사께서 급하게 만나뵙길 청합니다."

목풍아가 빙그레 웃으며 다시 정청으로 들어가니 진선이 사람을 물리
고 포권을 취하며 말했다.

"더 이상 희생이 있어서는 안 되오. 그대가 옳았소. 나도 투항을 할까
생각하오."

"잘 생각하셨습니다. 그대의 결단은 수만이 넘는 생명들을 살린 것입
니다. 전하께서도 무척이나 좋아하실 겁니다."

목풍아가 진선의 손을 잡았다.

"그럼 앞으로 내가 어떡하면 되겠소?"

"내일 당장이라도 수군을 이끌고 양주로 가 전하께 투항하시오. 빠를
수록 좋소."

"좋소. 그렇게 하도록 하겠소."

"나는 이 길로 남경으로 갈 생각이오. 전하를 만나 뵙거든 남경에서
뵙도록 하자고 전해주시오."

목풍아는 빙그레 웃으며 진선에게 다시 한 번 인사를 하고 수군영을
나가 항구로 떠났다.

물살을 가르며 장강을 거슬러 가는 뱃전에 서서 목풍아는 부는 바람을
맞으며 싯누런 장강의 물결을 바라보았다. 만감이 교차하였다. 자신이
연왕의 휘하에 들어온 지도 벌써 삼 년째. 시간이 살처럼 생각되었다. 하
지만 그동안 천하가 바뀌어가고 있는 것이다. 자신의 손아귀에서 천하의
주인이 바뀌어가고 있는 것이다.

장강의 밑바닥에서 불어오는 거센 바람을 맞으니 가슴이 벅차올랐다.

큰바람이 부니 구름이 날아오르는구나[大風起兮 雲飛揚(대풍기혜 운비양)].

위엄을 온 세상에 떨친 후 고향에 돌아왔도다[威加海內兮 歸故鄕(위가해내혜 귀고향)].

어떻게 하면 용맹한 선비를 얻어 이 나라를 지킬까[安得猛士兮 守四方(안득맹사혜 수사방)]?

목풍아는 뱃머리에서 '대풍가(大風歌)'를 목청껏 불렀다. 한고조가 천하를 평정하고 자신의 고향으로 돌아가 불렀다는 그 노래. 마치 그것이 자신의 이야기처럼 생각되었다.

큰바람이 누구인가? 목풍아이다. 구름이 누구인가? 연왕이다.

연왕과 도연은 병사들과 함께 피를 흘리며 싸웠지만, 자신은 피를 흘리지 아니하고 전쟁에서 이겨 나가고 있는 것이다.

"누가 그랬던가? 싸우지 않고 이기는 것이 병가의 최고수라고……. 와하하하!"

목풍아가 크게 웃는 모습을 뒤에서 바라보는 오괴와 독돈은 눈시울이 찡하게 달아오르는 것을 느꼈다. 무슨 이유인지는 그들도 알 수 없었다. 호기있게 웃고 있는 목풍아의 모습이 거대한 한 마리 용처럼 느껴졌다.

무공을 할 줄 모르는 사람이었지만, 그 모습과 웃음에 담겨 있는 거대한 중압감은 오괴와 독돈을 움츠리게 하고 가슴을 찡하게 만드는 무엇인가가 있었다.

'우리가 세상에 나온 보람이 있다.'

그들은 목풍아를 바라보며 그렇게 생각하는 것이었다.

이틀 후 남경에 도착한 목풍아는 궁지에 몰린 천자가 스스로를 벌하는 조칙(詔勅)을 쓰고, 천하에 근황의군(勤皇義軍)을 모집하였으며, 연왕의 사촌누이 경성 군주(慶成郡主)를 보내어 토지 할양을 제의하였다는 이야기를 조기에게 들었다.

"시간을 벌기 위한 계책이구나. 이빨도 들어가지 않을 게다."

목풍아의 말처럼 경성 군주는 연왕에게 핀잔만 듣고 쫓겨났다. 경성 군주가 돌아오자 남경의 분위기는 엉망이 되고 말았다. 진선과 동준이 연왕에게 투항하였다는 소식을 함께 전해 들었기 때문이다.

엎친 데 덮친 격으로 이 소문을 들은 백성들이 화를 피하기 위해 줄을 이어 남경 바깥으로 나가 버리고, 사람들로 가득하던 남경이 일시에 한산하게 변해 버리고 말았다.

수군들이 항복을 하였으니 연왕이 장강을 건너는 것은 식은 죽 먹기였다. 이즈음 사람들은 누구나 연왕이 천하를 얻었다 말하고 있었다. 목풍아가 만든 동요가 예언 시로 굳어져 버린 것이다.

진선이 투항한 다음날, 연왕군이 용담에 육박하였다는 소식이 들렸다. 속전속결, 파죽지세로 연왕은 남경을 향해 진격해 들어오고 있었다. 그와 함께 목풍아의 행보도 빨라졌다.

목풍아는 조기에게 명하여 사례감의 환관 왕보(王甫)라는 자를 불러내었다.

왕보가 허둥지둥 소요루로 왔다. 그가 조기와 함께 내실로 들어가니 일산안경을 낀 목풍아가 의자에 앉아 일어날 생각조차 아니 한다.

"이런 무엄한 놈이 있나! 내가 누구인지 알고 그러는 것이냐!"

왕보가 버럭 소리를 지르는데도 움직이지 아니하고 빤히 왕보의 얼굴을 바라보는 목풍아였다.

“너는 내가 누구인지 아느냐?”

“네가 누군데?”

“너를 살려줄 사람. 네 구명줄을 가진 사람이다.”

목풍아는 자리에서 벌떡 일어나 소리쳤다.

“잘 들어라! 이 몸은 연왕의 밀명을 받고 네 구명줄을 만들러 온 목풍아 목 대인이시다!”

그 기세에 왕보의 몸이 움츠러들었다. 믿어지지 않았지만 믿지 않을 수도 없는 노릇이었다. 기세당당한 모습에 가만히 목풍아의 얼굴을 훔쳐보던 왕보에게 목풍아가 소리를 질렀다.

“어서 인사를 하지 못하겠느냐?”

“예, 예. 환관 왕보가 대인께 인사를 드리겠습니다.”

“와하하하! 좋아, 좋아. 거기 앉도록 해라.”

“예, 대인.”

목풍아가 자리에 앉기 무섭게 왕보가 의자에 앉았다.

“아마 내일쯤 전하께서 이곳을 공격하실 것이다. 남경은 곧 함락되겠지. 천하가 바뀌면 천자를 모시던 환관들이 어떻게 될 것 같은가?”

“……”

천하가 바뀌면 천자를 모시던 환관들도 살아날 길이 없다. 어떻게든 살 길을 찾고 있던 왕보에게 앞에 있는 목 대인은 구명의 기회였다. 이마에 땀을 뻘뻘 흘리며 왕보는 입을 열었다.

“대, 대인, 저희가 살아날 수 있는 방법을 말해 주십시오.”

“잘 알아듣는군. 머리가 좋아. 앞으로 큰 벼슬에 오를 수 있겠는걸?”

살려주는 것은 물론이거니와, 그의 미래까지 보장해 주겠다는 말이었다. 궁중에서 살아온 눈치 빠른 환관 왕보가 이 뜻을 모르는 바가 아니다.

왕보는 의자에서 일어나더니 갑자기 바닥에 털썩 주저앉아 머리를 조아려 큰절을 하였다.

"대인, 대인의 견마지로(犬馬之勞)를 다할 터이니 제가 해야 할 일을 알려주십시오."

"와하하하! 정말 머리가 좋구만. 좋아, 좋아. 너는 남경의 성문이 뚫리면 즉시 궁궐에 불을 지르고, 궁궐 문을 열도록 하거라. 머리에 붉은 머리띠를 두르고 가운데 목(木)이라는 글자를 써 붙이면 목숨을 건질 수 있다. 너를 따르는 믿을 만한 자들에게도 내 말을 전하란 말이다. 일이 잘 되면 큰 상이 있을 것이다."

"예, 대인."

"네가 어떻게 하느냐에 따라 너의 미래가 달려 있다는 것을 명심하라. 어차피 장앙태감은 살아남지 못하니 그에게 알릴 생각은 하지 말고. 알겠느냐?"

"예, 대인."

"좋아. 물러가도 좋다."

목풍아는 왕보가 물러가자 곧바로 서증수의 후임으로 부임된 남경의 방위 책임자 조국공(曹國公) 이경륭(李景隆)의 집으로 향하였다.

을씨년스러운 거리를 지나 장안 가운데 있는 조국공부 앞에 당도하니, 수많은 병사들이 도열하여 문 앞을 지키고 있었다.

사람의 출입을 엄격히 제한하고 있는 문으로 목풍아는 거리낌없이 들어갔다.

문지기가 문 앞을 막아서며 소리쳤다.

"섯거라! 이곳은 아무나 드나들 수 있는 곳이 아니다."

"급한 일입니다."

“무슨 일이냐?”

“사례감(司禮監)의 수장인 장앙태감 진규(陳圭) 상공께서 상공 대인께 긴히 말씀을 전하라고 하셔서 찾아왔습니다. 상공을 만나뵙게 해주십시오.”

장앙태감의 전갈이라면 천자의 이야기나 마찬가지였다. 급한 문제로 보낸 것이 틀림없다 생각한 문지기의 얼굴색이 창백하게 변하며 목풍아에게 꾸벅 인사를 하였다.

“저를 따라오십시오.”

뒤에 서 있던 오괴와 독돈, 일도는 목풍아의 수단에 혀를 내둘렀다. 몇 달 전 알게 된 사례감의 수장 이름을 이때에 활용하는 것이다. 상황이 상황이다 보니 문지기도 경황이 없는 것이 틀림없었다. 목풍아는 그런 틈을 교묘하게 이용하고 있는 것이다.

문지기를 따라 당당하게 조국공부로 들어선 목풍아는 정청으로 안내되었다.

정청 바깥부터 무기를 든 병사들이 첩첩이 늘어서 있었다. 안으로 들어가니 넓은 정청의 좌우에 병사들이 늘어서 있고, 그 가운데 있는 탁자에 갑옷을 입고 앉아 있는 이경륭이 보였다.

깊은 생각에 잠겨 있던 모양인지 이경륭의 얼굴에는 수심이 가득하였다. 그는 정청으로 들어오는 목풍아 일행을 보고 문지기에게 물었다.

“무슨 일이냐?”

“장앙태감이 긴히 할 말이 있다고 사람을 보내었습니다.”

문지기의 대답에 목풍아가 꾸벅 인사를 하고 말했다.

“사람을 물리쳐 주십시오.”

이경륭이 상기된 얼굴로 정청에 시립하고 있는 사람들을 물렸다. 문지기와 호위무사들이 모두 물러나자 이경륭이 말했다.

"무슨 일이냐?"

목풍아가 이경륭의 얼굴을 보고 씨익 웃다가 품속에서 까만 일산안경을 꺼내어 썼다.

"제가 누군지 아시겠습니까?"

멍하니 바라보던 이경륭의 얼굴이 일그러지기 시작하였다.

"너, 너…… 너는?"

어찌 기억하지 않을 수 있겠는가? 이 년 전, 북평에서 자신에게 온갖 모욕을 주었던 주고치의 심복이 아닌가.

이경륭이 입을 떼기도 전에 무언가가 자신의 입을 막았다. 어느새 목풍아의 뒤에 서 있던 덩치 좋은 사나이들이 자신의 입을 막고 목을 누르고 있었던 것이다.

목풍아는 천천히 다가와 손가락을 자신의 입에 가져다 대 침묵할 것을 암시하며 입을 열었다.

"저는 전하의 심부름으로 상공을 찾아왔습니다."

목풍아는 오괴와 일도에게 눈짓을 하였다.

숨을 몰아쉬던 이경륭이 목풍아를 바라보다 긴장된 어조로 말했다.

"저, 전하? 그럼 연왕의 심부름으로 찾아왔단 말이냐?"

"그렇습니다. 그러니 다른 사람이 알아서는 안 됩니다."

"무, 무슨 일로 나를……."

"전하께서는 혈육 간에 죽고 죽이는 일이 일어나서는 안 된다고 생각하십니다. 상공은 어찌 되었든 전하와 피를 나눈 사이가 아닙니까? 이 모든 것이 상공을 보필하는 간악한 신하 때문에 비롯된 일이지, 상공의 마음에서 우러나온 것이 아님을 전하께서도 잘 알고 있습니다. 그런 점에서 상공께서 이 년 전 삼십만의 대군으로 연경을 함락할 수 있었음에도 불구하고, 포위를 풀고 물러나신 것을 전하께서는 고맙게 생각하고 계십니다."

"그, 그런가?"

"예. 전하께서는 황자징과 제태, 연자녕 같은 간악한 신하가 혈연 간의 정을 끊어 이렇듯 서로가 피를 흘리게 하고 있다고 분개하시면서, 조카가 되시는 상공과는 서로 싸우는 일이 없기를 바라십니다."

이경륭은 고개를 끄덕였다.

대장군 이경륭이 연왕에게 대패하여 돌아왔을 때, 황자징과 어사대부 연자녕(練子寧)이 그 책임을 물어 주살해야 한다고 부득부득 주장한 적이 있었다. 그러나 이경륭은 건문제와는 재종 형제 사이였기에 문제는 그 주장을 받아들이지 않았다.

그런 까닭에 이경륭은 황자징과 연자녕 같은 조정의 대신들에게 불만이 있었던 터다. 이제 목풍아의 이야기를 들어보니 황자징과 연자녕 같은 조정 대신들의 농간이 없었다면, 형제끼리 피를 흘리며 싸울 일도 없었던 것이다. 생각할수록 조정의 대신들에게 이가 갈리는 이경륭이었다.

정난군은 천자의 눈을 어지럽히는 간신배들을 몰아내기 위한 군사였으니, 생각해 보면 자신과 같은 친족들에게는 관계가 없는 전쟁이었다.

숙부인 연왕이 자신에게 간곡히 부탁하는 정리를 생각하고, 자신을 죽일 것을 청하는 황자징과 연자녕을 생각하면, 다시 연왕을 향해 칼을 겨눌 마음이 들지 않았다. 아니, 진선과 동준이 연왕에게 승복을 하면서 이미 승부는 끝났다고 체념하고 있던 터라 목풍아의 이야기는 이경륭의 마음을 폭풍처럼 흔들었다.

잠시 생각하던 이경륭이 처연히 말했다.

"내가 어떻게 도우면 되겠는가?"

목풍아가 빙그레 웃으며 말했다.

"저와 함께 곡왕(谷王) 전하를 만나러 가시죠."

"곡왕을?"

"예. 곡왕 전하 역시 연왕 전하와 한핏줄이니 당연히 설득해야 하는 것이 순서가 아니겠습니까?"

"좋다. 그것은 내가 도와주겠다."

목풍아는 고개를 꾸벅 숙였다.

작은 세 치 혀가 무시무시한 일을 만들고 있었다. 어제의 적을 오늘의 동지로 만드는 수단이 능수능란하기 이를 데 없었다. 상대방의 약점과 원한 관계를 이용하여 교묘히 설득의 수단으로 만드는 것은 목풍아가 아니고서는 어림없는 일이었다.

오괴와 독돈, 일도는 목풍아의 수단에 혀를 내두르며 이경륭과 목풍아가 탄 마차 뒤를 따랐다.

남경에는 열세 개 문이 있으니, 모두 철벽과 같은 성채를 자랑하였다. 거의 모든 성문이 긴 장방형의 사중 문으로 되어 있는데, 적이 바깥문을 뚫고 들어오면 문과 문 사이에 있는 아치형의 통로 위에서 문을 내려 적군을 가두고, 잠복해 있던 병사가 적군을 섬멸할 수 있었다. 그리고 정문 외에 상하로 열리는 천척갑(千斥閘)이란 문이 달려 있어 문을 완전히 닫을 수 있었다.

문 내부에는 병사 삼천 명이 몸을 숨길 수 있을 정도의 스물일곱 개 장병동(藏兵洞)이 있다. 군사들이 죽을 각오를 하고 문을 굳게 닫은 채 항거하면 백만 대군이라도 쉽게 무너뜨릴 수 없는 곳이, 바로 이곳 남경성이었다.

장강으로 내려온 이상 무혈로 입성시키는 것이 최고의 공훈이었다. 그 공훈을 이루기 위해 목풍아는 이경륭과 함께 곡왕을 만나러 가는 것이다.

곡왕(谷王) 주혜(朱橞)는 장강에 연하여 있는 금천문(金川門)의 수장으로, 홍무제의 열아홉 번째 아들이었다. 연왕과 마찬가지로 변방인 선부(宣府)에 부임해 있다가 정난군이 일어나자 병사들을 이끌고 남경에 올라와 있었으니, 봉지인 선부가 상곡(上谷)의 땅이라 불려지고 있어 곡왕이라 칭해진 것이다.

금천문 앞에 도열한 병사들은 수를 헤아리기 힘들 만큼 많았다. 장강에 접하여 있는 문이기 때문에, 연왕이 수군을 이끌고 장강을 넘는다면 이곳을 공격할 것이 틀림없었기에 그만큼의 병력이 배치된 것이다.

좌도독 이경륭이 금천문 앞에 도착하자 부장들이 즉시 곡왕 주혜에게 안내하였다.

긴 계단을 올라가 남천문 위에 있는 성루 안으로 들어가니 시위하는 병사들이 좌우로 늘어서 있고, 탁자 앞에 여러 부장들과 함께 화려한 금빛 갑옷을 입은 사나이가 눈에 띄었다.

목풍아는 연왕과 닮은 그가 곡왕 주혜임을 단번에 알 수 있었다.

"조국공이 무슨 일로 나를 찾아왔는가?"

이경륭이 시립한 신하들을 흘긋 바라보며 말했다.

"급한 이야기가 있으니 사람들을 물려주십시오."

"사람들을?"

주혜가 이경륭의 굳은 얼굴을 보고 손을 저어 사람들을 물렸다. 주혜가 이경륭의 옆에 손을 모으고 서 있는 목풍아를 보며 말했다.

"누구인가?"

이경륭이 말했다.

"목풍아라고 합니다. 연왕의 밀명을 받고 온 자입니다."

"……"

목풍아가 가볍게 목례를 하였다.

"무슨 일로 나를 찾아왔는가? 형님께서 투항을 하라고 하시던가?"

“예.”

“후후후. 네가 찾아올 줄 알았다.”

“무슨 말씀이신지……?”

“나를 설득할 일 없다. 나는 이미 형님의 편이니까.”

뜻밖의 말이었다.

“혹시 도연 군사께서 미리…….”

“핫핫핫! 눈치가 빠르구나. 정난군이 일어났을 때 나는 이미 형님이 보낸 편지를 받았다. 내가 군사를 이끌고 남경으로 내려온 것은 형님이 남경에 진입했을 때 공을 세우기 위해서란 말이다. 도연이 얼마 전 네가 찾아갈 것이라는 편지를 보내었기에, 어떤 인물인지 궁금하여 기다리고 있었더니 생각보다 어린아이였구나. 하하하!”

목풍아는 얼굴이 화끈거렸다. 도연에게 한 방 제대로 얻어맞은 것이나 다름이 없었다.

‘도연 이놈. 다된 밥에 재를 떨어뜨렸겠다!’

생각할수록 도연은 무서운 사람이 틀림없었다. 아마 남경에서 왕자들을 데려오면서 남경성이 금성탕지(金城湯池)의 철옹성이라 생각하고, 전쟁이 일어나기 무섭게 미리 손을 써둔 것이 틀림없었다.

건문제는 곡왕 주혜가 자신을 도와주러 오는 것이라 생각했겠지만, 형제들을 제거하는 조카를 도와줄 삼촌은 성인이 아닌 다음에야 기대할 수 없는 것이다. 그런 점을 보더라도 건문제와 그의 신하들은 삼류가 틀림없었다.

미처 도연이 손을 써두었을 것이라 생각지 못한 목풍아는 다시 한 번 경각심을 불러일으켰다.

“저는 그것도 모르고 전하를 찾아왔습니다.”

“하하하. 아니다, 아니야. 형님께서 네 칭찬을 하시더구나. 네 덕분에 장강을 피 흘리지 않고 건널 수 있었다고 네 공을 칭찬하셨다. 도연과 너 같은 모사를 곁에 두고 있는 형님이 그저 부러울 뿐이다. 하하하!"

두 사람의 이야기를 들으며 이경륭은 침을 꿀꺽 삼키었다. 이렇게 은밀하게 일이 진행되고 있을 줄은 그 역시 알지 못하였다. 이제 곡왕 주혜가 연왕과 한편임을 알았으니, 만약 목풍아가 찾아오지 않았다면 자신은 죽은 목숨이나 다름이 없었을 것이다.

'아! 건문제의 시대는 끝이 났구나.'

이경륭은 꿔다 놓은 보릿자루 마냥 두 사람이 나누는 대화를 들으며 멍하니 서 있을 수밖에 없었다.

다음날 정난군이 남경에 들이닥쳤다. 곡왕 주혜와 이경륭이 미리 공모한 까닭에 정난군은 활짝 열려진 금천문 안으로 노도처럼 밀어닥쳤다.

"와—"

일시에 천지를 울리는 함성이 진동하며, 연왕의 성난 군사들이 천자가 있는 궁전을 향해 거침없이 밀려 들어갔다.

이미 예상된 결과였다. 연왕은 백성들의 재산을 약탈하거나 무고하게 살인을 하지 않도록 명하였으므로, 군사들은 대로를 따라 궁전을 향하여 폭풍처럼 밀고 올라갔다.

이때 목풍아의 지시를 받은 왕보는 궁전에 불을 지르고 문을 활짝 열어 연왕의 군사를 맞아들였으니, 그야말로 정난군은 거칠 것이 없었다.

남경성 안에서 검은 연기가 치솟아오르는 것을 장강의 군선에서 바라보던 연왕이 바로 앞에 시립해 있는 목풍아에게 고개를 돌려 크게 웃었다. 연왕의 손에는 옥새(玉璽)가 들려져 있었는데, 목풍아가 발 빠르게 왕보에게서 건네받아 연왕에게 건네주었던 것이다. 이것은 남경성 문을 여는 공을 빼앗기는 것을 만회할 수 있는, 실로 큰 공이 아닐 수 없었다.

"하하하! 풍아, 그동안 네가 수고 많았다."

"제가 한 것이 뭐가 있겠습니까? 이 모든 것이 전하의 영명함이 이루어낸 결과입니다."

"하하하. 녀석, 아부는 여전하구나."

"헤헤헤. 아부가 아니라 사실이옵니다."

목풍아는 고개를 꾸벅 숙였다.

연왕의 바로 뒤에 환관 정화가 서 있고, 우측 편에 도연이 서 있었다. 그리고 그 왼편에 둘째 왕자인 주고구와 셋째 왕자인 주고수가 나란히 있었다.

어느 면으로 보나 목풍아를 그리 좋게 보지 않는 사람들이니, 목풍아는 이들에게도 각별히 신경 쓰지 않을 수 없었다.

그때였다. 궁궐에 병사들을 이끌고 들어갔던 이빈(李彬)이 돌아와 말했다.

"전하, 황극전(皇極殿)이 불에 타 천자의 생사를 알 수 없습니다. 샅샅이 수색하였지만, 불에 타 죽은 황후의 시체밖에는 발견할 수 없었습니다."

"뭐라고? 황제의 시신을 발견하지 못했단 말이냐?"

"예. 환관들이 천자가 마지막으로 황극전에 들어갔다고 말하였습니다만……. 샅샅이 찾아보았지만 황후의 시신밖에는 없었습니다."

"마무리는 깨끗한 것이 좋다. 병사들을 풀어 샅샅이 수색하라. 천자의 뼈 부스러기라도 반드시 찾아야 한다."

"존명(尊命)."

이빈이 허겁지겁 성루를 내려가자 연왕이 도연에게 말했다.

"이거 골치 아프게 되었군."

"정말 골치 아프게 되었습니다, 전하."

도연이 목풍아를 쏘아보았다.

환관 왕보에게 궁전에서 해야 할 일을 맡긴 것은 목풍아였다. 환관이 일을 제대로 하지 못했다면 모든 책임은 목풍아에게 있는 것이다.

천자가 살아 있다는 것은 불씨가 남아 있다는 말이다. 연왕이 천자가 되더라도 엄연히 천자가 살아 있다면, 두고두고 후환거리가 될 수밖에 없는 것이다.

설사 황극전에서 불에 타 죽어버린 것이 사실이더라도, 시신을 찾지 못하면 죽었다고 단정할 수도 없는 일이다.

만나자마자 목풍아를 질책하기 시작하는 도연이었다. 부글부글 화가 끓어올랐지만, 당장 무슨 수단을 강구할 수밖에 없었다.

"백성들을 안심시키기 위해서는 천자가 자살했다는 것을 알리는 것이 급선무입니다. 임시방편으로나마 시신 한 구를 불에 태워 그것을 천자의 시신으로 천하에 알리는 수밖에 없겠습니다."

연왕이 고개를 끄덕이며 말했다.

"좋아. 그렇게 하도록 하라. 그리고 간신들은 하나도 빠짐없이 잡아 가두고 있는가?"

"예. 이미 방문을 올려 간신들을 잡아들이고 있습니다."

"좋아. 나는 용강(龍江)으로 돌아간다. 나머지 일은 목풍아에게 맡기 겠다."

"명을 받들겠습니다."

목풍아는 뜻밖의 중책이 내려지자 고개를 숙여 꾸벅 인사를 하였다.

친왕은 천자가 있는 수도에 올 수 없다는 아버지의 유지를 받들어, 천하를 차지하였음에도 남경에 들어가지 않은 것이다. 이후에 내려질 세간의 평가를 의식한 행동이었다.

목풍아가 명을 받고 배에서 내리자, 연왕이 탄 배가 천천히 움직이기 시작하였다.

이제 남은 일은 연왕을 천자가 되도록 하는 것이다. 천자는 이미 죽은 것으로 되어 있으니 문무백관들을 선동하는 것은 어려운 일이 아니었다. 그런데 한 가지 석연찮은 구석이 있었다.

천자를 추대하는 중대한 일에 어째서 연왕의 오른팔이자 참모인 도연이 빠졌는지 모를 일이었다. 연왕이 자신에게 일을 맡겼다는 것은, 반대로 무언가 도연이 노리는 바가 있다는 것이었다.

찜찜한 마음으로 소요루로 돌아온 목풍아는 좀처럼 그 의도를 알 수 없었다.

며칠 후 남경이 완전히 수습되고, 문무백관들을 선동하여 추대하는 형식으로 천자의 즉위를 꾀하였다. 형식적인 예에 따라 세 번의 권유와 사양이 오가다가 마침내 연왕이 추대에 응하였다.

모든 일이 순조롭게 되었다고 마음 놓았을 때 목풍아는 연왕의 서신 한 통을 받고, 마침내 도연의 의도를 알 수 있었다.

편지의 내용인즉, 옥에 사로잡힌 한림원시강 방효유(方孝孺)로 하여금 즉위(卽位) 조서(詔書)의 초고(礎稿)를 쓰게 하라는 것이었다.

방효유는 백성들의 인망이 두터운 사람으로, 연왕은 방효유를 이용하여 즉위의 정당성을 설파하려는 것이었다.

천자가 죽었으니 백성들은 건문제를 불쌍하게 생각할 것이다. 누구라도 새로운 천자를 좋게 바라보지는 않을 것이 분명하였다. 방효유가 초고를 쓴다면 흩어진 민심을 바로잡고, 정난이 바른 것이었다고 선전하는 효과가 있을 것이다. 그것은 필연적으로 선행되어야 할 과제라 할 수 있었다. 그 중책을 목풍아에게 맡긴 것이다.

연왕의 편지를 읽던 목풍아는 눈앞이 깜깜하였다. 다른 사람은 설득할 수 있을지라도 방효유만은 어림도 없었다. 그만큼 강직한 선비였기 때문이다.

‘도연이 나를 궁지에 몰아넣으려고 작정을 했구나.’

이것은 실로 큰 시험이 아닐 수 없었다. 방효유는 목풍아가 가장 싫어하는 부류의 사람이었으므로…….

도연은 방효유가 설득되지 않을 사람이라는 것을 알면서도 죽여서는 안 된다고 조언을 했을 것이 분명하다. 죽이지 않을 수 없는 이유를 조목조목 말하면서 말이다.

연왕으로서도 방효유의 가치를 인정하지 않을 수 없으므로 방효유를 설득하라는 명을 내렸을 것이다. 도연은 후방에서 사람들을 설득하는데 탁월한 재주를 가진 목풍아를 추천하였을 것이 틀림없다. 방효유가 설득되지 않을 것을 알면서도 말이다. 도연이 배를 잡고 웃고 있는 모습이 눈앞에 그려졌다.

‘이 땡중 놈…….’

목풍아는 화가 치밀었지만, 명이 내려졌으니 어쩔 수 없었다. 방효유를 만나 설득하는 수밖에는 별다른 도리가 없었다.

옥리의 안내를 받으며 감옥 한 귀퉁이를 찾아가니, 방효유가 감옥 안에서 칼을 찬 채 앉아 있었다. 그 앉아 있는 모습이 대나무처럼 꼿꼿하기 그지없었다.

“칼을 벗겨라.”

옥리가 칼을 벗기고 감옥 바깥으로 나오자, 목풍아가 감옥 안으로 들어가 방효유의 앞에 앉았다.

환갑이 가까운 나이의 방효유와 약관이 안 된 목풍아는 말없이 서로를 바라볼 뿐이다. 밝게 빛나는 눈빛이 목풍아의 눈을 바라보고 있었다. 흔들리지 않는 눈이었다.

목풍아는 한동안 흔들림없는 방효유의 눈을 응시하다가 길게 한숨을 내쉬었다.

방효유가 피식 웃음을 지으며 말했다.

"무엇 때문에 한숨을 쉬는가?"

"왕도(王道)를 밝히고 태평(太平)을 이룩하는 것은 신하 된 도리. 주군이 다른 우리가 한 길을 걸어나갈 수 있겠는가 생각하니 한숨만 나오는구려."

방효유의 입이 살짝 열리며 나직한 웃음이 흘러나왔다.

"으흐흐흐흐. 잘 알고 있구나. 나를 설득하러 왔는가?"

"그렇소. 이제는 세상이 바뀌었소. 천하 백성들을 위해 그대가 나서 줄 수는 없겠소?"

"흥. 충신은 두 임금을 섬기지 않는 법. 내가 섬기는 태양은 서산에 지고 없다."

목풍아는 방효유를 바라보았다.

"그대는 하나만 알고 둘은 모르는군. 서산에 지는 태양은 그걸로 끝이 나는 것이 아니다. 밤이 가고 아침이 오면 동녘에 다시 떠 만물을 비춘다. 만물을 윤택하게 만드는 것이 태양에 주어진 임무. 신하들은 그 주어진 임무를 성실하게 수행하여 만물을 이롭게 할 따름이다."

"하하하. 이 간신배 놈아, 나는 간에 붙었다 쓸개에 붙었다 하는 사람이 아니다."

목풍아가 갑자기 고개를 젖혀 크게 웃었다.

"와하하하! 우습구나, 우스워."

목풍아는 웃음을 멈추고 방효유를 노려보았다.

"나는 대의를 말하고 있는데, 네놈은 정리를 말하고 있구나."

"하하하. 주군을 향한 일편단심 충정이 대의가 아니고 무엇이란 말이냐?"

"미친놈."

방효유가 웃음을 그치고 목풍아를 바라보았다.

목풍아는 방효유를 노려보다가 입을 열었다.

"바로 그것이 네놈 같은 썩은 선비들의 병폐이다. 네놈은 하늘만 바라볼 뿐 땅은 돌아보지 않는 놈이다. 어째서 그런가 하면, 네놈은 천자만 사랑할 뿐 백성들을 사랑할 줄 모르는 놈이기 때문이다. 황궁에 녹을 먹으려 호의호식하는 네놈이 밥 한 끼에 목숨을 거는 사람들의 가난을 알겠느냐? 백성을 돌아보지 않는 자. 바로 네놈 같은 위정자 때문에 얼마나 수많은 백성들이 고통에 신음하였는지 아느냐? 바로 보라. 바로 보란 말이다. 고통받는 천하의 사람들을 생각하란 말이다. 그들의 눈물이 보이지 않는가?"

마음속에서 우러나오는 말이었다.

"공자(孔子)께서 여러 나라를 돌아다니며 벼슬을 구한 것은 백성들을 유익하게 만들기 위해서였다. 관중(管仲)은 두 명의 주군을 섬겼으나, 제(齊)나라를 부강하게 만들었다. 공자와 관중이 여러 임금을 섬겼으나, 아무도 그들을 간신이라고 말하지 않는다. 넓게 보라. 넓게 보고 무엇이 천하 백성을 위하는 일인지 생각해 보라. 함께 새로운 세상에서 백성들이 베개를 높이 베고 살고 있는 그런 세상을 만들어보자."

방효유가 열변을 토하는 목풍아를 멍하니 바라보다가 길게 한숨을 내쉬었다. 절개와 의리를 숭상하는 선비로 이름이 높은 방효유였다. 그를 설득하는 것은 무리라고 생각하는 목풍아였다. 그런데 잠시 후 방효유가 무겁게 입을 열었다.

"좋다, 좋아. 내가 초고를 쓰도록 하지."

"저, 정말인가?"

목풍아는 믿어지지가 않았다. 방효유가 쉽사리 응하리라고는 예상하지 않던 바였다. 목풍아는 방효유를 바라보았다.

방효유는 목풍아에게 말했다.

"내 이야기를 들으니 깨닫는 바가 있었다. 좋다. 초고를 쓰도록 하겠다. 그러나 그전에 조건이 있다."

"무엇이든 말하시오."

"전하를 만나뵙도록 해다오. 전하가 계신 자리에서 초고를 써 올리고 싶다."

목풍아는 생각에 잠기었다. 방효유가 선뜻 승낙한 것과 연왕의 앞에서 초고를 쓰겠다는 말이 마음에 걸렸다.

일단 방효유가 결정을 내린 이상 이 사실을 알리지 않을 수 없었다. 이 소식을 듣고 울상이 된 도연의 얼굴이 떠올랐다.

목풍아는 당장 파발을 올려 방효유가 승낙하였다는 전갈을 올렸다. 그 소식을 들은 연왕이 용강에서 남경으로 즉시 달려왔다. 남경이 깨끗하게 수습되었으니, 마음만 먹는다면 당장 내일이라도 즉위식을 올릴 수 있었다.

연왕은 궁전으로 들어오기 무섭게 방효유를 정청(政廳)인 봉천전(奉天殿)으로 불러들였다.

인망이 높은 학자 방효유가 연왕의 편을 들었으니 건문제를 동정하는 세간의 인심이 누그러질 것은 말하지 않아도 뻔한 일이었다.

목풍아가 방효유와 함께 봉천전으로 들어와 공손히 읍을 하였다.

"오! 풍아, 네가 수고 많았다."

목풍아는 미소 지으며 큰절을 하고 한 걸음 뒤로 물러나 방효유의 뒤편에 시립하였다.

신하들의 맨 앞에 서 있는 도연이 못마땅한 눈빛으로 목풍아를 바라보고 있었다.

이미 초고를 쓸 종이와 필묵은 정청의 한가운데에 준비된 상태였다. 방효유는 천천히 자리에 앉아 잠시 생각에 잠기었다. 정청은 고요한 적막에 휩싸여 숨소리조차 들리지 않았다.

연왕 역시 숨을 죽인 채 천자의 자리에 앉아 물끄러미 방효유를 바라보고 있었다.

한동안 눈을 감고 생각에 잠겨 있던 방효유가 이윽고 소매를 당겨 팔을 걷고는 붓을 들어 먹에 묻혔다. 사람들의 시선이 방효유가 손에 든 붓에 집중되었다. 방효유의 바로 뒤편에 서 있는 목풍아 역시 긴장되기는 마찬가지라 자신도 모르게 침을 꿀꺽 삼켰다.

이때 방효유가 천천히 종이에 글을 쓰기 시작하였다. 방효유의 뒤편에서 뚫어지게 보고 있던 목풍아의 눈이 갑자기 커지기 시작하였다.

연나라 역적 제위를 찬탈하다[燕賊纂位].

커다랗게 네 글자가 덩그러니 쓰여져 있었다.

"이, 이런 제기……."

목풍아가 달려들어 방효유의 붓을 빼앗았다.

"하하하!"

방효유가 고개를 젖혀 크게 웃다가 자리에서 벌떡 일어나 연왕에게 소리를 질렀다.

"이 역적 놈아, 하늘을 속일 작정이냐? 천자의 제위를 찬탈하고도 모자라 하늘을 속일 작정이냐?"

목풍아는 간이 콩알만해져서 연왕을 바라보았다. 일은 글러 버리고 말았다. 폭발하듯 화를 내리라는 예상과는 다르게 연왕은 침착한 표정으로 방효유를 노려보며 말했다.

"너는 죽는 것이 두렵지 않은가?"

"죽는 것이 두려우면 이 자리에 나오지도 않았소."

"죽는 것이 두렵지 않단 말이군. 그렇다면 네 죄가 구족(九族)에까지 미쳐도 좋단 말이냐?"

"하하하. 구족뿐 아니라 십족(十族)에게까지 미친다 해도 할 수 없는 일이오."

연왕이 냉소하며 말했다.

"좋아, 좋아. 저놈이 다시 말할 수 없도록 입을 찢어버려라. 그리고 저놈의 십족까지 잡아들여라."

명이 떨어지기 무섭게 방효유는 호위무사에 의해 입이 귀에까지 찢기었다. 삽시간에 방효유의 얼굴이 붉은 피로 물들었다. 붉은 선혈이 뚝뚝 떨어지는 방효유를 호위무사들이 끌고 나가자, 연왕이 고개를 돌려 목풍아를 노려보았다.

계단 아래에 도연과 정화가 냉소를 짓고 있었다. 난감한 일이었다. 도연의 잔꾀에 통쾌하게 당하고 말았다. 연왕의 화가 자신에게까지 미칠지도 모르는 일이었다.

'제길. 저 땡중 놈.'

울고 싶었다. 예상하지 않는 상황은 아니었지만, 생각하기 싫은 현실에 당면하게 되니 목풍아는 기가 막힐 따름이었다. 도연의 계책에 당하고, 방효유에게 이용당했다. 목풍아의 체면이 바닥에 떨어진 것은 물론이거니와, 그동안 쌓아왔던 공적이 안개처럼 사라지는 순간이었다.

슬그머니 고개를 드니 연왕이 노기충천하여 정청 가운데 서 있는 자신을 노려보고 있었다.

노기가 치솟은 연왕이 목풍아에게 어떤 벌을 내릴지 알 수 없는 일이었다. 계단 아래에 서 있는 도연이 입가에 미소를 머금으며 냉소를 짓고 있었다. 마치 생각한 대로 걸려들었다는 듯이 목풍아를 바라보고 있었다. 아마도 연왕이 중벌을 내릴 것이라 예상하고 있을 것이 틀림없다.

'땡중, 내가 호락호락 당할 줄만 알고?'

목풍아는 슬그머니 고개를 숙여 허리에 찬 철권(鐵券)를 쓰다듬었다. 연왕에게서 미리 받아둔, 모든 죄를 용서한다는 철권이었다. 목풍아는 달리 목풍아가 아니다.

태연하게 철권을 만지작거리고 있으려니 갑자기 연왕의 웃음소리가 들려왔다.

"핫하하하하!"

방금 전 엄청난 사건이 있었음에도 불구하고 정청이 울릴 정도로 쾌활한 연왕의 웃음소리였다.

연왕은 목풍아가 은근슬쩍 철권을 쓰다듬는 것을 보고 웃음이 나왔던 것이다. 모든 죄를 용서한다는 철권이 있으니 어떻게 목풍아에게 벌을 줄 수 있겠는가. 생각할수록 영악한 목풍아의 행동에 연왕은 터져 나오는 웃음을 참을 수 없었던 것이다.

한동안 배를 잡고 웃던 연왕이 목풍아에게 말했다.

"핫하하하! 네놈은 정말 나를 기분 좋게 만드는 능력이 있는 놈이구나. 네 공이 크니 이번의 죄는 묻지 않겠다. 하지만 이번 사건을 일으킨 책임은 네가 져야 할 거야."

도연의 얼굴이 굳어지는 것과 동시에 목풍아는 바닥에 넙죽 엎드려 큰절을 올렸다.

"황은이 망극하옵니다."

　차가운 정청의 바닥에 엎드려 절하며 도연을 생각하니 이가 바드득 갈
리었다. 목풍아에게 전쟁은 끝난 것이 아니었다. 천하가 평정된 바로 지
금부터 목풍아의 전쟁은 비로소 시작되고 있는 것이다.

『목풍아』 3권에 계속…

FANTASTIC
ORIENTAL
HEROES

청어람 신무협 판타지 소설

독특한 소재, 괴팍한 주인공의 활약에
절로 신이 나는 작품!

"연주 한 번으로 대량 살상이라…
멋지지 않소?"

음공의 대가

음공의 대가 / 일성 지음

만월교의 남무림 통일 계획에 의해 납치된 천팔십이 명의 예능(藝能)에 재능을 가진 아이들!
그런 가운데 헌원세가의 어린 음약가 또한 사라졌다!
그리고 나타난 극악한 인물, 악마금(惡魔琴)!!
극악한 행동 패턴! 예측불허의 교활함! 고난이도의 정신 세계를 자랑하는 막가파 탄생!
신비로운 음공의 무한한 위력 앞에 강호가 무릎 꿇고, 누천년을 이어온 검과 도의 역사가 막을 내리니
이제 최고의 무공은 음공(音功)이라 말하리라!

훗날 '음공의 대가' 로 불리며 무림의 전설이 되어버린
그의 흥미진진한 강호 이야기가 펼쳐진다!